古典文獻研究輯刊

十七編

曾永義 主編

第 25 冊

人間天地七月情
——元明清時期牛郎織女文學的傳承與嬗變

周玉嫻 著

國家圖書館出版品預行編目資料

人間天地七月情——元明清時期牛郎織女文學的傳承與嬗變
／周玉嫻 著 — 初版 — 新北市：花木蘭文化事業有限公司，
2018〔民 107〕
目 2+162 面：19×26 公分
（古典文學研究輯刊 十七編：第 25 冊）
ISBN 978-986-485-342-7（精裝）
1. 民間文學 2. 文學評論
820.8　　　　　　　　　　　　　　　　　107001712

ISBN-978-986-485-342-7

9 789864 853427

古典文學研究輯刊
十七編　第二五冊　　　　　　ISBN：978-986-485-342-7

人間天地七月情
——元明清時期牛郎織女文學的傳承與嬗變

作　　者　周玉嫻
主　　編　曾永義
總 編 輯　杜潔祥
副總編輯　楊嘉樂
編　　輯　許郁翎、王筑　美術編輯　陳逸婷
出　　版　花木蘭文化事業有限公司
發 行 人　高小娟
聯絡地址　235 新北市中和區中安街七二號十三樓
　　　　　電話：02-2923-1455／傳真：02-2923-1452
網　　址　http://www.huamulan.tw 信箱 hml 810518@gmail.com
印　　刷　普羅文化出版廣告事業
初　　版　2018 年 3 月
全書字數　135026 字
定　　價　十七編 26 冊（精裝）新台幣 50,000 元　　　　版權所有・請勿翻印

人間天地七月情
——元明清時期牛郎織女文學的傳承與嬗變

周玉嫻　著

作者簡介

周玉嫻，女，中國電力作家協會會員。《國家電網報》記者、編輯。畢業於首都師範大學中國古代文學專業，文學碩士。師從著名學者張燕瑾教授。作品散見《人民日報》《工人日報》《經濟日報》《脊梁》等報刊雜誌。有報告文學獲全國報紙副刊年賽金獎。

提　要

　　本書對元明清時期的七夕詩詞作概括性研究。元明清時期的七夕詩詞數量大、表現內容豐富，出現了大量的女性詩人，但是目前幾乎沒有學者深入研究，甚至連單篇論文都很少。作者在搜集了一定量的元明清七夕詩詞的基礎上對這些詩詞分析，總結這一時期七夕詩歌的特點。對明代小說《新刻全像牛郎織女傳》和清末民初小說《牛郎織女傳》展開對比研究，闡述這兩部明清時期的小說對前代作品的傳承與嬗變的關係，論證這兩部小說是牛女故事從古典走向現代的關鍵作品。對清代中期有一系列的關於牛郎織女神話傳說的傳奇和雜劇作品，反映了清代七夕文學之盛。昇平署月令戲是乾隆年間，內閣詞臣應旨而做的承應戲，屬於昆弋腔的折子戲，文辭優美。考察牛郎織女故事和董永故事等其他民間故事的相互影響，揭示出這一類型的民間故事在發展中的相互影響與具體差異。揭示出我們民族愛情文學的多樣性和相似性。牛郎織女故事在歷史演變中具有發展的不平衡性，不同時代文士們對這個故事的側重點和關注點都不同，結合時代原因和社會思潮進行綜合分析。闡釋了牛郎織女故事在明清文學作品中，愛情主題不斷得到強化。隨著洪昇的《長生殿・密誓》的廣泛搬演，牽牛織女星也成為了文學作品中的愛情守護神。最終，牛郎織女式的愛情成為中華民族最具代表性的愛情模式，傳唱至今。

目

次

第一章 緒 論

第一節 研究緣起

　　牛郎織女的故事你知道麼？這麼問，是因為很多人知道有個七夕，是中國的情人節，可是牛郎織女的故事到底是怎麼一回事，未必說得清楚。如果說這個故事千百年來家喻戶曉、婦孺皆知，卻一點不為過。在漫長的農業社會，這個故事是作為我們民族的文化密碼，在口頭和典籍間代代流傳的。前一種，也就是我們熟悉的口述方式，通常以「我奶奶告訴我……」「很久很久以前……」等方式開頭的，而後一種方式就是這個故事足以引起某個文人的注意，將其錄入一本書中。然後，我們這些在典籍中苦苦搜尋蛛絲馬蹟的人，可以得以將那個時代的故事線條粗粗繪出。

　　有兩種：一種是口耳相傳，上一代人講給下一代人聽；另一種方式是進入文字記載，通過典籍作為文化因素傳承。牛郎織女故事與孟姜女故事、梁山伯與祝英臺故事和白蛇故事並稱為中國古代四大神話傳說。牛郎織女故事與其他三大傳說又有不同之處，因為她是由神話演變為民間傳說，在中國社會廣泛流傳和演變。上至古代文人士大夫，下至平民百姓都對這個神話傳說津津樂道，踵事增華，使得這個故事一直活躍在中國古典文學作品和民間口頭傳唱中。這個故事還與中國一個重要的節令——七夕，緊密聯繫，相互輝映，成為我們民族不可缺少的文化現象之一。本書選題的意義如下：

　　首先，在中國神話史上，由於許多神話的散失，我們很難瞭解它們的原貌了，那些反映我們始祖生活和幻想的神話故事在歷史的長河中慢慢消失。然而，有一些神話傳說卻在大浪淘沙中得以保留，傳唱至今。牛郎織女神話

就被保存了下來，成為亙古及今人們爭相談論的話題。不同的時代、不同的作者在個體相異的境況下對牛郎織女神話傳說有著不同的闡釋和理解，從這則神話傳說中汲取著滋養和慰籍。擁有這樣強大生命力的神話故事本身就散發著迷人的魅力，值得我們去探尋和研究。

其次，牛郎織女故事經歷了從神話到民間傳說，從文人的詩性情懷到傳奇敘事的過程，**由雅趨俗，蔚為大觀，這樣的一個嬗遞過程，反映了中國古代許多神話傳說繁衍發展的規律**。因此，解析牛郎織女個案，可以為民間文學主題研究提供一個實例；同時也可以揭示文人士大夫心態與民眾意識的關係。唐宋兩朝，關於牛郎織女的詩詞大量湧現，伴隨著七夕節的盛況，牛郎織女神話成為文學經典意象影響了後世愛情文學。元代以後牛郎織女神話傳說在傳承和嬗變中，故事情節越來越曲折，人物形象越來越豐滿，同時在故事流傳中，七夕民俗活動也越來越興盛。通過研究可以發現這個故事折射出特定時代的時代思潮和民族心態。

再次，**經過對牛郎織女故事演變的全面描述，有利於探索不同時代或同一時代各種不同文體之間相互影響、交叉離合的運動軌跡**。文學體裁的選擇，取決於作家的文學興趣、思想觀念及接受者的審美鑒賞需求；同時，文體對作家的創作行為又有一定的限制約束機制。從這些相互制衡的關係中，可以探索在元明清時期民間文學發展演變的規律，從而為當代文學創作和文學研究提供某些借鑒作用。

最後，當今國際對非物質文化遺產的保護已經成為一種潮流，各國都在**發掘本國的文化資源，積極發展文化產業**。我國在 2006 年也積極響應聯合國號召，簽署了保護非物質文化遺產的國際公約。在 2001 年七夕，北京保利大劇院演出了一臺新的天河配「新世紀歌舞娛樂劇」《天地七月情》。這是一齣集古老與現代、東方與西方，多種藝術樣式的融匯的新型歌舞劇，並且在美國巡迴演出。近幾年，全國各地相繼舉辦了「牛郎織女文化旅遊節」「七夕文化研討會」等，從不同角度探討了如何理解和傳承七夕文化。2007 年下半年，全國各地已有六個省市申報了國家級、省級牛郎織女發源地這一非物質文化遺產項目，爭奪牛郎織女傳說發源地的城市則有十餘個。2008 年上半年，文化部公佈的第二批非物質文化遺產項目名錄中，陝西西安、山西和順、山東沂源三地均榜上有名，並列成為「牛郎織女」傳說發源地。這也說明了牛郎織女故事在中國大地上傳播之廣泛、影響之深遠，受到民眾的重視。這些現

象也表明了牛郎織女的愛情故事本身所蘊涵的合理的精神內核符合當下人們的精神需求。因此，對牛郎織女故事進行研究和全面梳理就有著特殊的歷史意義和現實意義。

第二節　研究綜述

　　牛郎織女故事作爲古老的神話傳說在民間廣泛流傳，再加上七夕這個重要節令的影響，使得與此題材相關的文學和文化資料的記載十分豐富。與牛女神話傳說相關的研究文章蔚爲大觀，在研究中學界取得一定認同，認爲牛郎織女故事是中國民間四大神話傳說之首。

　　從縱向看，牛郎織女研究的歷史階段可以分爲三個時期：1949 年以前、1949～1990、1990 至今，這三個時期研究的側重點各不相同。從橫向看，這些文章一般可以分追溯流變並考察故事起源、探尋故事的發源地、梳理故事在民間的傳播狀況、賞析七夕詩詞歌賦、闡釋故事的文化底蘊以及介紹相關的民風民俗等。

　　下面我們從橫向來對這些研究成果進行分類介紹：

（一）追溯牛郎織女故事的起源與流變

　　在民間文學研究中，對於神話傳說的起源和流變的神話學研究是最爲常見的方法，牛郎織女的研究也是如此。在二十世紀三十年代，民間文學研究泰斗鍾敬文先生就發表了《中國的天鵝處女型故事》〔註1〕一文，他從人類學和神話學的角度出發，「擔負敘述這有世界性的天鵝處女型故事在本國的傳播情況的責任。」在這篇文章中，鍾先生將牛郎織女故事作爲天鵝處女型故事的第一種類型進行分析，並且與其他天鵝處女型故事進行比較得出這一類型故事有著十種相同的「質素」，從而揭示這些故事形態雖相異而要素卻相同的特點。這不僅在牛郎織女故事研究中具有重要意義，而且在中國民間文學研究中也具有開拓意義，很多後學沿著鍾先生開拓的道路研究，取得了累累碩果。1947 年，歐陽飛雲在《逸經雜誌》三十九期發表《牛郎織女故事之演變》〔註2〕，在文末劃分牛郎織女故事演變過程有五個時期，即胚胎、雛形、具體、進化、脫形，先生是以生物進化論的過程來譬喻牛女故事的演變過程。

〔註 1〕鍾敬文：《中國的天鵝處女型故事》，1932 年。
〔註 2〕歐陽飛云：《牛郎織女故事之演變》，《逸經》，1947 年第 35 期。

　　上世紀五十年代，民間文學研究出現了一個繁榮的階段。1957 年，羅永麟先生在《試論牛郎織女》〔註3〕一文中，將相關故事的文字記載按時代順序分錄。羅先生在所積累的材料的基礎上認爲牛女故事起源於西周末年，經過很長的一段時間，才初步完成於封建集權時期的漢代。羅先生以牛女故事研究爲例，還探討了整理民間故事的三個原則。1984 年，范甯先生在《牛郎織女故事的演變》〔註4〕一文中提出，西王母進入牛郎織女故事最早在明代的《新史奇觀》中，並受到蟠桃會的影響，並且認爲西王母與七夕的傳承發生關係是到明清之際才開始的。在 1985 年，姚寶瑄在《牛女傳說源於崑崙神話考》〔註5〕一文中，從神話學角度深入探討了牛女神話的內在意蘊，認爲牛郎織女傳說源於崑崙神話的黃金時期，織女是嫘祖之後裔皇娥的化身。牛女神話源於周初的漢女型神話，初步定型於魏晉間文人之手，是崑崙神話兩次流入中原融合蓬萊神話的結果。在同一年孫續恩認爲牛女傳說是古代勞動人們長期觀察牛郎、織女這兩個星體，再結合人間牛郎織女所使用的勞動工具而進行藝術想像的結果。1988 年，臺灣學者洪淑玲在《牛郎織女研究》〔註6〕一書中，同樣採用了進化論的方法，從神話、傳說和民間故事三個角度，將牛女故事的演變定爲胚胎期、雛形期和形成期。洪淑玲採用了曾永義的民間故事基形說，認爲民間故事大抵有兩個來源和四條線索：兩個來源指文人學士的賦詠和議論與庶民百姓的說唱和誇飾；四條線索指民族的共同性、時代的意義、地方的色彩和文學間的感染與合流。曾先生的這一學說非常適合於我們民族的民間故事研究的實際情況。1989 日本的小南一郎在他的《西王母與七夕文化傳承》〔註7〕一文中，從神話學和人類學的角度考據了牽牛織女故事，認爲牽牛織女的傳說有四個類型：一是與《荊楚歲時記》同一系統的，二是與梁祝傳說結合的，三是與女鳥故事合流的，四是織女嫌棄牛郎又回到天上的。小南一郎認爲這個故事源於古老的東王公和西王母的神話故事，並且蘊含著巨大的宇宙關係的傳承。可以說在 80 年代，牛郎織女研究重點在運用西方的神話學、民族學和人類學的理論進行分析。

〔註3〕　羅永麟：《試論牛郎織女》，《民間文學集刊》，1957 年。

〔註4〕　范甯：《牛郎織女故事的演變》，《文學遺產》，1984 年（增刊第一輯）。

〔註5〕　姚寶瑄：《牛女傳說源於崑崙神話考》，《民間文學論壇》，1985 年第 4 期。

〔註6〕　洪淑玲：《牛郎織女研究》，臺灣學生書局，1988 年版。

〔註7〕　（日）小南一郎：《中國的神話傳說與古小說》，中華書局，1993 年版。

　　進入上世紀 90 年代以來，對牛女故事的研究逐漸升溫，有關於牛郎織女故事流變的討論再次興起。這次的研究重點是從社會學和神話學的角度探究牛女故事的起源，並梳理故事的演變過程。尤其在故事源頭的追溯上，眾說紛紜。王雅清在《論〈牛女〉故事主題的演變》〔註8〕中，從原始信仰的角度看故事原型，並且考察了中原地區牛郎織女故事的異文情況，認爲這個故事是農耕時代人們婚姻與神性的關係的體現。李立在《漢代牛女神話的世俗化演變》〔註9〕一文中，綜合考察了漢代社會的特點，認爲牛郎和織女在漢人心中具有世俗的形象和普通的地位。而神話傳說中牛郎織女的情愛化與漢代文化的整合，也是漢代牛女神話世俗化的重要特徵。胡安蓮的《牛郎織女神話傳說的流變及其文化意義》〔註10〕中，從神話的產生、發展和定型中揭示人與神的關係，並且闡述了牛女神話的文化意蘊是反映了古代的婚姻制度。毛雨先的《試論牛郎織女神話》〔註11〕一文，考察了文人版本和民間版本的故事的異同，接著將牛女故事放在四大民間傳說中進行比較分析，揭示出中國愛情文學中的「牛女型」現象及其原因。劉曉紅的《牛郎織女神話傳說的演變》〔註12〕著重說明牛女故事的文化意蘊，說明在漢代故事形成時，神話產生的原始心理模式，並分析故事在演變過程中情節的逐漸增加。鄭順婷的《論〈郭翰〉對「牛郎織女」神話解構》〔註13〕中，分析了唐代張薦《靈怪錄》中寫織女與太原才子郭翰的故事形成的時代特色和原因。王帝在《牛郎織女神話傳說及其演變》〔註14〕中，結合天文星相知識及對牛郎織女神話中出現的老牛、鳥鵲進行簡要考證、同時探討二人相會的佳期定在七月七日的緣由。

　　隨著對出土文物研究的深入，對牛郎織女研究進一步深入。王暉在《出土文字資料與古代神話原型新探》〔註15〕中，引用了湖北《雲夢睡虎地秦簡·

〔註 8〕 王雅清：《論〈牛女〉故事主題的演變》，《玉溪師專學報》，1994 年第 5 期。

〔註 9〕 李立：《牛郎織女神話敘事結構的藝術轉換與文學表現——由漢代牛郎織女畫像石而引發的思考》，《古代文明》，2007 年第 1 期。

〔註10〕 胡安蓮：《牛郎織女神話傳說的流變及其文化意義》，《許昌師專學報》，2001 年第 1 期。

〔註11〕 毛雨先：《試論牛郎織女神話》，《江西教育學院學報》，2004 年第 5 期。

〔註12〕 劉曉紅：《牛郎織女神話傳說的演變》，《徐州教育學院學報》，2003 年第 4 期。

〔註13〕 鄭順婷：《論〈郭翰〉對牛郎織女神話的解構》，《滄州師範專科學校學報》，2006 年第 3 期。

〔註14〕 王帝：《牛郎織女神話傳說及其意義》，《貴州文史叢刊》，2006 年第 1 期。

〔註15〕 王暉：《出土文字資料與古代神話原型新探》，《北京師範大學學報》，2005 年第 1 期。

日書甲種》:「丁丑、己丑取妻,不吉。戊申、己酉,牽牛以取織女,不果,三棄。」「戊申、己酉,牽牛以取織女而不果,不出三歲,棄若亡。」王暉認為這條簡文就是指牽牛織女星,是對後世傳說牛郎織女忠貞愛情故事的莫大諷刺。劉宗迪在《七夕故事考》〔註16〕中,就探討了牛郎織女故事的天文學淵源,揭示了這一故事與七夕之間關係的來歷,並證明七夕原本完全是一個農時節日,無關乎愛情與婚姻。

在這一時期,民間文學研究者們積極探索者適合我們民族文學研究的理論模式,他們開拓理論視野,應用西方的人類學理論和原型批評學說,對中國的民間故事進行研究,取得了一定成果。邱福慶的《中國愛情文學中的牛郎織女模式》〔註17〕一文中,認為牛郎織女故事是中國農耕文明和星辰信仰相結合的產物,認為在漢末人間生活中愛情悲歡離合的相同模式大量出現,是牛女愛情故事產生的現實和心理依據。邱先生將牛郎織女愛情故事模式放到中國古代整個封建時代,認為牛女故事呈現出三個要素是基本不變的,即男女社會地位的傾斜性、圓形回歸模式、天命意識。由此,得出的結論是中國愛情文學模式是:兩情相悅——棒打鴛鴦——無奈分離——回歸。田富軍的《牛郎織女故事與仙女下嫁窮漢原型新探》〔註18〕中,提出民間故事和文人詩篇中的牛郎織女之事側重完全不同,文人們只是把它當作愛情主題的材料應用,而民間故事主要講述了「窮漢」娶仙女的勞動人民的願望。作者應用弗萊的原型批評中的原型置換原則分析中國民間故事和文人作品,發現諸如此類的作品都遵循著一定程序:仙女、窮漢、窮漢是好人、仙女助窮漢、仙女離開窮漢。此類故事之所以在我們民族的文學中長盛不衰,是因為我們民族的集體無意識作用,是對封建制度下的下層勞動人民和知識分子的一種心理補償。

(二)探尋牛郎織女故事的發源地

民間故事在流傳過程中,不同時代和不同地域都會在故事內核上不斷添加新的情節和信息。後起的故事有著鮮明的時代特色和地域風格,所以

〔註16〕劉宗迪:《七夕故事考》,《民間文化論壇》,2006年第6期。
〔註17〕邱福慶:《中國愛情文學中的牛郎織女模式》,《龍岩師專學報》,1999年第4期。
〔註18〕田富軍:《牛郎織女故事與仙女下嫁窮漢型新探》,《濮陽教育學院學報》,2001年第5期。

最爲百姓喜聞樂道，乃至超過故事的原始版本。並且，民間百姓在口頭流傳中，潛意識地以自己身邊的自然風貌和鄉土人情作爲比附的參照，使一些具有影響力的民間故事在本地生根，成爲本地文化生活中不可缺少的精神財富。關於牛女故事的發源地的研究，是近幾年來新聞媒體和民俗學界的熱點。有以下十幾種說法：「河北鹿泉說」〔註19〕「江蘇太倉說」〔註20〕「山東沂源說」〔註21〕「漢水襄陽、南陽說」〔註22〕「山陝蒙黃河河套說」「冀州蒲坂說」〔註23〕「周秦天水說」〔註24〕「山西和順縣說」〔註25〕等等。這些論爭一方面顯示了這個古老的神話傳說的巨大魅力，至今仍然吸引著大眾的注意和趣味，另一方面也不排除現代商業炒作的因素，尤其是七夕作爲非物質文化遺產被保護，作爲中國情人節被大眾認可以來。牛郎織女神話在我國流傳的時間久遠，地域廣泛，絕不是一個單一的、局部的、地域性的文化現象，而是不同時代不同地域的不同文化因素共同作用而成的。這樣，作爲學界的研究者們就更加需要對這樣一份民族的遺產進行研究，以期澄清一些謬誤和訛傳。

（三）賞析七夕詩詞歌賦

李立在《牛郎織女神話敘事結構的藝術轉換與文學表現》〔註26〕一文中說道，同一個神話存在著不同的表現形式，也就是口頭傳承的話語形式（文本形式）和以星宿的形象爲依託的物象形式（畫面形式）。「後者使牛郎織女神話……向文學詩性觀照方式和詩性感知功能轉換……」的確，牛郎織女故

〔註19〕盧偉麗：《首屆中國七月七愛情節鹿泉開幕》，《燕趙都市報》，2004年8月23日。

〔註20〕倪敏毓：《900年前中國的情人節起源於太倉南碼頭》，《中新江蘇新聞網》，2004年5月24日。

〔註21〕丁若亭：《織女洞 天河配 古典愛情故鄉》。

〔註22〕杜漢華：《「牛郎織女」「七夕節」源考》，《襄樊職業技術學院學報》，2004年第5期。

〔註23〕任振河：《舜居媯是「牛郎織女」愛情故事的發源地》，《太原理工大學學報》，2006年3期。

〔註24〕趙逵夫：《漢水、天漢、天水——論織女傳說的形成》，《天水師範學院學報》，2006年6期。

〔註25〕焦玉強：《和順縣被命名爲「中國牛郎織女文化之鄉」》《山西日報》2006年12月28日。

〔註26〕李立：《牛郎織女神話敘事結構的藝術轉換與文學表現——由漢代牛郎織女畫像石而引發的思考》，《古代文明》，2007年第1期。

事在漢代定型之後，就一直活躍在詩歌中。從魏晉時期梁宮廷的七夕詩到唐代詩人們的詠唱，宋代大量的七夕詞出現，元散曲中七夕民俗的體現，直到明清時期文人墨客的詠歎。歷代七夕詩歌成爲七夕文化的寶庫。對七夕詩歌的研究也是學者們研究的重點。

對七夕詩的審美特徵，古人雖早有注意，但都是批註式的隻言片語，如陸游、王夫之、鄭燮等的評注。今人對七夕詩的研究多是從神話學、民俗學的角度切入，七夕詩僅作爲旁證出現，如袁珂、鍾敬文和張振犁等先生的研究。純粹從文學角度對其進行研究的，只有近幾年才出現的十幾篇論文。這些論文均爲斷代研究，如陳冰、楊挺對漢魏六朝七夕詩的研究、楊挺對唐代七夕詩的研究、余敏芳等對宋代七夕詞的研究等。山東大學 2006 年張愛美的《元前七夕詩研究》是對元前七夕詩作初步的、系統的研究，從其發展流變中揭示七夕詩與七夕風俗文化的互動發展，從其審美特性中探究其所蘊含的社會文化心理。

（四）牛郎織女故事中的牛和鵲的形象

牛郎織女神話在漢代之前，只是兩個星辰——牽牛和織女——的故事，但是後來在民間廣爲流播的過程中，牛和鵲成爲了這個故事不可缺少的角色，在故事情節中起著重要作用。在中國漫長的農業社會中，耕牛一直是先民們重要的生產工具和人們朝夕相處，因此，在牛女故事中，老牛也成爲了牛女姻緣的促成者。傅瑛的《中國牛神話傳說初探》〔註27〕中，認爲老牛是一個幫助受苦受難主人的形象，從牛郎織女故事又演變出一類牛助型故事。牛具有超人的智慧和力量，可以解決許多人類解決不了的困難，充分體現出牛文化與人類密不可分的關係和當時人類的審美準則。李炳海的《從鵲巢到鵲橋——中國古代文學中的喜鵲形象》〔註28〕中，認爲古代先民們認識到喜鵲是飛禽中的建築師，要在廣闊的銀河上架設橋樑，也只有喜鵲才能勝任。並且喜鵲具有著穩定的象徵意義，被視爲吉祥鳥、相思鳥、多情鳥和恩愛鳥。張餘《家園之龍：牛·鵲·蛛》〔註29〕中，作者以爲從「牛——牛郎——牽牛」的演化是社會崇牛習俗的軌跡，從「鵲——鵲橋——鵲橋會」的演變是

〔註27〕 傅瑛、丁爽：《中國牛神話傳說初探》，《信陽師範學院學報》，1992 年第 2 期。
〔註28〕 李炳海：《從鵲巢到鵲橋——中國古代文學中的喜鵲形象》，《求索》，1990 年第 2 期。
〔註29〕 張餘：《家園之龍：牛·鵲·蛛》。

人間相愛相親的美麗虹橋，從「蛛──蛛網──喜蛛網」的演化是民間生動的乞巧風俗的畫卷。

（五）牛郎織女故事的文化意蘊

　　牛郎織女作為一個古老的神話傳說，具有著我們民族特有的文化底蘊。牛女的婚姻模式是符合中國傳統男耕女織式的家庭組合，也是千百年來中國民眾的理想家庭模式。牛女的至情不渝是中國愛情文學的典範，他們穿越千年的時空一直庇祐著人間的情侶。牛女相愛而分離的脈脈悲情，在天河兩岸千年星光閃爍，打動了世世代代的觀眾。因此，古老的牛女愛情神話也成為中國愛情文學的源頭，滋養著後代的愛情文學的土壤。在牛女研究中，還涉及到文化性質的問題。目前的說法大概有以下幾種：周文化與秦文化的交融說，認為織女是秦人的始祖女修。〔註30〕李立認為，牛郎就是殷先公王亥，織女是帝顓頊之苗裔孫曰女修。〔註31〕鄭慧生認為，牛郎織女婚姻反映了漢代之前的小家庭制度，到了漢代與大家庭制的矛盾。〔註32〕胡安蓮則認為，二人婚姻是中國古代婚姻的典型，男耕女織，兒女雙全。〔註33〕炎黃兩族融合說，認為牛郎與織女的結合反映了炎黃兩個部落的融合。〔註34〕杜漢華認為其神話原型是鄭交甫遇神女故事。〔註35〕蒲州織女說，認為織女是舜的孫女，繼承了舜的妻子女英善織的技巧，因而成為神。〔註36〕劉宗迪認為，牛郎織女故事形成是因為古代天文學上星辰是指示農業時間的標誌，由此形成神話故事，和情人節沒有關係。鄭先興認為是走婚制的反映，認為此神話折射的是西王母的走婚制與中原地區的夫妻婚制之間的矛盾與衝突。〔註37〕2006 年北師大的馮和一在她的碩士論文中通過「文化取向」「原點取向」「整合取向」三個角度分析了牛女神話，她認為牛郎織女神話是不同的文化內容在歷史發展中不斷衍生和整合的過程。〔註38〕

〔註30〕趙遠夫：《論牛郎織女故事的形成與主題》，《西北師大學報》，1990 年 4 期。
〔註31〕李立：《連接神話與現實的橋樑──論牛女故事中烏鵲架橋情節的形成及其美學意義》《北京社會科學》1990 年 1 期。
〔註32〕鄭慧生：《先秦社會的小家庭制與牛郎織女故事的產生》1994 年 3 期。
〔註33〕胡安蓮：《牛郎織女神話傳說的演變》《許昌師專學報》2001 年 1 期。
〔註34〕王紅旗：《七夕與炎黃兩族的融合》《文史雜誌》2003 年 4 期。
〔註35〕杜漢華：《牛郎織女流變考》，《中州學刊》，2005 年第 4 期。
〔註36〕任振河：《舜居媯是「牛郎織女」愛情故事的發源地》，《太原理工大學學報》，2006 年 3 期。
〔註37〕鄭先興：《漢畫牛郎織女神話的原型分析》《古代文明》2007 年 4 期。
〔註38〕馮和一：《牛女神話傳說的演變以及文學價值》2006 年，北京師範大學，碩士論文。

另外，關於七夕的民風民俗研究的論文數量最多，但是本書主要以文學作品作爲依託，探討牛郎織女意象在元明清文學中的傳承情況，所以關於民俗方面的研究成果在這裡不作贅述。

通過對前賢和時彥的研究狀況的考察，不難看出：近百年來，對牛郎織女神話研究、唐以前的詩歌研究已經取得了一些階段性成果，並形成了一定共識。但是對元明清時期牛郎織女文學研究卻十分鮮見，元明清時期的七夕詩也很少有人分析，尤其對明代文言小說《新刻全像牛郎織女傳》、清代傳奇《雙星圖》以及一些與牛女神話相關的小說、傳奇、雜劇更是少有人論及。鑒於民間故事口頭流傳的特性和文字記載的匱乏，牛郎織女民間傳說故事不在本文論述範圍之內。然而，元明清時期俗文學和民間文學對雅文學和士大夫文學的影響是前所未有的，因此，這一時期的牛女文學作品基本上能夠代表那個時期牛郎織女民間故事演進的大致面貌。所以，深入地研究牛郎織女文學在元明清三朝的傳承與嬗變，並揭示與之密切相關的時代特徵、社會思潮、文人心態，便是本書的研究重點和努力方向。

第三節　研究方法、主要內容與創新

在充分掌握第一手資料的基礎上，借鑒前賢和時彥的研究成果，開展本課題研究。本書對牛郎織女文學作品進行全面系統的分析研究與整合，同時考慮這個故事在民間流傳的主要版本，力圖勾勒出元明清時期牛郎織女故事在文學作品中的輪廓，以揭示文人作品和民間作品、文人作品與社會、文人作品與時代的相互關係。研究方法是把科學的考證與理論分析相結合，尤其是對明清之際作家及作品成書年代詳加考辨，以期探其源而明其流。誠如陳寅恪先生所說：「治文學史者，必就同一性質題目之作品，考定其作成之年代。於同中求異，異中求同，爲一比較分析之研究，而後文學演化之跡象與夫文人才學之高下，始得明瞭。否則模糊影響，任意批評，恐終不能有眞知灼見也。」〔註39〕

本書具體研究方法是：1、文獻法。注重相關歷史文獻的收集與整理，做到言之有據。並且以文獻爲重點，以民間故事和民俗爲補充，詩文互證，考鏡源流、辨析得失、明其是非。以時代的先後次序爲經，以同時代的作家作品爲緯，建構牛郎織女故事整體發展演變流程，重點分析元明清之際，這個

〔註39〕陳寅恪：《元白詩箋證稿·琵琶引》，三聯書店 2001 年，第 46 頁。

故事的發展流變與內在意象的形成。2、生態研究法。從傳播與接受的角度將故事劃分爲文人創作與民間傳說這兩大系統，進行立體交叉研究，力圖突破前人單一的平面研究格局；而且從歷時和共時這兩個層面對詩文、小說、戲曲及民間傳說中的牛郎織女形象進行全面地分析整合，從而揭示出時代政治、接受心理對文人創作心態的影響及其與民間傳說截然不同的文學風貌。3、作品分析法。對於與牛郎織女故事相關的文學作品，從作家背景到寫作時代，從思想內容到藝術手法，進行全面的分析，以期從作品中得到一些文化信息而追尋作品在演變史中的位置。4、在文獻整理、作品分析的基礎上結合時代特徵對作品經行橫向和縱向的比較，分析時代思潮、作家個體對同一主題表現形式的不同。跨文體對牛郎織女體裁的詩歌、小說和戲曲經行比較，分析同一題材在不同體裁中有何變化。

　　本書主要是通過對元明清時期以牛郎織女故事爲題材以及與該故事相關的作品進行梳理、分析和比較，以期說明牛郎織女故事在明清時期的演變軌跡。在後文的論證中，爲方便論述，後文將牛郎織女簡稱爲牛女。

　　本書第二章梳理牛女故事在歷史上的產生、發展、成熟及其演變的整體情況，以歷史線索和故事演變線索爲經，以各個時代的不同體裁作品爲緯，探求故事演變的情況。主要是從縱向的歷史時間上，對牛女神話傳說的源流和演變進行整體勾勒，包括對元明清時期的有關牛女主題的七夕詩詞進行分析。第三章主要通過對明清兩朝的牛郎織女敘事文學主要傳世作品作個案分析，具體考據作家、作品與創作的相關問題。首先是對元明清時期有關牛女故事的作品進行統計，包括那些在文獻中提到卻無傳本的作品。無本流傳的作品在文獻中雖然有吉光片羽式的記載，但是這些作品都是那個時代牛女文學流傳的一種方式。元明清時期是中國俗文學的繁榮時期，牛郎織女故事在這一時期也獲得小說和戲曲作者的青睞，成爲文學創作的主題。在明清時期，文人對神話傳說的創作有了一定的理性認識，他們對古代文獻典籍考察的基礎上，有意識地對原有故事進行加工和改造，顯示了明清兩朝特有的時代特色。第四章是在第三章對元明清時期牛女文學相關作品考據的基礎上，進行深入研究。第一節通過分析清代以牛女爲主人公的戲曲和小說，考察戲曲小說中牛女故事情節的演變，分析它們對元代以前牛女故事的繼承和創新。第二節通過分析道教中的牛郎織女文學作品，來分析牛郎織女在道教文化中所處的位置，以及道教思想對牛郎織女故事演進的影響。第三節和第四節以明清時期演繹牛女愛情故事爲題材的

作品成為牛女文學的重點，其中牛女愛情主題、愛情意象、情愛意識的表達，以闡明牛郎織女式的愛情成為中華民族最具代表性的愛情模式。此外，在牛女故事發展中，董永故事也一直與牛女故事交叉整合，相互影響，由歌頌孝子演變成歌頌愛情的故事在小說和戲曲中流傳。

　　本書側重點是研究明清小說戲曲中的牛郎織女文學現象，因為這是前人研究中的薄弱環節，有些甚至還是空白。若要構建牛郎織女文學的全息圖象，必須首先攻破小說戲曲這一難關，這樣才能有所創新，發前人所未發，言前人所未言。同時，在具體的考述中，也兼及歷代詩文、民歌、曲藝、傳說等其他文體的論述。

　　本書的主要創新點是：

1、首次對元明清時期的七夕詩詞作概括性研究。元明清時期的七夕詩詞數量大、表現內容豐富，出現了大量的女性詩人，但是目前幾乎沒有學者深入研究，甚至連單篇論文都很少。本文在搜集了一定量的元明清七夕詩詞的基礎上對這些詩詞分析，總結這一時期七夕詩歌的特點。

2、首次對明代小說《新刻全像牛郎織女傳》和清末民初小說《牛郎織女傳》展開對比研究，闡述這兩部明清時期的小說對前代作品的傳承與嬗變的關係，論證這兩部小說是牛女故事從古典走向現代的關鍵作品。

3、首次對清代鄒山的《雙星圖》、舒位的《博望訪星》、李文瀚的《銀河槎》、昇平署七夕月令戲《銀河鵲渡》《仕女乞巧》《七襄報章》等展開研究。清代中期有一系列的關於牛郎織女神話傳說的傳奇和雜劇作品，反映了清代七夕文學之盛。昇平署月令戲是乾隆年間，內閣詞臣應旨而做的承應戲，屬於昆弋腔的折子戲，文辭優美。

4、考察牛郎織女故事和董永故事等其他民間故事的相互影響，揭示出這一類型的民間故事在發展中的相互影響與具體差異。揭示出我們民族愛情文學的多樣性和相似性。牛郎織女故事在歷史演變中具有發展的不平衡性，不同時代文士們對這個故事的側重點和關注點都不同，結合時代原因和社會思潮進行綜合分析。

5、闡釋了牛郎織女故事在明清文學作品中，愛情主題不斷得到強化。隨著洪昇的《長生殿·密誓》的廣泛搬演，牽牛織女星也成為了文學作品中的愛情守護神。最終，牛郎織女式的愛情成為中華民族最具代表性的愛情模式，傳唱至今。

第二章　牛郎織女文學概述

　　上個世紀以來，對牛郎織女的研究就一直是學界關注的課題。尤其是近幾年來，伴隨著全國範圍內的保護和搶救民族民間文化的潮熱，不少學者從古籍文獻和民間傳說中搜集資料，試圖梳理和勾勒出這個故事發展演變的過程。本章是在前輩學者研究的基礎上，對牛郎織女文學做一個整體的概述。首先，分析牽牛織女星辰神話，考察這個神話故事如何成爲民間傳說。這裡採用神話學和人類學的研究理論，並且結合歷史文獻和出土資料進行分析和研究。其次，考察這個故事在歷朝歷代的演變及其原因，主要採用詩歌分析和敘事學的角度來闡述故事發展脈絡。在中國文學中，神話傳說一直影響著詩歌、小說、戲曲等文學的創作，神話傳說題材已經成爲我們民族文學中一個重要組成部份。民間神話傳說體裁反映了我們民族本土的特色，表達了民族的古老而神秘的願望，以其鮮活的生命力成爲我們民族文學的源頭活水。在本章的研究中，主要以文人詩歌、小說、戲曲作品爲主，探查牛郎織女文學如何以民間神話傳說爲點綴而生息繁衍的。這一章主要是從縱向的歷史時間上，對牛女神話傳說的源流和演變進行整體勾勒，包括對元明清時期的七夕詩詞的整體分析。

第一節　牽牛星和織女星的由來

一

　　中國古代先民們以農耕和畜牧爲主要生產方式，農業生產需要敬天授

時，通曉寒來暑往的節氣和月令才能不誤農時，順利進行農業耕作。《易傳》所謂「觀乎天文，以察時變」，《尚書‧堯典》所謂「曆象日月星辰，敬授民時。」漫漫星空中的點點繁星昭示著歲月的流逝和季節的輪迴，也標誌著節令的轉換和農時的到來。觀測天象和星座的流轉是最好的預測時令的方式，先民們在夜晚浩瀚的星空中，尋找具有代表節氣的星座作為農業耕作的時間表。後來，為了將日、月、五星（金星、木星、水星、火星、土星）的位置和運行做系統觀測，就選取繞黃道（赤道）一周的二十八個星座作為觀測標誌，叫做二十八宿。「宿」的意思和黃道十二宮的「宮」類似，表示日月五星所在的位置。二十八宿是中國古代所創星區劃分體系的主要組成部份。

　　在 1978 年在湖北隨縣發掘出戰國早期的曾侯乙墓，出土文物中有一個漆箱，其箱蓋上以篆文書有二十八宿的名稱。〔註1〕

圖一：曾侯乙墓出土漆箱蓋面圖象（摹本）

　　這是迄今所發現關於我國二十八宿全部名稱〔註2〕最早的文字記載。曾國在戰國初期只是一個小國，在其墓葬中發現箱蓋上有作為裝飾圖案的二十八

〔註1〕王健民、樑柱、王勝利：《曾侯乙墓出土的二十八宿青龍白虎圖象》《文物》1979 年第七期。

〔註2〕二十八宿名稱按順時針方向排列，它們是：角、亢、氐、房、心、尾、箕、斗、牽牛、婺女、虛、危、西縈、東縈、圭、婁女、胃、昴、畢、觜、參、東井、輿鬼、柳、七星、張、翼、軫。

宿體的名稱，可見二十八星宿的劃分已經是一種比較普及的天文知識了。其中牛、女二宿寫作牽牛和婺女，可見這兩宿的名字也是由來已久。

戰國末期的《呂氏春秋·有始覽》：

> 何謂九野？中央曰鈞天，其星角、亢、氐；東方曰蒼天，其星房、心、尾；東北曰變天，其星箕、斗、牽牛；北方曰玄天，其星婺女、虛、危、營室；西北曰幽天，其星東壁、奎、婁；西方曰顥天，其星胃，昴，畢；西南曰朱天，其星觜、參、東井；南方曰炎天，其星輿鬼、柳、七星；東南曰陽天，其星張、翼、軫。

其中也是以牽牛和婺女對稱。在戰國時代，與牽牛星對應的是天上的婺女星而不是後來的織女星。織女星並不是二十八星宿之一。

那麼牽牛星和織女星的名字是怎麼來的呢？

牽牛的牽字在《說文解字》中的意思是「引前也」，但是在《左傳·僖公三十三年》中有「唯是脯資餼牽竭矣」，杜預注解之爲「牲生曰牽」。在《史記·天官書》中說「牽牛爲犧牲。」《晉書·天文志》中有「牽牛爲犧牲之主。」二十八星宿最初的命意牽牛應該是用來祭祀的牛，是古代君王祭祀的三牲之一，而且在祭祀中屬於太牢之一。牽牛對古代人的意義非常重大，它具有祈求農業豐收和畜牧興旺的神聖涵義。所以，唐代張守節的《史記正義》中有：「牽牛爲犧牲——不明，不通，天下牛疫死」，就是說天上的牽牛星不明亮，天下的牛就會得病而死。

織女星，顧名思義，紡織的女子，這與古代的絲織業有關係。我國是蠶絲的發源地，養蠶織絲在中國傳統悠久，可以上溯到奴隸制時代。胡厚宣先生考定「殷代蠶有蠶神，稱蠶示……乃被崇拜爲遠古神靈之一。祭蠶示或用三牛……典禮十分隆重。又每於蠶神求年，知蠶桑之業，與農業一樣，亦爲一年的重要收成。」〔註3〕而且，在殷代也有了專門從事絲織的女工，奴隸主們驅使奴隸「從事紡織工藝勞動……紡織品一般是專門爲統治者製作的……在商代，紡織手工業獲得了很高的成就。」〔註4〕那麼地上人們的紡織和天上的星晨如何聯繫在一起了？在《大戴禮記》中有一篇《夏小正》，是古老的華夏時間知識文獻，其中系統記載了古人的農時知識，詳細敘述了夏曆一年十二個月的農事活動以及與不同時令對應的物候、氣象和星象。《夏小正》記載，

〔註 3〕 胡厚宣：《殷代的蠶桑和絲織》《文物》1972 年第 11 期。
〔註 4〕 李仁溥：《中國古代紡織史稿》嶽麓書社，1983 年版，第 15 頁。

在七月「漢案戶。寒蟬鳴。初昏織女正東鄉。」漢就是銀河，案戶就是銀河直對著門戶。中國古代民居都是坐北朝南方向的，直對著門戶時候，銀河是南北朝向的。據天文學觀測，織女星由三顆星組成，一明兩暗，猶如紡織使用的織梭。織女正東向的意思是，織女星的是指由兩顆較暗的星星形成的開口朝東敞開。初秋七月，寒蟬開始鳴叫，銀河橫貫南北正對著門戶，黃昏時候，人們走出家門舉頭仰望星空，正好看到織女星明亮閃爍。先民們知道，收穫的季節到了，女工們開始絲織。《夏小正》中「八月：剝瓜。玄校。剝棗。」剝瓜就是摘瓜，玄校就是黑綠色的衣服，是殷商時代未嫁的女子所穿的衣服。意思是到了八月中秋時節，瓜果成熟，家家戶戶未嫁的女孩子們穿著墨綠色的衣服在田野裏摘瓜打棗，充滿著收穫的喜悅。這就可以解釋爲什麼後世人們認爲織女星又是主瓜果的星神。

《開元占經》中引漢代《春秋合誠圖》說：「織女，天女也，主瓜果。」《太平御覽》卷三十一引《日緯書》說：「織女星主瓜果。」也就是說，在初秋七月，織女星明亮閃爍朝向東的時節，先民們開始紡絲織布，八月就可以收穫瓜果了。

《易傳》所謂「觀乎天文，以察時變。」《堯典》所謂「曆象口月星辰，敬授民時。」可見，在夏商周時期，牽牛織女二星只是天上的星辰。織女星還具有時間和節令的提示功能，並且督促著地上的人們按時開始紡織和收穫。並且，人們認爲二星的明亮與否還與地上的人們生活有著某種神秘的聯繫，預示著畜牧業和農業生產的順利與否。如鍾敬文的《七夕風俗考略》中就例舉，在上世紀初中國南方各地仍然在沿襲觀察七夕天河的樣子以占驗農作物收成或米價高低的行事。〔註5〕

二

那麼天上的織女星和牽牛星是什麼時候開始具有人神性質，並且有了婚姻關係呢？許多從事牛郎織女研究的學者都紛紛猜測這個神話的源頭和時間，眾說紛紜。出土文物爲我們提供了最好的材料。1975 年，在湖北雲夢縣睡虎地 11 號秦墓出土戰國末至秦始皇三十年期間竹簡，有《日書》甲種 166 簡，《日書》乙種 257 簡。其中《日書》甲種有兩簡寫到牽牛織女的情節，其155 簡云：

〔註 5〕《中山大學語言歷史研究所週刊》第一集，1928 年第 11、12 期。

丁丑、己酉取妻，不吉。戊申、己酉，牽牛以取織女，不果，

三棄。

第 3 簡簡背云：

戊申、己酉，牽牛以取織女而不果，不出三歲，棄若亡。〔註6〕

看來至遲在戰國之時，牽牛星和織女星已經具有人格特徵，牽牛星娶織女星為妻然後又拋棄了織女。自然天象與人文社會相互映照是牛郎織女神話的源頭。可是與後世傳說不同的是，他們夫妻的分離不是外力的干涉，而是男主人公變心所致。這與後世歌頌二人真摯愛情，同情二人悲苦分離的文學作品主題相悖離。人們抬頭看到秋夜的星空中，兩顆明亮的星辰分別在天河的兩側閃爍，就想像這兩顆星宿可能是一對夫妻，丈夫拋棄了妻子，妻子在天河的一邊深情脈脈地看著對面的「負心人」。天上牽牛星和織女星的分離為什麼會成為人間男女的婚姻悲劇的象徵呢？一方面，考察春秋戰國時代的民歌的代表作品《詩經》，發現其中有一些反映男權社會中由於男子變心拋棄妻子的社會悲劇。如《詩·邶風·谷風》《衛風·氓》《王風·中谷有》《鄭風·遵大路》等。另一方面，從《日書》中的語言看，這很像是戰國時代占星家們的預言，通過天上的牽牛織女二星在丁丑、己酉的分離的情狀來預示地上的男女婚姻的凶兆，告誡人們不要在這樣的日子迎娶妻子。占星家們用天上星宿的位置來比況人間的婚姻，這是人類童年時期的特有的一種思維形式，就是萬物有靈，將人類社會和外在自然界產生任意的相似性的聯想。葛兆光在《中國思想史》中指出：「早在西周，『陰陽』就不只表示山水南北方位，而且包括了『見雲不見日』和『雲開而見日』的天象，包括了天與雙的數字」。〔註7〕《左傳·莊公三十二年》所記的「物生有兩、有三、有五，有陪二」，「體有左右，各有妃藕」。〔註8〕也就是說在先秦時代，陰陽是宇宙間兩大基本因子的觀念就已經很普遍了。前面說道，織女星從命名初始就具有了人格神的意味，雖然它是人間女工紡織時間的標誌，但是也取得了人間紡織女子的人格特徵。那麼，既然是一位主絲織和瓜果的女性星神，那人們想像她就一定會有一位丈夫。《禮記·禮運第九》說：「天道至教，聖人至德。廟堂之上，

〔註6〕睡虎地秦墓竹簡整理小組：《睡虎地秦墓竹簡》，北京文物出版社，2001，第206～208頁。

〔註7〕葛兆光：《中國思想史》（第一卷）復旦大學出版社 2001 年版，第 75 頁。

〔註8〕同上，第 76 頁。

罍尊在阼，犧尊在西；廟堂之下，縣鼓在西，應鼓在東。君在阼，夫人在房。
大明生於東，月生於西，此陰陽之分，夫婦之位也。」《禮記正義》疏云：「君
立於阼以象日，夫人在西房以象月。」也就是說牽牛織女的星相所處的位置
也和人間禮儀相一致，所以牽牛織女成爲夫婦就是件很自然的事情了。

　　但是在考察有關牽牛織女的典籍文獻時，總會出現「河鼓三星」的名字。
遠古先民們觀察天相，發現在銀河東面有三顆星辰排成一條直線，中間一顆
特別明亮，彷彿一個人擔著重物，那就是河鼓星。如圖：

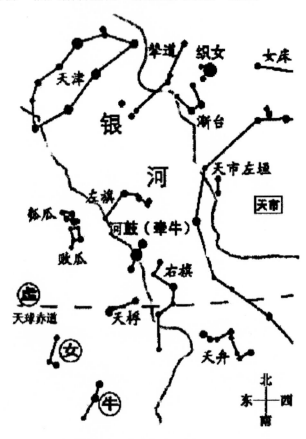

圖二：原始天象圖〔註9〕

　　觀察上面的星圖上我們發現原來和織女星相隔銀河的是河鼓三星，而不
是遠離銀河的牛宿（牽牛）。原來，在先秦時代，牽牛星實際上是指兩個星宿，
一個是二十八宿之一的牛宿，一個就是河鼓三星。陳遵媯在《中國天文學史》

〔註 9〕陳遵媯：《中國天文學史》，上海人民出版社，1984 年版，第 100～102 頁。

中認爲早先引起先民注意的是銀河兩岸的那兩顆大星（織女星和河鼓星），後來由於二十八星宿劃分的確立，就命名牛宿爲牽牛，而原來與織女星相對的那顆大星改名爲河鼓。爲什麼將牽牛稱爲河鼓呢？

《爾雅・釋天》中有：

> 北極謂之北辰，何鼓謂之牽牛，明星謂之啓明，彗星爲欃槍，
> 奔星爲彴約。

《爾雅注疏》中，漢代郭璞注之曰：

> 今荊楚人呼牽牛星爲簷鼓。簷者，何也。何，胡可切。

宋代邢昺疏曰：

> 「何鼓謂之牽牛」者，李巡云：「何鼓、牽牛皆二十八宿名也。」
> 孫炎曰：「何鼓之旗，十二星，在牽牛北也。或名爲何鼓，亦名牽牛。」
> 如此文，則牽牛、何鼓一星也。如李巡、孫炎之意，則二星。今不
> 知其同異也。案《漢書・天文志》：「牽牛爲犧牲，其北河鼓。河鼓
> 大星，上將；左，左將；右，右將。」亦以牽牛、河鼓爲二星。郭
> 云：「今荊楚人呼牽牛星爲簷鼓，簷者荷也。」順經爲説，以時驗而
> 言也。

原來，荊楚之地人們對牽牛的稱呼是根據三星的形狀來比形的，在銀河的東面有一顆明亮的大星，旁邊有兩顆小星，猶如一個人擔荷一般。民間也有稱此星爲扁擔星的。和織女星成爲夫妻就是這河鼓三星，又叫牽牛星，現在的中國天文學者們乾脆直接稱河鼓三星中間的河鼓二爲牛郎星了，以示和二十八宿的牽牛宿的區別。

那麼，雲夢縣出土的竹簡《日書》中所説的牽牛實際上是後來的河鼓三星，只是用了傳説中牛宿的名字罷了。但是後世的文學作品和典籍記載依然以牽牛織女並稱，而且也誤認爲這裡的牽牛就是二十八宿之一了。

我們再看《詩經・小雅・大東》説：

> 維天有漢，監亦有光。跂彼織女，終日七襄。
> 雖則七襄，不成報章。睆彼牽牛，不以服箱。
> 東有啓明，西有長庚。有捄天畢，載施之行。
> 維南有箕，不可以簸揚。維北有斗，不可以挹酒漿。
> 維南有箕，載翕其舌。維北有斗，西柄之揭。

詩中提到的星座名稱有：織女、牽牛、啓明、長庚、天畢、箕、斗。這兩章

都是歷舉天上的星宿徒有其名，而無其實，藉以傾訴人間社會的不平，從而諷刺西周王朝統治者竊據高位而不恤臣民。此詩反映的是東方諸侯國的臣民怨恨西周王室賦稅和勞役繁重的詩，反映了西周王朝與諸侯國臣民之間的矛盾。〔註 10〕洪淑玲女士推測，詩中提到的星宿都是非常明亮的星座，那麼與織女相對的牽牛就不是黃道周圍的牛宿，而是銀河東面的河鼓三星。〔註 11〕但是人們從這相隔銀河的天象和牽牛織女二星的名稱想像出了，二星是一對夫婦，因為某種原因而分離。並且將《詩經》中的「終日七襄……不成報章。睆彼牽牛，不以服箱。」和相思離別結合，產生了許多感時傷情的佳作。比如晉代李充的《七月七日》寫道：「牽牛難牽牛，織女守空箱。河廣尚可越，怨此漢無梁。」詩人從牽牛織女難以完耕織勞作出發，同情二星在廣闊的銀漢無以為梁而彼此分離的痛苦。

　　當然，也有織女渡銀河會河鼓的說法。

魏晉時期周處的《風土記》：

> 七月七日，曝經書，設酒脯時果，散香粉於筵上，祈請於河鼓、織女，言此二星神當會，守夜者咸懷私願，或云見天漢中有奕奕正白氣，有耀五色，以此為徵應。見者便拜，而願乞富乞壽，無子乞子。唯得乞一，不得兼求。三年乃得言之，頗有受其祚者。

漢代崔寔的《四民月令》有：

> 七月七日，曝經書，設酒脯時果，散香粉於筵上，祈請於河鼓、織女，言此二星神當會，守夜者咸懷私願。

直到清代徐珂的《清稗類鈔》「時令類」中還有：

> 宮廷七夕，宮中設果桌祭牛女。皇后親行拜祭禮，其神牌曰「牽牛河鼓天貴星君」，「天孫織女福德星君」。孝欽后嘗命以盆盛水，置日光中，取小針數枚投之，針浮水面，則觀盆底影，以驗人性之巧拙。

　　綜上所述，在先秦時代，人們已經將牽牛（即河鼓星）和織女進行人格化的比附，再聯繫《日書》中的牽牛娶織女的說法，我們可以斷定牛女二星至遲在戰國末期就被人格化了，牽牛和織女成為了一對配偶神，而且就他們分離的情狀，人們產生了類似人類社會的聯想，也就是男子拋棄女子，牽牛

〔註10〕 程俊英：《詩經注析》，中華書局，1991 年版，第 629 頁。
〔註11〕 洪淑玲：《牛郎織女研究》，臺灣學生書局 1988 年版，第 21～22 頁。

最後是遺棄了織女。這樣的神話內涵在後代的文獻記載中也有隱晦的表現。
陳元靚《歲時廣記》引《淮南子》說：

> 烏鵲塡河成橋而渡織女。

南朝梁吳均《續齊諧記》有：

> 桂陽城武丁有仙道，常在人間，忽謂其弟曰：「七月七日，織女
> 渡河，諸仙悉還宮，吾向以彼召，不得停，與爾別矣。」弟問「織
> 女何事渡河？兄何當還？」答曰：「織女暫詣牽牛，吾去後三十年當
> 還耳」。明旦，失武丁所在。世人至今猶云織女嫁牽牛」

　　這兩則記載都是說在七夕，織女渡河去見牽牛，可見織女在婚姻中的被
動地位。而且《古詩十九首》中，「終日不成章，泣涕零如雨」的主角也是織
女星，她終日愁苦思念清淺的銀河對岸的牽牛星，以至織布不成，淚流潸然，
而對牽牛星的情狀詩中卻沒有描繪。

三

　　在先秦神話中，我們只是知道牽牛星與織女星是一對配偶神，後世的許多
學者大致把這個故事的起源歸因於古人的耕牛崇拜、蠶桑崇拜或者星辰崇拜，
甚至有日本學者因爲故事的發生地點是在銀河邊上，因此說這個故事起源於古
人的河神崇拜或者水神崇拜。還有學者認爲牛郎織女神話就是華夏遠古時代的
先妣先祖，而且在七夕這一天可以縱情結合。的確，隔河相思是先民們的一種
生活方式，在《詩經》中就有很多這樣的詩篇，如《鄭風・溱洧》：「溱與洧，
方渙渙兮。士與女，方秉蕳兮。女曰：『觀乎！』士曰：『旣且。』且往觀乎！
溱之外，洵訏且樂。維士與女，伊其相謔，贈之以芍藥。」《周南・漢廣》：「南
有喬木，不可休思。漢有遊女，不可求思。漢之廣矣，不可泳思。江之永矣，
不可方思。」「這是以水生殖崇拜爲底蘊的婚俗在《詩經》中的反映。男女選
擇水邊來交際戀愛，借水來發展愛情，是青年男女對婚姻的一種寄託，是他們
祈願婚姻美滿、生子繁衍的曲折表達。」〔註12〕因此，天河就成爲牽牛織女愛
情的阻隔，也成爲孕育牽牛織女婚姻的溫床。這不能說明在天河兩岸的二星是
人間河神崇拜或者縱情結合的象徵，因爲牽牛織女二星神所代表的乃是那個時
代的農業生產的神。劉宗迪先生認爲「七夕故事和民俗的各個主要環節，都可

〔註12〕向柏松：《中國水崇拜》，上海三聯書店 1999 年版，第 13～14 頁。

以由其與歲時的關係得以解釋：織女之名織女，因其爲紡績之月的標誌；牽牛之名牽牛，則因其爲視牲之月即八月的標誌；當此夏秋之交，織女星和牽牛星先後雙雙升上中天，隔河相望，牛女七夕會銀河的故事即由此而來；七夕穿針乞巧，不過是爲了迎接即將到來的紡織季；乞巧之時陳設瓜棗，則是因爲此時正是瓜棗成熟的季節。」〔註13〕這樣的解釋還是比較符合我們漢民族的民族特性的。在夏商周時代，我們民族的農業生產已經達到一個相當高的水平。與之對應的那個時代的月令和歲時的測定也已經達到相當高的水平。陳遵嬀的《中國天文學史》認爲我們民族最早的曆書《夏小正》中星相根據推算，可以說都是表示公元前 2000 年以前的星象。」〔註14〕

那麼隨著歲月的推移，在千百年的農業生產中，我們的先民在仰望燦爛星空的同時，也賦予了這些星辰以神格，認爲那些指示著節令推移的星辰具有神秘力量。《周易》「仰以觀於天文，俯以察於地理，是故知幽明之故。」《尚書・堯典》所謂「乃命羲和，欽若昊天，曆象日月星辰，敬授民時。」我們的先祖通過對天地日月星辰的觀察，初步掌握了自然界的規律，知道了通過星辰來辨別時間。於是天上的織女星昭示著地上女性紡績之月的到來，天上的牽牛星昭示著地上的先民們檢查郊祀的犧牲。《漢書・藝文志》所謂：「天文者，序二十八宿，步五星日月，以紀吉凶之象，聖王所以參政也。」《易》曰：「觀乎天文，以察時變。」《晉書・天文志》引張衡云：「眾星列布，體生於地，精成於天，列居錯峙，各有攸屬。在野象物，在朝象官，在人象神。」牽牛織女這對配偶神在成其婚配的同時還有了新的職業和功能，就是督促女工和畜牧生產，這兩顆星座由時間的標誌變成爲監督農業生產的神靈。

在先秦農耕時代，在百姓心中，星辰的神話傳說意義和星辰的時間指示功能地位無法相比的。人們可以將人間的男女愛情附會於天上星辰作爲一種浪漫的幻想，但是星宿的時間指示功能才是我們勤勞的先民最關心的。這樣的原始信仰具有強大的功能，牽牛織女的時間指示功能和農桑的保護功能是不容褻瀆的。雖然，封建時代文學中的神話色彩不斷消褪，但是牛女的主要使命還是主農桑，以至於後世將牛女分離解釋爲因耽情廢業而被懲罰。

〔註13〕劉宗迪：《七夕故事考》，《民間文化論壇》，2006 年第 6 期。
〔註14〕陳遵嬀：《中國天文學史》，1984 年，第 690、692 頁。

第二節　漢代的星辰神話

　　到了漢代，天上的王國開始逐步建立起來，人們法天相地，認為人間和天上都是等級森嚴的王國。天子是天授皇權，隨之神話中也有了天帝的形象，成為天上王國的統治者。董仲舒的「天人合一」學說認為，人是一個小宇宙，天地是一個大宇宙，人間萬事萬物在天上都有映像，二者是統一的。

　　《春秋繁露・奉本》：「禮者，繼天地、體陰陽，而慎主客、序尊卑、貴賤、大小之位，而差外內、遠近、新故之級者也，以德多為象，萬物以廣博眾多歷年久者為象。其在天而象天者，莫大日月，繼天地之光明莫不照也；星莫大於大辰，北斗常星，部星三百，衛星三千，大火二十六星，伐十三星，北斗七星，常星九辭，二十八宿，多者宿二十八九，其猶著百莖而共一本，龜千歲而人寶，是以三代傳決疑焉。」天上的北斗星辰都是這個天上王國系統之中的一部份。並且，天上星辰的分佈和運行也昭示著人間的吉凶禍福。《春秋繁露・天地之行第七十八》：「是故天執其道，為萬物主，君執其常，為一國主；天不可以不剛，主不可以不堅；天不剛，則列星亂其行，主不堅，則邪臣亂其官；星亂則亡其天，臣亂則亡其君。」事實上，到了漢代，人們更加關注的是星辰的功能和暗示作用。理性沒有取代讖緯和迷信，反而加快了神話系統的構成。人們對天上星辰的觀測和職能進一步劃分，以確定他們各自的位置和職分，猶如人間社會的組成。

　　那麼在漢代的星辰神話中，牽牛織女居於什麼樣的位置呢？史學家司馬遷在《史記・天官書》中有這樣一段記載：「南斗為廟，其北建星。建星者，旗也。牽牛為犧牲。其北河鼓。河鼓大星，上將；左右，左右將。婺女，其北織女。織女，天女孫也。」《史記・天官書》是漢代司馬遷對先秦時期星象學的總結，在這條記錄中，我們明顯可以看到有兩組星宿，河鼓與牽牛，織女與婺女。婺女就是女宿。司馬貞《史記索引》「爾雅云：『須女謂之務女。』或作婺字。』」張守節的《史記正義》中，還有：「須女，賤妾之稱，婦職之卑者，主布帛裁製嫁娶」「河鼓三星在牽牛北，主軍鼓，蓋天子三將軍，中央大星大將軍，其南左星左將軍，其北古星右將軍，所以備關梁而拒難也……此昔傳牽牛織女七月七日相見，此星也。」再看第一節中陳遵嬀那副天文圖，位於黃道（赤道）旁的女宿和牛宿是二十八宿之列，而牛宿上面有河鼓三星，因其所處的位置，近於星官圖三垣之一的天市垣，背靠天市左垣（城牆），前臨浩淼銀河（護城河），正處於扼守河津、護衛天市的要塞重地。因此，河鼓

三星就被視為守護天上城池的天兵將領，張守節的《史記正義》中說此星是主關梁的將星。

從《史記‧天官書》和《史記正義》看，似乎作者更傾向於讓須女（也就是嫛女）來承擔負責女工的職責。《晉書‧天文志》有「牽牛六星，天之關梁，主犧牲事……須女四星，天少府也。須，賤妾之稱，婦職之卑者也，主布帛裁制嫁娶。」在漢代，似乎有兩種故事版本，一種是牽牛與嫛女（實際上也可以稱為織女），一種是河鼓與織女。《說文解字》云：「萬物之精，上為列星。」也就是地上的萬事萬物的「精」都會在天象中反映出來，地上有河鼓一樣的大將軍和天孫織女一樣的貴族女子，也有諸如牽牛一樣的以耕牧蓄養為生的牛郎和終日勞作在織機旁的平民女子。後代詩歌和文獻也有許多關於這方面的考證：

> 誰將明星貼天宇，州國宮垣象官府。更將四七隨天旋，常以昏中殷四序，迢迢河漢沖秋旻，前有蒼龍履玄武。牽牛正向西南來，左右兩旗北河鼓，鼓星之側為天桴，鼓上三星為織女。何年人號天女孫，便把牛郎擬夫婦，不知此是天關梁，河漢之津有常度。晦明伏見莫非教，肯為文人給嘲班，班曹庚謝猶讋言，世上兒曹更堪數。臨風三誦大東詩，須信詞章有今古。
>
> ──《七夕南定樓飲同官》魏了翁

魏了翁認為牽牛星的北面是河鼓，與河鼓相對的是織女星，而且批判後世之人將天上星辰附會為人間的事物，尤其是將牛郎附會成織女的夫婿。詩人是從天象批判到文人歌詠，還振振有詞地說，如果不相信他的分析，大可迎著風把《詩經‧大東》篇吟詠三遍。

這個問題一直受到人們的關注，比如：

> 《爾雅》並《荊楚記》俱以河鼓為牽牛，不知何據？《月令》明曰：「季春旦，牽牛中；仲秋昏，牽牛中。」正指牛宿言也。〔註15〕
>
> 案，織女三星，在天紀東端，織女，天女孫也。天紀九星，乃在貫索東，距牽牛甚遠。然則牛女之女，非織女，乃須女也。須女四星。天之少府也。須、賤妾之稱，婦職之卑者也；牽牛、亦賤役也，故須女與牽牛相媲，又同列於二十八宿之中，密相附麗，但隔

〔註15〕郎瑛：《七修類稿》卷一　天地類。

天漢，詩人以是有盈盈脈脈之語。若以爲織女，則天女牛郎非其偶

也。〔註16〕

　　可見到了宋元時期，人們都是嚴格區分牽牛與河鼓，須女與織女的。

　　在《史記》中，牽牛還是一頭用來祭祀的活牛，那麼織女作爲天帝之
孫的高貴身份又怎能與之相配呢？很明顯，河鼓與織女具有同樣尊貴的地
位，一個是保家衛國的將軍，一位是天帝的孫女，是再好不過的一對配偶
神了。所以後世的文學作品中很多還認爲織女和河鼓才是七夕相會的一對
神仙眷侶。而且織女作爲尊貴的貴族女子又怎能做一些織造的粗活，她應
該是人世間貴族女性的象徵。《後漢書・天文志》有這樣的記載「七年正月
戊子，流星大如杯，從織女西行，光照地。織女，天之眞女，流星出之，
女主憂。其月癸卯，光烈皇后崩。」織女是天之眞女，也是人間貴族女子
在天上的形象。而天上的星辰的明滅也預示著地上人類的吉凶禍福。雖然
後世傳說中織女已經和民間女以子一樣，具有了勤勞靈巧的特點，但是她
高貴的身份依然沒有變化，還是「天女孫」的貴族血統。而牽牛的身份恰
恰相反，本來具有祀牛和牧牛郎的雙重身份，逐漸演化爲專司畜牧的神，
甚至後代有些作品中，牽牛還具有主關梁的功能。牽牛的身份和河鼓三星
的神格漸漸融合，清代鄒山的《雙星圖》中，牛郎就被作者想像爲一位保
家衛國的大將軍。

　　我們再看下面一幅在 1957 年河南洛陽發現的西漢晚期的壁畫墓的摹本
〔註17〕：

轉換成圖片如下：

〔註16〕李治：《敬齋古今黈》卷一。
〔註17〕湯池：《西漢石雕牽牛織女辯》《文物》1979 年第 2 期。

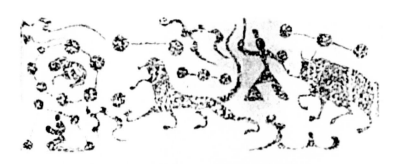

圖三：河南洛陽西漢晚期的壁畫墓

這幅畫面上右上角畫河鼓三星，其下刻畫著叉腿而立的牛郎，右手持鞭上舉，左手握疆牽牛，形象栩栩如生。畫面左下方，有四顆星連接成不規則的 Π 形，其中有一挽著高髻作跽坐狀的婦女。很多學者都認爲這就是織女形象。但是，如果是織女星，那她北面的六星環繞玉兔的太陰星就無法解釋了。因爲織女星在天空中是零等星座，不可能在月亮旁邊，也不會在牽牛星的西面，這與實際天文學星圖不符合。而且在天空中，織女星應該是由三顆星組成，而不是四顆。《墨子·雜守篇》中有：「亭三隅，織女之。」意思是織女星有三個角，像個亭子一樣。那麼只有一種解釋就是，左下角的星宿是女宿，即婺女。她和牛宿一樣是二十八星宿之列，處在黃道（赤道）周圍，是先民們重要的時間參照星座。

從這幅圖可以看出，到了漢代，人們對星辰的崇拜已經由遠古的自然神性崇拜——如夜間照明、指引方向和提示農時——向人格神性崇拜。他們賦予天上的星宿以人格魅力，那主犧牲的牽牛星就成了揚鞭牧牛的牛郎，而婺女就成了主布帛裁制嫁娶的須女了。這樣的圖景也反映了古代南陽地區的農耕畜牧和絲織業的發達，爲古代文明提供了形象的佐證。

同樣在山東長清縣孝里鎮孝堂山石祠有一幅漢代中期的星象圖〔註18〕：

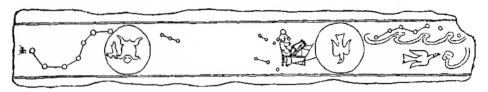

圖四：山東長清縣孝里鎮孝堂山石祠壁畫

〔註18〕 羅哲文：《孝堂山郭氏墓石祠》《文物》1960 年第 4 期。

　　這幅圖繪有日月星辰圖象，一端刻一日，一端刻一月。日中刻飛鳥，因相傳日中有三足鳥，故稱日為金烏。月中刻一蛙與一兔亦因傳月中有玉兔及嫦娥竊藥奔月成為蟾蜍，二者均為我國古代代表月亮的稱呼。在日之旁刻一女坐於織機上，當是織女，頭上刻三星相聯，當即織女星座。《晉書·天文志》：「織女三星在天紀東端，天女也。」三星中最大者當係織女星。其旁復有九星。日、月之兩外端刻南斗與北斗，北斗七星於月之外側，形如勺。南斗六星於日之外側，其旁只有一星；南斗之下刻三曲浮雲，其下有一大雁南飛。」張衡《西京賦》云：「牽牛立其左，織女處其右，日月於是乎出入，象扶桑與濛汜。」在太陽星右邊的連在一起的可能就是河鼓三星，可是後來人們將其混淆為牽牛星。在漢代，織女星雖然獲得了天孫的貴族地位，但是原始信仰中的紡織月令的時間指示功能還一直保留著，所以，在畫像石中，織女三星之下有女子的紡織圖象。漢代還出現了牽牛織女的雕塑，反映出牽牛織女在人們心中的形象。

西漢石雕牽牛像　1 正視　2 側視　　　西漢石雕織女像　1 正視　2 側視

圖五：漢代昆明池石像

　　湯池先生的考證認為這是牽牛織女的雕像：

　　牽牛像（高 258 釐米）位於東岸，上身微微傾側，五官清晰，短發，臉闊眉突。右手曲肘上舉，左手貼於腹前，作握組牽牛狀。身著交襟長衣，腰間束帶。眺望遠方的目光和緊閉的雙唇，表現了人物堅毅憨厚而執著的性格特徵。織女像（高 228 釐米）立於昆明池西岸。人物臉形圓潤，辮垂腦際，身著右衽長衣，抄手腹前，端然坐定。雙眉緊鎖，嘴角下揪，滿臉的愁苦與

悲凄之情，似在訴說著被迫與牛郎分離的痛苦與無奈。這兩尊雕像「是中國現存年代最早的一對大型石刻」「是我國早期城市雕塑之一，在室外雕刻藝術發展史上，佔有重要地位」。〔註19〕

但是據《漢書‧武帝紀》載，在元狩三年，「發謫吏穿昆明池。」顏師古注《漢書‧武帝紀》引臣瓚曰：「《西南夷傳》有越嶲、昆明國，有滇池，方三百里，漢使求身毒國，而為昆明池所閉。今欲伐之，故作昆明池象之，以習水戰，在長安西南，週四十里。《食貨志》又曰：『時越欲與漢用船戰，遂乃大修昆明池也。』」從這裡的記載看，牽牛織女若是以一對戀人的身份被立於昆明池兩側，似與這種咄咄逼人的戰爭氣氛格格不入，似乎他們更具戰神的性質。但從現存有關牛女傳說的資料，找不出絲毫戰神性質的影子。一些學者也注意到了，漢武帝修建昆明池的初衷與二星神石像不太相關，所以認為這兩尊石像是水站演戲完了以後，漢武帝後來又命人豎立的，是漢武帝好神仙的結果。因為關於昆明池旁邊的這兩座雕像，漢代班固《西都賦》云：「集乎豫章之宇，臨乎昆明之池。左牽牛而右織女，似雲漢之無涯。」張衡《西京賦》云：「乃有昆明靈沼，黑水玄阯……牽牛立其左，織女處其右，日月於是乎出入，象扶桑與濛汜。」西晉潘岳《西征賦》云：「儀景星於天漢，列牛女以雙峙。」從文人的歌詠看，昆明池由水站演習的場所變成了武帝的遊幸的地點。但是據我推測，這二石像恰恰就是昆明池開鑿之初而修建的，理由如下：

一是學者們沒有注意到，這裡的牽牛星不是二十八星宿那個主畜牧生產的祀牛，而是與織女隔河相望的河鼓三星。在先秦時代，人們稱河鼓三星為牽牛星。而河鼓三星恰恰具有戰神的性質。這三顆一字排開的星星，中間一顆最亮，所以人們比附為上將，左右為副將。張守節的《史記正義》中，還有：「須女，賤妾之稱，婦職之卑者，主布帛裁制嫁娶」「河鼓三星在牽牛北，主軍鼓，蓋天子三將軍，中央大星大將軍，其南左星左將軍，其北古星右將軍，所以備關梁而拒難也……此昔傳牽牛織女七月七日相見，此星也。」〔註20〕可見，在漢代水站的演習場所修建河鼓三星的石像是很正常的。

二是學者們認為這是漢武帝的遊樂場所，才會豎立牽牛織女石像。湯池先生還描述石像的神態時，牽牛是「望遠方的目光和緊閉的雙唇，表現了人

〔註19〕湯池：《西漢石雕牽牛織女辨》《文物》1979 年第 2 期。
〔註20〕張守節：《史記正義》，中華書局，1959 年。

物堅毅憨厚而執著的性格特徵。」，織女是「眉緊鎖，嘴角下揪，滿臉的愁苦與悲淒之情，似在訴說著被迫與牛郎分離的痛苦與無奈。」既然是帝王的遊樂場所，為什麼石像的表情會如此嚴肅，而且織女還愁苦滿面？即使有這樣的夫妻分離的神話故事，那也會是先秦時代就已經成型的牽牛拋棄織女的故事。試想，漢武帝自己都已拋棄了青梅竹馬的陳阿嬌，他又怎會讓這樣的「怨婦」像豎立在自己的遊樂場。只有一個解釋，那就是這二石像是為水站演習而建，昆明池建好後，又豎立「備關梁而拒難」的河鼓星石像，再豎織女石像以象徵天上的河水。《三輔黃圖》卷四「漢昆明池」條，引關輔古語說：「昆明池中有二石人。立牽牛織女於池之東西，以象天河。」根據實際的天相，牽牛星宿是遠離天河，在黃道上的，只有河鼓星才是在天河扼守河津、報衛天市的星神。至於織女石像為什麼會愁苦淒涼，可能是湯池先生的主觀描繪的結果。牛郎織女傳說已經深入人心，再加上《古詩十九首》的「終日不成章，泣涕零如雨。」的心理暗示，所以才會有湯先生的想像性的描繪。實際上，我們從織女石像的正面和側面觀察，織女似乎是一個莊嚴的女神的形象，面對天河裏的「水戰」她冷靜地注目和思索。顏師古注《漢書・天文志》引如淳曰：「《食貨志》：武帝修昆明池，列觀環之。」漢武帝一生好戰又好神仙，他於眾仙中獨取牽牛織女立於昆明池兩側，絕不是用此二神像來時時警戒自己不忘民生疾苦而要關心男耕女織的社會經濟發展。一方面他是要取河鼓星的主戰功能，另一方面也是要營造一種「似雲漢之無涯」的神仙境界。據日本小南一郎稱，這兩尊石像還象徵著宇宙中陰陽的交會，在宇宙構造中佔據著重要的位置。〔註21〕而且在晉代張華的《博物志》中，乘槎尋仙的人到達天河，牽牛星和織女星正是他登天的證明。而其以這個故事為藍本的歷代乘槎訪星故事一直到清代都活躍在文學作品和民間口頭流傳中。

　　三是從漢代前期的資料中，可以見出織女星神的神話色彩比較濃厚。

　　　　《淮南子》：「烏鵲填河成橋而渡織女。」〔註22〕

　　　　《淮南子・真篇》：「若夫真人，則——臣雷公，役夸父、妾宓妃、妻織女，天地之間何足以留其志。」

　　　　王逸《九思・袁歲》：「就傳說兮騎龍，與織女兮合昏。」

〔註21〕小南一郎：《中國的神話傳說與古小說》中華書局，1993年版，第78頁。
〔註22〕（宋）陳元靚：《歲時廣記》引（今本淮南子無此說）。

以上的材料可以看出，在漢代中期以前，織女作爲天孫神女，在人們的視野中還是一位美豔女神，而且她和天上諸神似乎都有著婚姻關係。如《淮南子》中的「妻織女」，《九思》中的與傳說「合昏」。

所以，漢代前期的織女神話中，人們心目中織女的丈夫可能是河鼓星。雖然河鼓也叫牽牛星，但是他的職責不是主畜牧而是主關梁。而且在神仙家那裡，織女總是多情的妻子的形象，比如「妾宓妃，妻織女」「與傳說兮合昏」。

因此，李立先生認爲漢畫像中的牛女神話與眞實的天文景象不相吻合，出現了「錯位搭配」現象，即「或河鼓與婺女（須女）、或河鼓與織女、或牽牛與織女」。其原因在於，牛女故事存在兩個層面，「星宿的層面和基於星宿的話語的層面」。前者所展示的是牛女的「分離」，後者則體現的是牛女的「團聚」。前者的審美訴求「在客觀上（視覺上）構成一種既相隔又相望的事實」，不管相隔的是白虎或是雲漢；後者的內涵體現著「主觀的理想和願望」，即「強烈的審美要求」，也就是「人的思想和感情」，亦即牛女的「相聚」。〔註23〕其實在後世的牛女神話中，這兩個層面的故事都有所發展。

不管怎樣，昆明池二星神石像的豎立爲後代的傳說豎立了一座里程碑，從此牽牛織女的故事開始進入一個轉折時期。上至文人士大夫的詩歌作品下至民間百姓的口頭流傳，這個美麗的神話開始漸漸演變成爲一個世俗的傳說，在不同的地域和不同的人群中，人們添枝加葉不斷地在神話中訴說著自己的心願。隋代的虞世基《賦昆明池一物得織女石詩》曰：「隔河圖列宿，清漢象昭回。支機就鯨石，拂鏡取池灰。船疑海槎渡，珠似客星來。所恨雙蛾斂，逢秋遂不開。」晚唐童翰卿《昆明池織女石》：「一片昆明石，千秋織女名。見人虛脈脈，臨水更盈盈。苔作輕衣色，波爲促杼聲。岸雲連鬢濕，沙月對眉生。有臉蓮同笑，無心鳥不驚。還如朝鏡裏，形影兩分明。」這兩首詩都是從開鑿昆明池的歷史出發，將歷史文物結合民間傳說寫入詩中，詠史應時。

第三節　漢魏晉時期神話的世俗化

一直到了漢代末年，牛郎織女神話才進入文人視野，成爲一個具有悲劇意義的愛情故事。在漢代中期之前，牛女故事還只是局限在兩位配偶星神分

〔註23〕李立：《牛郎織女神話敘事結構的藝術轉換與文學表現》《古代文明》2007年第一期。

隔在銀河兩岸，相互注目眺望。但是到了漢代末年這個故事的主題發生了巨大變化，人們開始注入主觀情感，對分隔的二星寄予了巨大的同情和憐憫。從蔡邕的「悲彼牛女」到古詩十九首的「泣涕零如雨」，把相思離別的主題推向了高潮。

榮格說：「生活中有多少種典型環境就有多少個原型。無窮無盡的重複已經把這些經驗刻進我們的精神構造中……當符合某種特定原型的情景出現時，那個原型就復活過來」〔註24〕牽牛織女作爲夫婦的分離這樣的原型在漢代末年成爲詩人的歌詠的對象而復活過來，是有一定「原型的情景」出現的。分析這一原型情景的生成，大概有一下幾個方面：

一是儒家倫理需要與漢末婚姻制度的影響

漢武帝時期確立的儒家獨尊地位，在全社會建立起儒家的倫理道德規範。家庭是社會的細胞，也是封建社會自然經濟的最基本的生產單位。所以，儒家倫理的基石就是從小家庭開始的，講究夫唱婦隨，尤其是對夫婦的小家庭內的情感的干涉。《孟子‧離婁上》：「天下之本在國，國之本在家」，《禮記‧中庸》：「君子之道，造端乎夫婦。」《易‧序卦》：「有夫婦然後有父子，有父子然後有君臣，有君臣然後有上下，有上下然後禮義有所錯（措）」。雖然在先秦時代，中華大地上有許多浪漫的神話愛情，比如高唐神女、巫山瑤姬……在先秦詩歌中，有許多熱烈奔放的愛情故事，比如《鄭風‧溱洧》《摽有梅》《野有死麕》，但是到了漢代隨著官方哲學的主導作用，儒家夫婦倫理漸漸向下層社會滲透，這種正統的夫婦倫理也成爲民間的主要價值觀之一。夫婦倫理成爲愛情的主要載體，而不是野外偶遇的女子或是自薦枕席的神女。仲富蘭說：「民俗文化中許多習俗的表現，維護的是價值的連續性，它用多姿多彩的表徵和思維形式，激發和強化那些由於『積澱』已經內化了的文化觀念，因而使人最容易產生文化認同感和群體歸屬感。」〔註25〕所以，文人們在選擇表達眞摯愛情和熱烈戀慕情結的時候，開始主動選擇具有夫妻關係的牽牛織女這樣的內化了的儒家倫理文化意象。愛情相思是要在禮的規範下進行，是要「發乎情止乎禮義」的。同樣，民間的百姓也對牛女故事產生了認同感和群體歸屬感，從牽牛的牧耕和織女的紡織的神職上投射了人間夫妻的男耕女織的生活模式。

〔註24〕榮格：《心理學與文學》，三聯書店1987年版，第101頁。
〔註25〕仲富蘭：《中國民俗文化學導論》，浙江人民出版社1988年版，第243頁。

漢代末年，隨著大地主與莊園經濟的盛行，出現了一些世家大族和高門貴戶。愛情與婚姻已經不是個人行爲，而是要體現家族整體利益的。漢代對女性的規範也是相當嚴格的，有了三綱五常和三從四德。劉向著《列女傳》，班昭寫《女誡》，都是在倫理規範上要求女子絕對順從於男權。那麼，漢代的婚姻悲劇具有普遍的社會意義。漢末的長篇敘事詩《孔雀東南飛》所表現的就是這樣的愛情悲劇。地上有相愛而分離的世俗夫妻，天上銀河兩岸就有相思離別的牽牛織女星神。人世的情感被投射到天上的神仙境界，神話悲劇也進入到了文人的詩歌詠唱。如：蔡邕《青衣賦》：「悲彼牛女，隔於河維。」人們反思造成牽牛織女悲劇的原因，在任昉的《述異記》中有：

> 天河之東有美麗女人，乃天帝之子，機杼女工，年年勞役，織成雲霧綃縑之衣，辛苦無歡悅，容貌不暇整理，天帝憐其獨處，嫁與河西牽牛夫婿，自後竟廢織紝之功，貪歡不歸，帝怒責歸河東，但使一年一度相會。〔註26〕

看來在魏晉時期，文人們已經開始關注牽牛織女神話的悲劇內涵，並且爲其尋找悲劇根源，那麼從正統的意識形態出發，二星神的分離是因爲貪歡不歸。而且造成夫妻分離的一個直接原因是天帝的意志。這可能是文人在民間傳說的基礎上加工而成的。在同時代的《殷芸小說》：

> 天河之東有織女，天帝之子也。年年機抒勞役，織成雲錦天衣，容貌不暇整。帝憐其獨處，許嫁河西牽牛郎，後遂廢織經。天帝怒，責令歸河東，但使一年一度相會。〔註27〕

又南朝梁宗懍的《荊楚歲時記》中有：

> 天河之東有織女，天帝之子也。年年機杼勞役，織成雲錦天衣。天帝憐其獨處，許嫁河西牽牛郎。嫁後遂廢織紝。天帝怒，責令歸河東，惟每年七月七日夜，渡河一會。〔註28〕

以上三則記載幾乎相同，如果都是當時的準確記載的話，那麼從此可以看出這則神話故事已經完全被世俗化了，且帶有鮮明的情感旨歸。首先織女是一個紡織的女子，且織就的是天上的雲錦天衣，以至於沒有時間整理容貌。其次

〔註26〕 （明）張鼎思：《琅邪代醉篇》卷一。

〔註27〕 （明）馮應京：《月令廣義・七月令》，不見今本《殷芸小說》據袁珂《中國神話史》考據爲殷芸作，尚待考證。

〔註28〕 此則也不見於今本的《荊楚歲時記》尚待考證（按：後世許多類書中都有此記載，今本可能有遺漏。）

天帝獎賞她的是一門婚姻。嫁娶的對象牽牛郎也是天上的星宿，這是一門門當戶對的親事，符合儒家婚姻禮儀。最後，二人分離的原因盡然是因為貪戀夫妻歡愛而忘記了自己的神職，於是被罰在天河兩旁，只有一年見一次面。

從這則記載我們可以看到當時社會的縮影。漢代社會經濟是男耕女織自給自足的小農經濟，辛勤勞作以獲得生存資料是社會經濟的支柱。「文帝即位，賈誼說上曰：一夫不耕，或受之饑；一女不織，或受之寒。上感誼言，始開籍田躬耕，以勸百姓。」〔註29〕象徵農業經濟的二位星神是天下百姓夫妻的表率，又怎能貪戀閨中之樂而壞了國家根本。有一些學者認為，天帝是封建統治者殘暴鎮壓百姓，造成夫妻離散的罪魁禍首。其實較為合理的說法可能是，這裡的天帝並不是實指某個君主，而是整個封建社會農業經濟的代表。所以，在牽牛織女故事的多個版本中，這個故事是最具有生命力的，成為後世人們津津樂道的牛女故事的模本。尤其是在官方意識形態的記錄和上層文人的作品中，耽情廢業而分離成為牛女故事的主題。牛女故事的官方版本就是夫婦之情、夫妻之愛，在「發乎情，止乎禮義」的範圍內，在不影響農業耕織的情況下是積極予以肯定的。

二是魏晉時期原始性愛之神的轉移

在母系氏族時期，許多民族的母神都擁有最崇高的地位，她們是生殖力和生產力的象徵。尤其是性愛女神，在各個民族文化的發展中不盡相同，古希臘有阿芙洛蒂特、羅馬有維納斯，她們是愛與美的化身。在中國，由於受到儒家禮儀文化的約束，愛神的形象就比較複雜，往往被想像成女仙、女神，她們不光要有美麗的容顏，還要有善良的品質。葉舒憲先生在《高唐神女與維納斯》中指出，華夏民族原始的性愛女神由於文明發展的制約，昇華轉移為幾種不同的形式：一曰政治化，是為「社稷」；二曰哲學化，是為陰陽之說，又可稱之為「道」；三曰宗教儀式化，是為高禖之祭；四曰文學藝術化，是為高唐神女。〔註30〕但是隨著漢代儒家倫理向民間的滲透，以及原始神話逐漸的歷史化、神仙化和文學化，中華民族的原始性愛女神形象在逐漸消退。葉舒憲先生認為在中國文學中，高唐神女和巫山神女就是華夏民族性愛之神在文學中的體現。在歷代文人士大夫乃至最高統治者對高唐神女和巫山神女的吟詠描摹的詩篇中，可以看出女神們就是人間男子渴慕和愛戀的性幻想。

〔註29〕《文選》卷三十六。
〔註30〕葉舒憲：《高唐神女與維納斯》，陝西人民出版社2005年版，第340頁。

可是，高唐神女和巫山女神只是在文人們的詩歌詞賦中以一種性意象大量出現，卻沒有在民間文學中被廣泛接受。考察民間文學和民俗，織女在民間信仰中，性愛之神的影響卻比較明顯。張君的《七夕五考》中，從民俗的角度考證了織女的六種神性，即乞巧、乞富、乞子、乞壽、祐兒童、祈婚姻美滿、祈遂私願。其中祈婚配是最主要的習俗。〔註31〕這些祈願中，乞子、祐兒童、祈婚姻美滿等都具有婚姻和生育的功能。這與性愛女神的功能大體一致，就是賜予人類婚姻和子嗣，進而使得原始人類繁衍不斷、生生不息。

同樣織女在文人筆下，和高唐神女也十分相似。織女是高唐神女的幻影，更具愛與美的特性。在文人們的詩詞歌賦中，織女具有女神們共有的美豔妖冶的共性，還具有高貴端莊的特性。上至朝廷百官文人墨客，下至黎民百姓市井草民，都對織女情有獨鍾。在朝廷，織女是主女紅，主瓜果收穫的星神，是宮廷貴婦的榜樣，是人間女性的楷模，是夫妻倫理的神主。在文人墨客，織女是高唐神女，是巫山女神，可以安慰他們寂寞孤獨的靈魂。在市井百姓，織女是保祐他們家庭幸福、子孫綿延的女神。所以，織女作爲中國的性愛之神之一，具有多種多樣的功能，可以滿足不同階層不同人群的需要。當然，織女作爲性愛女神的功能是非常隱蔽的，是隱藏在倫理之後的。所以，在託名東方朔所作的《神異記》有記載：

> 郭翰嘗遇織女降其室，衣玄霄之衣，霜羅之帔，戴翹鳳金冠，
> 躡瓊文九章之履，張霜霧丹縠之幬，施九晶玉華之簟，轉會風之扇，
> 有同心龍枕。翌日，丹鉛書青縑一幅以寄翰。〔註32〕

在《神異記》中，織女分明是高唐神女的化身，是巫山神女的再現，是文人們心中可能想像的豔遇。這樣的記載在唐代張薦的《靈怪集》中再一次被敘述描寫，成爲文人們心中慰藉相思和渴慕異性的精神幻想。

在魏晉南北朝的以七夕爲題材的宮體詩中，對織女美豔的極力描摹也是這種心理的反映。「豔色隨星去，鬢影雜雲來。更覺今宵短，只遽日輪催。」〔註33〕沒有了憂怨，失掉了離愁，牛女一年一度的相逢分明是指向了床幃。「亭亭秋月明，團團夕露輕。鳳駕今時度，霓騎此宵迎。疏上彩霞動，粉外白雲

〔註31〕張君：《七夕探源》，《湖北大學學報》，1993 年第 4 期。
〔註32〕趙道一：《歷世眞仙體道通鑒後集》卷之二 記傳類，新文豐出版公司 1977 年版。
〔註33〕陳叔寶：《七夕宴重詠牛女各爲五韻詩》。

生。故嬌隔分別，新歡起舊情。含笑不終夜，香風空自停。」〔註34〕對織女的外表露骨的誇飾表現了世俗之人的欲望。「秋初芰荷殿，寶帳芙蓉開。玉笛隨弦上，金鈿逐照回。釵光搖玳瑁，桂色輕玫瑰。笑靨人前斂，衣香動處來。」〔註35〕詩中的織女完全是宮中美豔婦人的映照，笑靨香衣媚俗輕薄。庾信在他的《七夕賦》中，也將織女與「秦娥麗妾，趙燕佳人」〔註36〕相提並論，並且朝妝晚拭，並舍房櫳。在這些豔情詩中，我們可以看到織女作為性愛女神的影子，豔麗窈窕，是男性詩人心中欲望的化身。織女實際上是被禮教馴化了的高唐女神意象的延展，是被世俗合理化了的性愛之神。

三是時代原因

牛女離別是從漢代經學桎梏中解放出來的文人騷客們，情感漸漸衝破了倫理的藩籬，迸發出的時代絕唱。

> 迢迢牽牛星，皎皎河漢女。纖纖擢素手，箚箚弄機杼。終日不成章，泣涕零如雨。河漢清且淺，相去復幾許。盈盈一水間，脈脈不得語。
> 　　　　　　　　　　　　　　　　　──《古詩十九首》

夜空中清淺浩瀚的銀河，兩岸含情不語的星辰，美麗而哀愁的織女淚珠如雨。這首詩歌以其優美動人的傳說、離別相思的意象和質樸動人的詩句成為千古絕唱，為後世稱賞不已。梁啟超的《漢魏時代之美文》中：「不是憑空替牛郎織女感慨，自無待言，最少也是借來寫男女戀愛。再進一步，是否專寫戀愛，抑或更別有寄託而借戀愛作影子，非問作詩的人不能知道了。雖不知道，然而讀起來可以養成我們溫厚的情感，引發我們優美的趣味，比興體的價值全在於此。」〔註37〕梁啟超是從詩歌藝術的角度分析這首詩的價值主要在比興的運用。由於天上星辰的隔河遙盼的天象而引發了人間兩地相思的人們的共鳴，因此兩顆星宿的相對位置成為了相思離別之人的象徵。

詩中對牛女分離的感慨和遺憾自不待言，更為重要的是他是詩人離別佳人、異鄉飄零的心裏寫照。葉嘉瑩說《古詩十九首》為什麼能夠絕唱千古，主要是因為這些詩篇有著強烈的生命意識，道出了人類最基本的三大情感，就是：生存、死亡和離別〔註38〕。漢代社會動盪，士子們通過經學而步入仕

〔註34〕陳叔寶：《同管記陸琛七夕五韻詩》。
〔註35〕陳叔寶：《七夕宴樂修殿各賦六韻》。
〔註36〕庾信：《七夕賦》。
〔註37〕轉引自趙敏俐：《文學研究方法論講義》文苑出版社2005年版，第51頁。
〔註38〕葉嘉瑩：《迦陵說詩講稿》，中華書局，2008年1月版，第116頁。

途的期望愈發渺茫，他們競相奔走於權門豪貴以期有所作爲，遊學和遊宦成爲他們生活的主要部份。與西漢窮經皓首終老於書齋相比，東漢文人更多的是在旅途漂泊，在豪門寄居，遠離故土和親人，爲謀求人生的出路而輾轉奔波。所以《古詩十九首》中那種對生命、對宇宙的苦苦思索和追問打動了一代代讀者。《迢迢牽牛星》中「脈脈不得語」的是離別的淒苦，也是對生命價值的難以言語的感發，更是對生命美好的可望而不可即。沈德潛《古詩源》評價說這首詩「相近而不能達，彌復可傷。此亦託興之詞。」在漢代末年感傷的時代氛圍中，這首詩以輕靈飄渺的筆觸道出了沉重無奈的憂傷。曹植在《九詠》中歎道：「臨回風兮浮漢渚，目牽牛兮眺織女。交有際兮會有期，嗟痛吾兮來不時。」在牛女的分離意象中寄託了自己遠離君王懷才不遇的哀傷。而曹丕則在《燕歌行》中寄託了對世間美好事物凋零沒落的歎息：

> 秋風蕭瑟天氣涼，草木搖落露爲霜。
> 群燕辭歸鵠南翔，含吾客遊多思腸。
> 慊慊思歸戀故鄉，君何淹留寄他方。
> 賤妾煢煢守空房，憂來思君不敢忘。
> 不覺淚下沾衣裳，援琴鳴弦發清商。
> 短歌微吟不能長，明月皎皎照我床。
> 星漢西流夜未央，牽牛織女遙相望，
> 爾獨何辜限河梁？

讓曹丕「短歌微吟」的不是離別和出世，而是那種生命意識的自覺。在「人的自覺」的時代，內心情感充盈的詩人本能地附和心靈的召喚，將那種輕煙一般的生命哀愁寄託在了大自然的景物中。秋風中草木零落，群雁南歸，游子思婦天各一方，在皎皎明月和燦燦星輝下吟唱著千古的離別哀傷。

「誰講到了原型意象，誰就道出了一千個人的聲音，可以使人心醉神迷，爲之傾倒。與此同時，他把正在尋求表達的思想從偶然和短暫提升到永恆的王國之中，他把個人的命運納入到人類的命運，並在我們身上喚起那些時時激勵著人類擺脫危險，熬過漫漫長夜的親切的力量。」〔註39〕隔河相望的牛郎織女星，以其愛情的相思和恒久的意象進入到了中國古典詩歌，從《迢迢牽牛星》中的相望盈盈、含情脈脈，到《燕歌行》中的獨限河梁的幽怨，這

〔註39〕葉舒憲：《神話──原型批評》，陝西師範大學出版社1987年版，第101頁。

種以愛情定位的意象模式影響了後世的七夕詩歌，而且這個神話傳說在漫長的千年時空之中始終是沿著男女愛情相思的主題在演變和發展。比如晉代陸機《擬迢迢牽牛星》：「昭昭清漢暉。粲粲光天步。牽牛西北回。織女東南顧。華容一何冶。揮手如振素。怨彼河無梁。悲此年歲暮。跂彼無良緣。睆焉不得度。引領望大川。雙涕如霑露。」其中通過「怨彼河無梁，悲此年歲暮」的悲怨透露出歲月遲暮的哀歎，開闊了牛女詩歌的意境。夫婦離別之怨，佳士懷才不遇之悲，歲月遲暮之痛一起湧上詩人心頭，讓詩人不禁「雙涕如沾露。」接著南北朝的詩人一直承襲著魏晉詩歌的審美意象，感歎著牛女聚散離別的惆悵。如：何遜《七夕》：「來歡暫巧笑，還淚已啼妝。別淚不得語，河漢漸湯湯。」王筠《代牽牛答織女》：「歡娛未繾綣，倏忽成離異。終日遙相望，只益生愁思。」鮑照的《和王義興七夕詩》：「宵月向掩扉，夜霧方當歸。寒機思孀婦，秋堂泣征客。匹命無單車，偶影有雙夕。暫交金石心，須與雲雨隔。」

四是民俗與文學的互動，民間與宮廷的狂歡

神話故事與民俗相融合，成為中國神話得以保存的一種形式。七夕節日因牛郎織女神話而逐漸興盛，牛郎織女傳說因七夕節日而廣泛流傳，不斷變化長盛不衰。二者相輔相成，密不可分。七夕節日和牛女神話結合，民俗和神話互動，也形成了牛女文學的繁榮。

晉代周處《風土記》記載：

> 七月初七日，其夜灑掃於庭，露施几筵，設酒脯時果，散香粉於筵上，以祈河鼓織女，言此二星神當會。守夜者咸懷私願，或云見天漢中有奕奕正白氣，有光耀五色，以此為徵應。見者便拜而願乞富乞壽，無子乞子，唯得乞一，不可兼求。三年乃得言之，頗有受其祚者。〔註40〕

南北朝時期，南方政權相對安定，經濟繁榮，思想活躍，民俗活動日漸盛大。加之南朝君主普遍文學修養較高，喜奢華而雅致的生活方式，因此，民俗節日格外收到社會普遍推崇，七夕節日也盛況空前。僅就數量上說，南朝時期的七夕詩歌創作出現了一個高峰，短短的一百七十多年的時間，留下了三十一首七夕詩。由於七夕節日世俗的色彩大為增加，節日的娛樂成分成

〔註40〕《太平御覽》卷三十一。

爲了節日的主流，民間的七夕節日帶有明顯的功利性。宗懍《荊楚歲時記》曰：「七月七日爲牽牛織女聚會之夜。是夕，人家婦女結綵樓，穿七孔針，或以金、銀、瑜、石爲針，陳瓜果於庭中以乞巧，有蟲喜子網於瓜上，則以爲符應。」〔註41〕七夕節日已經朝著多功能性和娛樂狂歡發展，這也促進了牛女詩歌審美意境的多元化。七夕穿針的習俗進入了文人視野，成爲七夕詩歌久唱不衰的一個主題。漢代「采女嘗以七月七日穿針於開襟樓」到了南北朝時期，這種民間活動進入宮廷，成爲七夕一項娛樂活動。徐珂的《清稗類鈔》中有：「齊武起曾城觀，七月七夕，宮人登之穿針，世謂之『穿針樓』」「宮廷七夕」辭條說「七夕，宮中設果桌祭牛女。皇后親行拜祭禮，其神牌曰『牽牛河鼓天貴星君』，『天孫織女福德星君』。孝欽后嘗命以盆盛水，置日光中，取小針數枚投之，針浮水面，則觀盆底影，以驗人性之巧拙。」宮女的穿針乞巧的儀態情趣成爲詩人們的興趣點，體現了宮體詩的體察女性微妙心理的特色。「縷亂恐風來，衫輕羞指見。故穿雙眼針，持縫合歡扇。」〔註42〕「憐從帳裏出，相見夜窗開，針欹疑月暗，縷散恨風來。」〔註43〕「步月如有意，情來不自禁，向光抽一縷，舉袖弄雙針。」〔註44〕當然也有柳惲《七夕穿針》詩曰：「代馬秋不歸，緇紈無復緒，迎寒理夜縫，映月抽纖縷，清露下羅衣，秋風吹玉柱，流景對秋夕，餘光欲難駐。」〔註45〕通過穿針的習俗表現思婦對丈夫的思念之情，情致綿邈，超出了宮廷穿針詩人的境界。南朝梁才女劉令嫺有《答唐娘七夕所穿針詩》一首：「倡人助漢女，靚妝臨月華。連針學並蒂，縈縷作開花。嬌閨絕綺羅，攬贈自傷嗟。雖言未相識，聞道出良家。曾停霍君騎，經過柳惠車。無由一共語，暫看日升霞。」〔註46〕倡家的唐娘和孀居的詩人都是不幸命運中的傷心女子，在七夕這樣的日子，豔妝於月下，相對嗟歎，雖然不曾言語，但心靈相通，終夜傷懷至朝霞滿天。由七夕的牛女相逢眾女乞巧，到自身的感傷，女詩人的情感來得更加眞摯動人。

相對於貴族女性，民間女子的感情就大膽奔放多了。《七日夜女郎歌九首》就是民歌中專門詠唱牛女故事的一組愛情詩歌：「春離隔寒暑，明秋暫一會。

〔註41〕宗懍：《荊楚歲時記譯注》，湖北人民出版社，1985年版，第109頁。
〔註42〕劉孝威：《七夕穿針》。
〔註43〕梁簡文帝：《七夕穿針》。
〔註44〕梁劉遵：《七夕穿針》。
〔註45〕柳惲：《七夕穿針》。
〔註46〕劉令嫺：《答唐娘七夕所穿針詩》。

兩歡別日長，雙情若饑渴。」「婉孌不終夕，一別週年期。桑蠶不作繭，晝夜長懸絲。」「靈匹怨離處，索居隔長河。玄雲不應雷，是掩啼歡歌。」「振玉下金階，拭淚矚星闌。惆悵登雲招，悲恨兩情殫。」「風驂不駕纓，翼人立中庭。簫管且停吹，展我敘離情。」〔註47〕這是一組南方民歌，清新委婉，細膩含蘊。其中，「雙情若饑渴」「晝夜長懸絲（「絲」「思」雙關）」「展我敘離情」等句子，都顯示出民歌的坦率質樸，是這一時期詠唱牛女的佳作，與《詩經》的愛情詩一脈相承。

五是神仙故事的推波助瀾

如果說以上四點都投射著或多或少的人們的世俗的願望，那麼神仙故事就是漢魏時期人們的美麗的幻想。從漢代開始，黃老之學、天人感應思想就十分流行，帝王士大夫多好神仙方術。後漢到三國、兩晉時期的社會戰亂動盪，外來的佛教和土生的道教得到了廣泛發展，凡人如何成為神仙成了那個時代的大課題。

自從漢武帝法天象地造昆明池以備水戰，牽牛織女石像分隔在東西池畔，後世那些尋仙求道的人們就把二星作為進入天界的標誌。牽牛織女成為世人眼中神仙生活的代表，成為歷代稗官野史、類書雜說的作者津津樂道的話題。在魏晉南北朝，這類尋仙故事主要形成牛女神話的次生神話，即乘槎傳說和支機石傳說。這類次生神話逐漸成為人們關注的焦點，屢屢出現在各種書籍文獻中。

乘槎的傳說有：

> 舊說云，天河與海通。近世有人居海濱者，年年八月有浮槎去來不失期。人有奇志，立飛閣於槎上，多齎糧，乘槎而去。十餘日中，猶觀星月日辰，自後芒芒忽忽，亦不覺晝夜。去十餘日，奄至一處，有城郭狀，屋舍甚嚴，遙望宮中多織婦。見一丈夫牽牛渚次飲之，牽牛人乃驚問曰：「何由至此！」此人具說來意，並問此是何處。答曰：「君還至蜀郡，訪嚴君平則知之。」竟不上岸，因還。如期後至蜀，問君平，曰：「某年月日有客星犯牽牛宿，計年月，正是此人到天河時也。〔註48〕

<hr>

〔註47〕郭茂倩：《樂府詩集》卷45 清商曲詞・吳聲歌曲三。
〔註48〕張華：《博物志・雜說下》卷十。

　　魏晉時期也是中國志怪小說興起的時代，魯迅說這個時期是「張皇鬼神，稱道靈異。」〔註49〕在這樣的時代，張騫乘槎的故事無疑是人們對海外世界和神奇仙境的探索與好奇的結果。人們幻想著大海與天河相通，只要在夏季八月銀河最爲明顯的時候，乘著桴槎一直前進，就可以到達天上。天上的情致和人間一樣，也是有城郭屋舍，也有耕夫織婦。還有人間的占星道士嚴君平證明此人到過牽牛星那裡。

　　這裡乘槎的人是誰並沒有說明，只知道是一個家住在海濱的人。但是隨著故事在民間的流傳，漸漸與《漢書》中的張騫出西域的故事結合，成了張騫乘槎訪河源。「騫以校尉從大將軍擊匈奴，知水草處，軍得以不乏，乃封騫爲博望侯。」張騫死後，「而漢使窮河源，其山多玉石，探來，天子案古圖書，名河所出山曰崑崙云。」〔註50〕張騫出使西域爲漢代西域的疆土的開拓立下了不朽的功勳，所以張騫的探索冒險精神成爲民間爭相歌頌的對象，於是《博物志》裏的乘槎人成了博望侯張騫，所乘之槎也成了博望槎。接著又產生了支機石的傳說：

　　　　漢武帝令張騫使大夏，尋河源。乘槎經月，而至一處，見城郭
　　　和州府，室內有一女織，又見一丈夫牽牛飲河。騫問曰：「此星何處？」
　　　答曰：「可問嚴君平。」織女取揩機石與騫而還。後至蜀，問君平，
　　　君平曰：「某年月日客星犯牛女」支機石爲東方朔所識。〔註51〕

　　這樣的傳說在至遲在南北朝就形成了，有詩爲證：「九江逢七夕，初弦值早秋，天河來映水，織女欲攀舟，漢使俱爲客，星槎共逐流，莫言相送浦，不及穿針樓。」〔註52〕「耿耿長河曙，濫濫宿雲浮。天路橫秋水，星衡轉夜流。月下姮娥落，風驚織女秋。德星猶可見，仙槎不復留。」〔註53〕「牽牛遙映水。織女正登車。星橋通漢使。機石逐仙槎。隔河相望近。經秋離別賒。愁將今夕恨。復著明年花。」〔註54〕「河漢言清淺，相望恨煙宵。雲生劍氣沒，槎還客宿遙。月上仍爲鏡，星連可作橋。唯當有今夕，一夜不迢迢。」〔註55〕在這些

〔註49〕魯迅：《中國小說史略》上海文化出版社 2007 年 1 月版，第 34 頁。
〔註50〕《漢書》卷六十一《張騫李廣利傳》第 31 頁。
〔註51〕轉引自袁珂、周明編：《中國神話資料萃編》，四川省社會科學院出版社 1985 年版，第 113～115 頁。《天中記》卷二引《荊楚歲時記》，今本無。
〔註52〕梁庾肩吾：《又奉使江州船中七夕詩》。
〔註53〕張正見：《秋河曙耿耿詩》。
〔註54〕庾信：《七夕》。
〔註55〕陳叔寶：《同管記陸瑜七夕四韻詩》。

詩人的歌詠中，星槎和支機石都成了牛女神話傳說的一部份，是神話故事中不可缺少的印記。

　　牛郎織女神話從先秦走來，穿越秦代的禁毀和漢代的經學束縛，到了魏晉南北朝進入了文學視野，鮮活而豐富。他與漢代儒家官方倫理結合，將牛女愛情規範在了夫婦倫理的範圍內，又潛在地傳承了原始性愛女神的功能，並且以其離別相思的意象打動著詩人們，以其婉約含情的詩境進入宮廷，以其奇幻瑰麗的神仙色彩滿足著人們求仙的願望。魏晉南北朝時期是牛女神話成為傳說的一個關鍵時期，後世牛女題材的作品幾乎都沒有超出這一時期所形成的主題意蘊，都是在此基礎上進行的想像和加工。馬克思曾經說過：「希臘神話不只是希臘藝術的武庫，而且是它的土壤。」希臘藝術和史詩中所包含的神話具有「永久的魅力」，至今「仍然能夠給我們以藝術享受，而且就某方面說還是一種規範和高不可及的範本。」那麼可以這樣說，牛郎織女神話故事為我們民族的愛情文學提供了範本，那男耕女織田園牧歌式的愛情婚姻是我們民族理想的生活模式，散發著永久的魅力。

第四節　唐宋時期牛女敘事文學的發展

　　牛郎織女神話傳說在魏晉進入到文人們的創作視野之後，就一直以詩詞歌賦的形式大量出現，到了唐宋詩詞繁榮的時代，吟唱牛郎織女和七夕節日的詩人大大增加。「歐陽詢《藝文類聚》所錄，自《古詩十九首・迢迢牽牛星》以下至唐，七夕詩有 24 位作者 25 首作品；《全唐詩》以七夕為題者，有 54 位作者 82 首詩（無題者未計入內）；《全宋詞》中以七夕為題者有 62 位作者 108 首詞，若計入無題者，則在 300 首以上。」〔註56〕唐代初期的七夕詩仍然延續著魏晉南北朝七夕詩歌濃豔華麗的風格，盛唐的七夕詩開始出現重要轉變，七夕詩歌境界的開拓，借牛女本事而生發出對生命本身的審視和對人生的反省；表達牛女的相思，表達閨怨的七夕詩歌大量出現。宋代詩詞有著不同的審美風尚和主旨意趣。宋七夕詩中最大的變化就是對牛女本事的大膽質疑和評判，大量翻案詩的出現。這些詩歌或批判牛女淫媒耽情、或批判乞巧的荒誕、或質疑故事本身的真實性、或諧謔民間風俗。

〔註56〕蔡鎮楚：《宋詞文化研究》，湖南人民出版社，1997 版，第 204 頁。

在牛女文學作品中，詩和詞也表現出了不同的審美取向。當然宋代七夕詞仍熱是表現對牛女愛情的欣慕和祝願，對牛女離別的感傷和嗟歎，對牛女真情的癡迷和超脫，乃至對情感的哲理和世俗的思考，都是圍繞著愛情主題生發開去。美國艾瑟‧哈婷的《月亮神話序》寫道：「神話在詩中的運用，表面上看來，只是一個文學典故，事實不是外表的裝飾而是詩人對生活的掙扎的反映，透入詩人內心的深層世界。」〔註57〕神話中有著人類共通的情感，在詩作中運用牛郎織女這一美麗動人的神話傳說，會讓詩歌借助神話的力量而抒發作者的人生感受，是溝通詩人和讀者最便捷的橋樑。

唐宋七夕詩詞的繁榮和興盛是和唐宋時期的七夕民俗活動相互印證的。王仁裕的《開元天寶遺事》中有《蛛絲才巧》《乞巧樓》，描述了唐玄宗李隆基時宮中和民間關於七夕的風俗：

> 宮中以錦結成樓殿，高百尺，上可以勝數十人，陳以瓜果酒炙，設坐具以祀牛女二星。嬪妃各以九孔針、五色針向月穿之，過者為得巧之候。動清商之曲，宴樂達旦。

南宋孟元老的《東京夢華錄》卷八記載：唐代的時候，京師七夕，「貴家多結綵樓於庭，謂之『乞巧樓』。」從歷史記載可以看出，七夕已經成為一個全民性的狂歡，穿針乞巧、宴飲歌舞、吟詩作賦以至通宵達旦。伴隨著商品經濟的發展，宋代民俗風尚也達到了前所未有的高度。宋吳自牧《夢粱錄》〔註58〕和宋‧金盈之《醉翁談錄》〔註59〕中就有很多關於東京汴梁七夕節日的記

〔註57〕 轉引自黃寶鑽：《託意高妙流傳千古──牛郎織女神話在詩詞中的妙用》，《寫作》，2005年1期。

〔註58〕 吳自牧《夢粱錄》（卷四）：七月七日，謂之「七夕節」。其日晚晡時，傾城兒童女子，不論貧富，皆著新衣。富貴之家，於高樓危榭，安排筵會，以賞節序，又於廣庭中設香案及酒果，遂令女郎望月，瞻斗列拜，次乞巧於女、牛。或取小蜘蛛，以金銀小盒兒盛之，次早觀其網絲圓正，名曰「得巧」。內庭與貴宅皆塑賣磨蝦藥，又叫摩睺羅，孩兒悉以土木雕塑，更以造彩裝襴座，用碧紗罩籠之，下以桌面架之，用青綠銷金桌衣圍護，或以金玉珠翠裝飾尤佳。又於數日前，以紅燋雞果食時新果子，互相饋送。禁中意思蜜煎局亦以鵲橋仙故事，先以水蜜木瓜進入。市井兒童，手執新荷葉，效摩睺羅之狀。此東都流傳，至今不改，不知出何文記也。

〔註59〕 金盈之《醉翁談錄（卷四）》《京城風俗記》：潘樓前賣乞巧物，自七月一日車馬嗔咽，至七夕前三日，車馬不通行。相次壅遏，不復得出，至夜方散。嘉祐中，有以私忿易乞巧物乘馬行者，開封尹得其人，竄之遠方。自後再就潘樓。其次麗景、保康諸門及睦親門外亦有乞巧市，然終不及潘樓之繁盛也。夫乞巧樓多以彩帛為之，其夜婦女以七孔針於月下穿之，其實此針不可用也，

載。從筆記小說的記載可以看出，宋代京都七夕節的前三天就開始熱鬧起來，人們紛紛採購節日用的彩帛、瓜果，兒童們在大街上手持荷葉倣仿摩睺羅，閨中女子們則準備好乞巧針、拜月臺，貴家設置色彩繽紛的乞巧樓以應景，尤其是潘樓的市場最爲繁盛。司馬光《和公達過潘樓觀七夕市》「帝城秋色新，滿市翠希張。爲物逾百種，爛漫侵數坊。誰家油壁車，金碧照面光。土偶長尺餘，買之珠一囊」，即是對這種繁華景象的眞實寫照。宋代劉道醇《宋朝名畫評》：「燕文貴……嘗畫七夕夜市圖，自安業界北頭向東至潘樓竹木市盡存。狀其浩穰之所，至爲精備。」「侯翌……予至和中於閭巷見挈一舊圖，貯於大器，將濯去顏色，尋呼止之，乃翌所畫七夕乞巧圖也。其人日：我於京城中爲舊功德，亟賣以給朝夕。此圖雖得於大族，及其市也，人以敝裂無肯售之者，我將洗滌以補穿結之服。因倍價以售歸，則熟視，宛有王公第宅妓女瞻祝之態。」〔註60〕宋代的畫者們將七夕盛況畫入圖中，從圖中的盛景，我們可以想像那個時代節日的鼎盛。

　　在七夕的乞巧活動中，牛女雙星由情投意合的典範漸漸轉變化爲人間的司愛之神，人間的女子乞求自己的婚姻能像牛女一樣天長地久。敦煌曲子詞《五更轉·七夕相望》有五首民間曲詞：

　　　　一更每年七月七，此時受□日。在處數座結交□，獻供數千般。□晨達天暮，一心待織女。忽若今夜降凡間，乞取一交言。二更仰面碧霄天，參次眾星前。月明夜□□周旋，□□□□□。諸女彩樓畔，燒取玉護煙。不知牽牛在那邊，望得眼睛穿。三更女伴近彩樓，頂禮不曾休。佛前燈暗更添油，禮拜再三求。會甚□北斗，漸覺更星候。月落西山□星流，將謂是牽牛。四更緩步出門聽，直走到街庭。今夜斗末見流星，奔逐向前迎。此時爲將見，發卻千般願。無福之人莫怨天，皆是少因緣。五更數設了□□，處分總教收。五個姮娥結綵樓，那個見牽牛。看看東方動，來把秦箏弄。黃針撥鏡再梳頭，遙遙到來秋。〔註61〕

　　　針褊而孔大。其餘乞巧，南人多仿之。京師是日多博泥孩兒，端正細膩，京語謂之摩侯羅，小大甚不一，價亦不廉。或加飾以男女衣服，有及於華侈者。南人目爲巧兒。

〔註60〕文津閣《四庫全書》子部 藝文類，北京商務印書館 2005 年版。
〔註61〕任半塘：《敦煌歌辭總編》，上海古籍出版社 1987 年版，第 1225～1226 頁。

這組民歌沒有寫牛女之思，而是直接詠唱人間女子求偶。在庭院、堂中、街頭和閨房，女子們虔誠而執著，強烈的乞求雙星賜予她們如意郎君和美好姻緣。當文人士大夫還拘泥於史籍記載的牛女本事的時候，還在描繪男女相思的時候，民間的女子們已經將牛女雙星當作司愛的神靈來崇拜了。中國古典詩歌有自己封閉的傳統，但是民歌總是為其提供汩汩清流，滋養著古典詩歌。七夕詩歌就是一個很好的例證，民間的這種乞婚乞愛的風尚成為明清時期七夕文學的新主題，推動著七夕文學向前發展。

七夕詩詞創作的旺盛和民俗活動的壯大，牽牛織女相思的愛情故事在民間百姓中被口頭轉述著，被士大夫學者抒寫吟誦著，牽牛織女的形象也在慢慢變化。在唐代傳奇盛行時期，有一則關於牛女故事的記載，使牛郎織女的男耕女織田園牧歌式的婚姻理想在人們心中的傳統被顛覆了。

唐代文人張薦的《靈怪集》中有一篇《郭翰》，講的是織女和郭翰私會之事。

> 太原郭翰，少簡貴，有清標，姿度美秀，善談論，工草隸，早孤獨處。當盛暑乘月臥庭中，時有微風，稍聞香氣漸濃，翰甚怪之。仰視空中，見有人冉冉而下，及至翰前，乃一少女也。明豔絕代，光彩溢目，衣玄綃之衣，曳霜羅之帔，戴翠翹鳳凰之冠，躡瓊文九章之履。侍女二人，皆有殊色，感蕩心神。翰整衣巾下床拜謁曰：「不意尊靈乃降，願垂德音。」女微笑曰：「吾天上織女也。久無主對，而佳期阻曠，幽態盈懷。上帝賜命遊人間。仰慕清風，願託神契。」翰曰：「非敢望也，益深所感。」女為敕侍婢淨掃室中，張霜霧丹縠之帷，施水晶玉華之簟，轉會風之扇，宛若清秋。乃攜手升堂，解衣共寢。其襯體輕紅綃衣，似小香囊，氣盈一室。有同心龍腦之枕，覆雙縷駕文之衾。柔肌膩體，深情密態，妍豔無匹。欲曉辭去，麵粉如故。試之，乃本質。翰送出戶，凌雲而去。自後夜夜皆來，情好轉切。翰戲之曰：「牽牛何在？哪敢獨行？」對曰：「陰陽變化，關渠何事！且河漢隔絕，無可復知，縱復知之，不足為慮。」因撫翰心前曰：「世人不明瞻矚耳。」翰又曰：「卿已託靈辰象，辰象之門，可得聞乎？」對曰：「人間觀之，只見是星，其中自有宮室居處，群仙皆遊觀焉。萬物之精，各有象在天，成形在地，下人之變，心形於上也。吾今觀之，皆了了自識。」因為翰指列宿分位，盡詳紀度。時人不悟者，翰遂洞知之。

後將至七夕，忽不復來，經數夜方至。翰問曰：「相見樂乎？」
笑而對曰：「天上哪比人間！正以感運當爾，非有它故也。君無相忌。」
問曰：「卿來何遲？」答曰：「人中五日，彼一夕也。」又爲翰致天
廚，悉非世物。徐視其衣，並無縫。翰問之，答曰：「天衣並非針線
爲也。」每去，輒以衣服自隨。

經一年，忽於一夕，顏色淒惻，涕淚交下，執翰手曰：「帝命有
程，便可永訣。」遂嗚咽不自勝。翰驚惋曰：「尚餘幾日在？」對曰：
「只今夕耳。」遂悲泣，徹曉不眠。及旦撫抱爲別，以七寶枕一留
贈，言明年某日當有書相問。翰答以玉環一雙，便履空而去。回顧
招手，良久方滅。翰思之成疾，未嘗暫忘。明年至期，果使前者侍
女將書函至。翰遂開封，以青縑爲紙，鉛丹爲字，言詞清麗，情意
重疊。書末有詩二首，詩曰：「河漢雖云闊，三秋尚有期。情人終已
矣，良會更何時？」又曰：「朱閣臨清漢，瓊宮御紫房。佳期情在此，
只是斷人腸。」翰答以香箋答書，意甚懍切；並有酬贈二首，詩曰：
「人世將天上，由來不可期。誰知一回顧，交作兩相思。」又曰：「贈
枕香猶澤，啼衣尚淚痕。玉顏霄漢裏，空有往來魂。」自此而絕。

是歲，太史奏織女星無光，翰思不已。凡人間麗色，不復措意。
復以繼嗣大義，須婚，強娶程氏女，殊不稱意。復以無嗣，遂成反
目。翰官至侍御史而卒。〔註62〕

年輕貌美的織女仰慕太原才子郭翰「清風」，不耐曠居，「夜夜皆來」相
會，後因「帝命有程，便可永訣」，「履空而去」的豔事。織女按捺不住寂寞，
大膽地下凡尋找「情夫」，而且絲毫不畏懼牛郎知曉。如，郭翰戲問她：「牛
郎何在？那敢獨行？」對曰：「陰陽變化，關渠何事？且河漢隔絕，無可復知；
縱復知之，不足爲慮。」這樣決絕的表白，堅定潑辣，這在開放的唐代也是
一種頗爲大膽的寫法。織女與郭翰剛見面時，就對郭翰說：「吾乃天上織女也，
久無主對，而佳期阻曠，幽態盈懷。上帝賜命遊人間，仰慕清風，願託神契」，
接著「女爲敕侍婢淨掃室中」，然後「乃攜手升堂，解衣共臥。」七夕前後，
織女隔了好幾天才來。郭翰問她：「相見樂乎？」織女笑而對曰：「天上那比
人間？正以感運當爾，非有他故也，君無相忌。」這則故事成爲牛女愛情故

〔註62〕《太平廣記》六十八條 女仙類。

事的異化版本。很明顯唐人張薦是將東方朔《神異記》中的記載敷衍成了一個頗具調笑意味的小故事，故事原型重在揭示的相戀雙方可望而不可即的苦境在這裡被戲謔化了。紀昀在《閱微草堂筆記》中評價這篇作品時說：「至於純構虛詞，宛如實事；指其時地，撰以姓名，所載郭翰遇織女事，則悖妄之甚矣。」可見作爲一個正統士大夫的紀昀對這樣的故事也是相當不滿意的，指斥爲「純構虛詞」「悖妄之甚」。但是我們考察一下唐代社會就可以知道，這則故事爲什麼會如此演化。唐代社會是一個思想開放、女權高揚、貞節觀念淡薄的時代。唐代許多庶族知識分子靠才華憑藉科舉進入上層，他們不重禮法，崇尚繁華、追求享樂、輕薄膚淺、狎妓成風，於是「織女」作爲美麗的女仙，在小說中被描述成了一個風流放蕩，追求自由「性生活」的「妓女」。「盈盈一水間，脈脈不得語。」的優美的相思離別被世俗享樂的喧嘩所取代了，傳統的勤勞美麗的織婦形象也被解構了。

當然，唐代文人爲什麼會以牛郎織女故事大做文章，恐怕還是因爲牛郎織女故事本身的巨大吸引力。

首先，織女的形象在先秦以來，一直是出身高貴的女神，有著尊貴的血統和公主的地位，而且在魏晉時期的宮廷七夕詩中織女隱含有性愛女神的意味。《史記‧天官書》「織女，天女孫也。」她是天帝的女孫，或者是天帝的女兒，且有著美麗的容顏。後來《淮南子‧眞篇》和王逸《九思‧袁歲》中提到的織女實際上成爲了仙女的代名詞，和天國裏的眾多仙女一樣，成爲人間男性嚮往的對象。唐代社會女性地位很高，婦女參政給男女關係帶來巨大變化。據統計，唐代公主出嫁的有 131 人，其中再嫁的有 25 人，三嫁的有 3 人。〔註 63〕武則天、韋后、太平公主、安樂公主、郜國公主、襄陽公主等等宮廷女性招「面首」（情夫）的現象十分普遍。《郭翰》的作者張薦爲史官多年，對宮廷婦女的淫亂放蕩的風氣是十分熟悉的，所以這樣的「織女」形象是作家根據生活的觀察而創造的，具有一定的社會審鑒價值。唐代宮廷中貴婦是如此，上行下效，民間女子也相當開放。唐代女冠詩人魚玄機《七夕》道：「今日喜時聞喜鵲，昨日燈下拜燈花。焚香出戶迎潘岳，不羨牽牛織女家。」織女悲怨的不是和夫君長久的分離，而是嫁給對岸的牽牛，不如人間的夫妻長相思守。女冠詩人魚玄機更是「只羨鴛鴦不羨仙」，有一個貌似潘安的情郎，爲何還要羨慕織女嫁牽牛呢？

〔註63〕 《新唐書》卷八三《諸帝公主傳》《唐會要》卷六「公主」。

　　其次，在唐代仙妓合流也成爲一種文化現象。在唐代，政治、經濟、軍事都相對穩定，出現了封建社會的盛世繁榮。唐代帝王對異族文化的平等對待，各種文化交流撞擊，爲唐代士子們呈現出了一個多姿多彩的藝術世界。那麼對唐代文學的影響就是「對有血有肉的人間現實的肯定和感受，憧憬和執著。」〔註64〕加之朝廷開科取士，爲寒門士子進入朝廷參與政治打開了一條金光大道，這個時期的讀書人狂傲自信、放浪不羈，有才華而無德行。《隋唐嘉話》中薛元超「平生有三恨：始不以進士擢第、娶五姓女，不得修國史。」可見，士子們已經將與高門大戶聯姻以改變自己清寒出身作爲人生理想。那可望而不可即的高高在上的猶如天上的仙女一樣的貴族女子也能夠成爲寒門士子們的糟糠之妻。但是，懸殊的門第，冷豔的「仙女」又讓這些士子們望而卻步，於是在狎妓風氣的感染下，他們又在熱情美豔的倡妓、藝伎、女道士身上找尋著溫暖的慰籍婚姻的補償。張祜《縱遊淮南》吟道：「十里長街市連井，月明橋上看神仙。人生只合揚州死，禪智山光好墓田。」美麗而多情的藝伎、女冠詩人們憑藉高超的藝術才華和詩情詩韻和這些讀書人們有著精神上的交流和溝通。所以《郭翰》中的織女不再是漢魏時期飽受相思織紝之苦的織女，而是以爲「明豔絕代，光彩溢目」風流妖冶的仙女（妓女），頗具巫山神女的風韻、又似朝雲宓妃的情態。在《郭翰》中出現的織女形象實際上是唐代士子們最爲理想的情人的角色——高貴、美豔、才華、多情。後來溫庭筠的《七夕》和《池塘七夕》中有：

> 鵲歸燕去兩悠悠，青瑣西南月似鉤。
> 天上歲時星右轉，世間離別水東流。
> 金風入樹千門夜，銀漢橫空萬象秋。
> 蘇小橫塘通桂檝，未應清淺隔牽牛。
>
> 月出西南露氣秋，綺羅河漢在斜溝。
> 楊家繡作鴛鴦幔，張氏金爲翡翠鉤。
> 香燭有花妨宿燕，畫屏無睡待牽牛。
> 萬家砧杵三篙水，一夕橫塘似舊遊。

　　蘇小小在這裡比喻他們喜歡與愛慕的女子，但都不是合法的妻子。而將美麗高貴、端莊勤勞的織女比作美豔絕倫的名妓蘇小小，卻是詩人風流情愛

的表達。在唐代，織女已經完全褪盡了原始性愛之神的神話色彩，而成為天國中美貌多情的仙女，具有靈動縹緲的特質，成為人間男子欣慕的對象。

最後，在殷芸所敘說的故事中「帝憐其獨處，許嫁河西牽牛郎，後遂廢織紝。」這樣的故事情節引出了唐代士子們的無限遐想。天帝給與織女勤勉的補償不是加封晉爵，不是金銀財富，而是婚姻，而且勤勞的織女出嫁後，竟然能夠荒廢職業，「遂廢織紝」。可見，在夫婦情愛方面，連神仙也是不能夠超脫的。於是張薦想像著，年輕貌美的織女在得到婚姻性愛的時候應該像人間的女性一樣沉迷陶醉，忘卻了自己神聖的「織成雲錦天衣」的使命；想像著因為沉迷享樂而被罰的織女還是不能自拔，於是「佳期阻曠，幽態盈懷」，以至於來到人間尋找情夫。「天帝怒，責令歸河東，但使一年一度相會。」夫婦一年一次的相會的情節引起了唐代寒門士子們的強烈共鳴。他們常年漂泊異鄉，為求取功名而不得不與妻子情人分離，獨自度過漫漫長夜。天上是夫婦經年分離，人間是游子思婦天各一方，人間天上都是如此痛苦相思。於是，文人們設想著有一位高貴美麗而又寂寞惆悵的女仙來陪伴自己度過漫漫長夜，而織女似乎是他們最佳的選擇了。另一方面，妓女給士子們帶來的歡樂是轉瞬即逝的，因為他們終究還是要和妓女們分離，就像人神之間始終是界限分明的。「經一年，忽於一夜顏色淒惻，涕淚交下，執翰手曰：『帝命有程，便當永訣。』遂嗚咽不自勝。」這樣執手相看淚眼的分別場面似乎和清高冷豔的仙女全不相干，分明是人間情人的生離死別。

不過這樣的顛覆性的故事本身就像一個神話一樣，只是牛女故事演變過程中的一支插曲，是唐代特定的時代風貌的體現，也是對織女作為性愛之神的繼承和創新。但是，織女美豔多情的形象卻已經在文獻中被記載，在後代讀書人心中保留，以至於在後世的文人作品中，織女的形象更加有血有肉、豐豔動人。後來民間傳說中，織女下凡沐浴被牛郎發現而成為牛郎的妻子的傳說多多少少也受到了這則故事的影響。不過在唐以後，牛郎織女故事傳統的敘事基本要素還是沒有發生變化，織女形象變化不大，而牛郎已經被置換成書生、將軍、放牛郎、孤兒等形象。

第五節　元明清時期七夕詩詞概述

據不完全統計，元前七夕詩（詞）就有 450 首左右。這樣一個龐大的詩歌

創作數量，在詩歌史上也是不多見的。在戲曲小說文學蓬勃興盛的明清兩朝，七夕詩詞依舊是士大夫們表情抒懷的主要手段，這一時期七夕詩詞創作的數量相當可觀。本節選取《全元詩》《全明詩》《晚晴簃詩匯》《清詩別裁》《列朝詩集》《香豔叢書》等選本中所收錄的七夕詩詞，將元明清時期的七夕詩詞分爲贈答、相思離別、閨閣情懷、翻案詩以及描寫民俗等幾個方面進行分析。

新知天上少，秀句鄴中多──七夕贈答詩

元明清七夕詩詞中出現了大量借男女相思表達朋友相惜之情的唱和詩與贈答詩。七夕宴會的相互唱和從南朝的宮廷開始興盛，唐代中宗與宮廷詩人有唱和詩傳世，宋代七夕贈答詩則是在西崑派詩人中展開，到了明代再次大量出現。而且到了明代出現了一些新的變化。南朝的七夕唱和詩一般以描寫女性幽怨和愛情爲主，唐宋的七夕唱和詩典雅華麗但缺乏新意，而明代七夕詩歌則以詠唱詩人之間的友情爲主要內容。前代的七夕唱和詩主要是描畫七夕風俗或者是極力用神話典故來宣揚詩人的才華以對景應時，而明代的七夕唱和詩在賓主酬贈中顯示著朋友之間的情誼，豐富了七夕詩歌的情感內涵和表達方式。比如：明代詩壇的領軍人物，後七子的代表李攀龍在七夕佳節的宴會上即席賦詩送給友人謝榛。

> 祖席陳瓜果，征衣理薜蘿。雲邊看露掌，花裏出星河。
>
> 仙吏揮金碗，佳人罷錦梭。新知天上少，秀句鄴中多。
>
> 疏拙時名忌，雄豪虜障過。秋風吹鬢髮，落日渡滹沱。
>
> 匕首荊卿贈，刀頭桂客歌。明年見牛女，能不憶羊何？〔註65〕

在瓜果滿席、薜蘿成行的王世貞家中七夕宴會上，詩人興致高昂，稱讚嘉賓們的才華和名氣，最後表達了自己對這樣的美好時光的留戀。在這裡，沒有以往七夕唱和詩歌的幽情婉轉，而是以七夕爲時間座標，表現了對時光的珍惜、對友情的珍重、對生命的感慨。在那次宴會上，謝榛也寫了兩首詩回贈朋友〔註66〕，表現了對志同道合的朋友於七夕梧葉飄零的秋夜飲酒唱和

〔註65〕李攀龍：《七夕集元美宅送茂秦》。

〔註66〕謝榛回贈兩首詩：《七夕，裕軒昆季留酌，賦得同字》織女渡河漢，今宵誰見同。從教鳳馭轉，豈待鵲橋通。庭浥三更露，梧飄一葉風。古來爭乞巧，天意杳冥中。《七夕留別汪伯陽、李于鱗、王元美得知字》久客言歸意，留連幾故知。鵲橋星度夜，燕館月沉時。天上才歡合，人間轉別離。晴分絳河影，秋動白榆枝。桂醑還成醉，萍蹤不可期。年年湖海上，今夕定相思。

的美好時光的留戀，詩人長期浪跡外鄉思念家室鄉土，於是借天上雙星的離別相見來抒發離愁別緒。

> 平生守拙老依然，寄拙園亭七夕天。
>
> 兒女巧心非我事，弟兄僻性有誰憐。
>
> 花間絲管輕風度，樹杪樓臺細月懸。
>
> 不見女牛通一水，半空秋影落樽前。〔註67〕

在七夕佳節，詩人表明自己守拙的決心，同時表達了對昆弟美好的回憶。在詩人那裡，牛女離別相思的意蘊已經超越了男女愛情的局限，而推及到了親人和朋友之情，相思的意象擴大深化，境界也更加開闊。

世路艱難寧一水，人生離合悟雙星——相思離別主題的強化

元明清七夕詩詞強化了相思離別主題，借牛女離別表現離思以及羈旅之苦進而引發人生的感慨並融入詩人對宇宙人生的思考。由於牛女分別的天象和歷代對牛女分離的詠唱，在明代這種離別的象徵成爲了七夕詩詞的主旨。不管是愛人的分別還是親人、朋友的分離，在七夕詩詞中都化作悵惘的詩句表達著詩人們的一顆敏感而多情的心。清代詩人納蘭性德道盡了乞巧之人千古的相思之情「乞巧樓空，影娥池冷，佳節只供愁歎……親持鈿合夢中來，信天上人間非幻。」〔註68〕盧格也寫離思，但他說：「一年一度在今宵。莫言夜短歡娛少，萬古人間望鵲橋」〔註69〕，千百年來的牛女會鵲橋已經成爲了七夕人間的一道風景，不要再說今夜悲情脈脈、沒有歡樂，你不見那星光之下人們都在慶祝久別重逢的喜悅麼？人們早已將對牛女的遺憾和相思當作自己的情感的一部份了，雖然人們懷疑牛女神話的眞假。

> 世傳七夕星家節，斗牛以此爲期。又言橋外雨霏霏。是他離別苦，
>
> 相見亦悲啼。此事有無君莫問，古今多少分離。與君開抱且銜杯。
>
> 其間懷恨處，唯我最能知。是他離別苦，相見亦悲啼。此事有無君
>
> 莫問，古今多少分離。〔註70〕

世間流傳著今夜牛女相會，定會細雨霏霏，那是星家離別的眼淚。古今多少分離的人們自是一樣的抱恨銜怨，只有詩人們最能體會其中苦楚，尤其

〔註67〕謝榛：《七夕寄拙園憶弟》。

〔註68〕納蘭性德：《鵲橋仙（七夕）》。

〔註69〕盧格：《鷓鴣天（詠七夕）》。

〔註70〕吳承恩：《前調（七夕）》。

是那些長年在外漂泊的游子們，在慰籍分別的七夕就更加觸景生情了。佳節在外，客思正濃，詩人們在七夕的星光下徘徊躊躇，「徘徊望牛女，愁絕向中宵。」〔註71〕他們羈旅淒涼，傷心身世，青絲白髮，「傷心身世迂。霜雪滿頭催。」〔註72〕他們有懷才不遇的苦悶，有羈留在外的傷心，有懷念親人的哀愁，更有一事無成空白頭的扼腕長歎。元代詩人郝經〔註73〕《牽牛》詩「野花照天星，星中花亦盛……時方鵲橋成，佳節當秋孟……處處乞巧筵，家家喜相慶。五年江館客，萬事成墮甌。不能致龍節，空自悲虎阱……雲漢見雙星，回頭看斗柄。遙憐小兒女，昏嫁俱未竟。中流虞風波，相見何時更。」詩人被迫留在宋十六年，在中原七夕佳節想到的是家鄉草原七夕的繁花星光，又想到家中兒女婚事未定，心中焦慮萬分。

「灞水銷魂，有橋平如砥。人在流沙，看看已老，只經年別淚。天上人間，歡娛何處，悲愁何處。」〔註74〕「去家經兩月，入夜看雙星。客衣誰遠寄，預戒早霜零。」〔註75〕由羈旅之愁而引出了詩人對人生離合的感歎和對人生的感悟。年老的嚴復在己未年七夕，怕聽到男女離別的之事，「露輕河淡月弓彎，佳節如今總等閒。投老怕聽兒女事，畢生自著點癡間。」〔註76〕人生的離合可以通過雙星得到明證，「世路艱難寧一水，人生離合悟雙星。」〔註77〕在七夕美好的夜晚，金人元好問同樣也是對著風浪叢生的銀河嗟歎「誰與乘槎問銀漢，可無風浪借佳期。」〔註78〕詩人看著天上牛女萬劫歡樂只在一夕，不禁為之惆悵，「天河唯有鵲橋通，萬劫歡緣一瞬中。惆悵五更仙馭遠，寂寥雲幄掩秋風。」〔註79〕在這裡，詩人是將自我的情感投射到清秋的景物上，淡淡的哀愁超越了時空，千載悠悠。

〔註71〕蔡毅中：《白門七夕》。

〔註72〕許承欽：《七夕》。

〔註73〕顧嗣立：《元詩選　初集》，中華書局1987年版，第384頁。郝經乃「佩金虎符，充國信使，齎書入宋通好……被留於宋者十六年。」

〔註74〕韓邦奇：《醉蓬萊（七夕）》。

〔註75〕朱駿聲：《客中七夕》。

〔註76〕嚴復：《己未七夕》。

〔註77〕賈汝愚：《七夕漫興》。

〔註78〕元好問：《七夕》《全金詩》卷一二六。

〔註79〕元好問：《七夕》《中州集》癸集第十。

天上填橋易，人間寄鏡難——女性詩人的閨閣情懷

　　七夕漸漸成為女性的節日，也是女孩子們最期盼的節日。自從漢代以來，女性們「格外把婚姻的事委諸天命……格外是樂天安命，她們自己的婚姻她們一向就不能參加意見的……嫁雞隨雞、嫁狗隨狗皆是定數」〔註80〕正是由於在婚姻中的被動，她們會在七夕之夜穿針乞巧、拜星祈福，向星神許下自己最為重要的人生願望——找一位情投意合的夫君白頭到老。希望自己能成為織女那樣，即使與牽牛分居天河兩岸仍然能夠真情永恆。從宋代開始，中國社會對女性的規範十分嚴格。程頤極力鼓吹婦女守寡不得再嫁，「或有孤孀貧窮無託者可再嫁否……然餓死事小，失節事大。」〔註81〕明清時期這種對女性的壓制愈演愈烈，認為貞節比生命更為重要。從明代開始，七夕題材詩歌的女性作者漸漸增多，在錢謙益的《列朝詩集·閨集》中就集有呼文如等女詩人的七夕詩詞。到了清代女性詩人們更加關注七夕話題，據筆者粗略統計，有七夕詩詞傳世的女性詩人有二三十位。究其原因，除了因為清代女性詩人數量的增加和時代賦予了才女特殊的身份之外，最主要的原因可能是七夕民俗中，女兒節的性質愈加濃厚，七夕作為女性自己的節日，激發了女詩人們強烈的情感體驗。貞節是女性人生價值所在，女子一嫁就要終身相隨，人間哪個女孩子不想嫁個如意郎君、白頭到老呢？可是世事無常，清代《香豔叢書》中有位邵氏寫《閨七夕》就發出了「天上填橋易，人間寄鏡難。秋閨千里月，寂寞倚闌干。」的感歎，天上的牛女尚能通過鵲橋相會，可人間的女子常常要忍受夫妻分離的痛苦，重圓明鏡比天上搭鵲橋還要艱難。清代女詩人許權則從七夕乞巧習俗對節日本身產生了莫大的懷疑「我疑天孫之巧轉近拙，東西斷隔難飛越。一年一度一分離，千古銀河響幽咽。」〔註82〕既然神仙都要千古分離，那還要巧有合用，不如「東家力田婦，耕饁常相隨，且暮共苦樂，白首不分離。」最後，女詩人向人間的癡情女孩子們發出了「只恐巧多人易老」的勸告。在父權和夫權的社會中，女性在乞巧和守拙之間徘徊，文思靈巧的閨秀嫁入豪門卻不如粗拙質樸的村婦那樣和夫婿苦樂相隨，在天上雙星相會的乞巧佳節，女詩人更是陷入了兩難的境地。

〔註80〕陳東原：《中國婦女生活史》，商務印書館，1937年版，第106頁。
〔註81〕《二程集》第一冊，中華書局1981年版，第301頁。
〔註82〕許權：《七夕》。

當然，女性詩人們的七夕詩作中也有表現一些歡快的情緒的詩歌，即使是吟詠牛女的聚少離多也是以一種輕快的筆調描畫。「隔年牛女也，也成雙，偏有個人間薄倖郎。如眉月，與眉相向。畫眉人遠空惆悵，心上事到眉上。」〔註83〕元明清時期女性詩人的七夕閨閣詩更加貼近女性的心理，關注女性對於理想婚姻的期盼，同時也是敏感而多情的女詩人在痛苦的婚姻生活中的一點期盼和安慰。

做到神仙還怕水──翻案詩風行

元明清詩人同樣承繼承了宋人傳統，對乞巧風俗、牛女本事進行理性反思、批判甚至嘲諷。「一年一度慰離顏，不待天明鳳駕還。織女多愁緣太巧，更將餘巧散人間。」〔註84〕「機絲停杼空情緒，星漢乘槎竟杳茫。世道只今多用巧，人間養拙定何鄉？」〔註85〕「堪歎世情真是拙。將眼結。年年乞巧相磨折。」〔註86〕是對乞巧的批判，天上的織女多愁多巧，倒不如人間的樸拙守真，這裡的巧不是具體行為的巧，而上升到了道德的層面，民間百姓希望心靈手巧創造更多的財富，而士大夫們從道德修養出發批判機巧近利、爾虞我詐。「可怪女牛終古渡。不愁化作老人星。」〔註87〕「底事良緣多假。從今寄語問人間，莫浪說、年年今夜。」〔註88〕是對牛女神話的懷疑和否定。

而到了清代，在七夕詩詞中又出現了對牛女本事的理性分析和思考。林則徐有「金風吹老鬢邊絲，如此良宵醉豈辭。莫說七襄天上事，早空杼柚有誰知。」〔註89〕清代袁枚的《隨園詩話續編》中引了一首風趣的詩：「相看只隔一條河，鵲不填橋不敢過。做到神仙還怕水，算來有巧也無多。」〔註90〕

〔註83〕施紹莘：《南呂　梁州序》。
〔註84〕謝榛：《七夕有感》。
〔註85〕魏觀：《七夕大風》。
〔註86〕朱有燉：《漁家傲（詠七夕戲題）》不是生來情性劣。青天一道銀河隔。相見恁那忍說。經歲別。勝如一去無消息。生怕西洋沈兔魄。工夫豈有閒時節。堪歎世情真是拙。將眼結。年年乞巧相磨折。
〔註87〕朱復：《七夕》《明遺民詩》卷十五。
〔註88〕顧貞立：《鵲橋仙（又六月七日為天孫寫怨）》輕颺乍拂，纖雲幾點，澹澹玉鉤初掛。歡期屈指是耶非，笑幾度、鈿車欲駕。碧翁相惱，素娥相戲，底事良緣多假。從今寄語問人閒，莫浪說、年年今夜。
〔註89〕林則徐：《七夕次嶰筠韻》。
〔註90〕袁枚：《隨園詩話續編》卷十。

詩人以一種調侃的口吻來諷刺牛女七夕渡河之事，既然是仙家還怕那淺淺的一道銀河麼？明清時期，理學的興盛使得本就不信鬼神的儒生們開始質疑一些民間神話傳說，牛女故事的神奇浪漫自然是他們批判的對象之一。

處處乞巧筵，家家喜相慶——七夕詩中的民俗

元明清時期上至宮廷下至民間，七夕節日越來越熱鬧和繁盛。朱有燉在《元宮詞一百首》曰：「鹿頂殿中逢七夕，遙瞻牛女列珍羞。明朝看巧開金盒，喜得蛛絲笑未羞。」這首宮詞是明初的朱有燉從 70 歲老嫗那裡聽到的元宮中生活的基礎上創作出來的。〔註 91〕老嫗講述了元宮庭中的蛛絲鬥巧，朱有燉倍感新鮮，根據她的描述創作了這首宮詞。從朱有燉的詩中我們可以看到了元代宮廷七夕節日的繁華。塞外的少數民族一旦進入中原，很快就接受了七夕這樣一個節日，這恐怕和七夕節的全民性的娛樂狂歡性質分不開。宮廷如此，民間更是如此，如郝經的《牽牛》詩中有：「處處乞巧筵，家家喜相慶。」

明代馮夢龍的七夕詩歌也是表現民間風情的佳作〔註 92〕，還有一些表現滇川等地的七夕民風，如楊慎《漁家傲（滇南月節）（其七）》〔註 93〕中，寫滇南人家在七夕時節還保持淳樸古風，晾曬錦繡，夜裏在院中燒起篝火慶祝佳節。

值得一提的是，元代杜仁傑的《七夕（套數）》。這是一首套曲，借助一整套樂曲將七夕佳節和牛女故事從各個方面經行了完整的描述。

> 暑才消大火即漸西，斗柄往坎宮移。一葉梧桐飄墜，萬方秋意皆知。暮雲開聒聒蟬鳴，晚風輕點點螢飛。天階夜涼清似水，鵲橋圖高掛偏宜。金盆內種五生，瓊樓上設筵席。

〔註91〕 朱有燉《元宮詞一百首並序》：「元代宮廷事蹟無足觀，然紀其事實，亦可備史氏之採擇焉。永樂元年（1403 年），欽賜予家一老嫗，年七十矣，乃元后乳姆女，知元宮中事最悉。間嘗細訪，一一備知其事。故予詩百篇，皆元宮中實事，亦又史未載外人不得而知者，遺之後人以廣多聞焉。」

〔註92〕 馮夢龍《明代吳歌集》《夾竹桃頂針千家詩山歌更待銀河》陪郎同到木香亭，好像牛郎織女喜相迎。年年七夕，鵲橋會情，一宵歡愛，恩情又分。（姐道）我別子情郎若要重相會，更待銀河到底清。

〔註93〕 《漁家傲（滇南月節）（其七）》七月滇南秋已透。碧雞金馬山新瘦。擺渡村西南壩口。船放溜。松花水發黃昏後。七夕人家衣褓繡。巧雲新月佳期又。院院燒燈如白晝。風弄袖。刺桐花底仙裙皺。

【集賢賓南】今宵兩星相會期，正乞巧投機。沉李浮瓜肴饌美，把幾個摩訶羅兒擺起。齊拜禮，端的是塑得來可嬉。

【鳳鸞吟北】月色輝，夜將闌銀漢低，斗穿針逞豔質。喜蛛兒奇，一絲絲往下垂，結羅成巧樣勢。酒斟著綠蟻，香焚著麝臍，引杯觴大家沉醉。櫻桃妒水底紅，蔥指剖冰瓜脆，更勝似愛月夜眠遲。

【鬥雙雞南】金釵墜、金釵墜玳瑁整齊，蟠桃宴、蟠桃宴眾仙聚會。彩衣、彩衣輕紗織翠，禁步搖繡帶垂，但願得同歡宴團圓到底。

【節節高北】玉蔥纖細，粉腮嬌膩。爭妍鬥巧，笑聲舉，歡天喜地。我則見管絃齊動，商音夷則。遙天外鬥漸移，喜陰晴今宵七夕。

【耍鮑老南】團團笑令心盡喜，食品愈稀奇。新摘的葡萄紫，旋剝的雞頭美，珍珠般嫩實。歡坐間，夜涼人靜已，笑聲接青霄內。風淅淅，雨霏霏，露濕了弓鞋底。紗籠罩仕女隨，燈影下人扶起，尚留戀懶心回。

【四門子北】畫堂深，寂寂重門閉，照金荷紅蠟輝。斗柄又橫，月色又西，醉鄉中不知更漏遲。士庶每安，烽燧又息，願吾皇萬歲。

【尾】人生願得同歡會，把四季良辰須記，乞巧年年慶七夕。

【雙調】蝶戀花

鷗鷺同盟曾自許，怕見山英，怪我來何暮？風度修然林下去，琴書共作煙霞侶。

【喬牌兒】去絕心上苦，參透靜中趣。春潮盡日舟橫渡，風波無賴阻。

【金娥神曲】世俗，看取，花樣巧番機杼。乾坤腐儒，天地逆旅，自歎難合時務！

【二】仕途，文物，冠蓋擁青雲得路，恩詔寵金門平步。出入裏雕輪繡轂，坐臥處銀屏金屋。

【三】是非，榮辱，功名運前生天注。風雲會一時相遇，雷霆震一朝天怒。榮華似風中秉燭，品秩似花梢露。

【四】至如，有些官祿，辨甚麼賢共愚。更那，有些金玉，識甚麼親共疏？命福，有些乘除，問甚麼有共無！

【離亭宴帶歇指煞】天公教富須還富，人心待足何時足？叮嚀寄語玉堂臣，休作抱官囚金谷。民譖作貪才漢，銅山客枉教看錢虜。脫塵緣隱華山，遠市朝歸盤谷。雲林杜曲，種青門數畝邵平瓜，釀白酒五斗劉伶釀，賞黃花三徑淵明菊。誦漆園《秋水篇》，讀屈原《離騷》賦。一任翻雲覆雨，看烏兔走東西，聽漁樵話今古。

這首曲子開篇就以描畫了一幅秋天的景象，斗轉星移、梧桐葉落、晚風輕拂、鵲橋高懸，接著又極力鋪陳了七夕佳節的各種民俗活動，有金盆種生、高樓乞巧、拜摩訶羅、穿針鬥巧、蛛絲浮巧，隨後寫了一批慶祝的人一個個都是金釵玳瑁、彩衣輕紗的女子歡天喜地的神態，寫瓜果珍饈、聲樂震天的祥和喜慶，於是詩人不禁抒發出「人生願得同歡會，把四季良辰須記，乞巧年年慶七夕」的感慨。從【尾】一轉，到【雙調】，詩人開始抒發他的人生情懷。決心參悟，看世俗機巧遍佈、乾坤腐儒，自歎自己不能合時務，將仕途榮辱、高官厚祿都看透。最後詩人提到一系列隱士的典故，青門種瓜、劉伶醉酒、淵明賞菊、漆園秋水、屈原放逐，以此來表明自己的心跡。

元明清之際，牛女的傳說隨著俗文學的興起和世代民俗活動的積澱，成為了全民狂歡的一個重要節日。元明清七夕詩詞依然沿著漢魏唐宋七夕詩詞的軌跡在發展，這時候的七夕詩詞更加富有人情味，少了魏晉時期的遊仙詩的虛幻縹緲，七夕詩詞更多的是借七夕表達詩人自身的情懷。而且隨著牛女故事在民間的流傳中，因為不同的地域特點，也出現了不同的慶祝形式，這些都在七夕詩詞中有所表現。

元明清時期牛郎織女敘事文學在民間口頭傳說中世代累積而異彩紛呈，蔚為大觀。元明清時期是俗文學的繁榮時期，小說和戲劇成為文學的重要組成部份。在這一時期，牛郎織女的故事從幾個簡單的情節開始演變成一個曲折動人的愛情傳說，故事情節敘事因素開始孳生，故事主人公的形象開始豐富起來。下一章本書就現存的元明清時期牛郎織女文學作品進行個案分析和考證。

第三章 明清時期牛郎織女故事相關作品考據

在明代之前，牛女的愛情佳話總是被文人們在詩詞歌賦中一再傳唱，成爲詩歌創作中經典的愛情意象。元明清時期是中國俗文學的繁榮時期，牛郎織女故事在這一時期也獲得小說和戲曲作者的青睞，成爲文學創作的主題。在明清時期，文人對神話傳說的創作有了一定的理性認識，他們在對古代文獻典籍考察的基礎上，有意識地對原有故事進行加工改造，顯示了明清兩朝特有的時代風貌。明代中後期是牛女故事從民間傳說進入文學創作和文獻傳播的重要時期，也是牛女故事情節開始與其他故事嫁接融合的重要時期。

本章主要通過對明清兩朝的牛郎織女敘事文學的具體作品的個案分析來展現牛女故事在明清時期幾個重要的發展階段。具體作品有：朱名世的《新刻全像牛郎織女傳》、鄒山的《雙星圖》、洪昇《長生殿·鵲橋秘誓》、舒位的《博望訪星》、李文瀚的《銀河槎》、無名氏的《牛郎織女傳》以及清代宮廷的幾齣七夕月令承應戲，本節還將結合詩文作品與戲曲作品涉及的牛女意象進行綜合分析，展現不同時代、不同思想情感的文人和世俗民眾在這個故事上抒發的價值觀和人生觀。

第一節 元明清時期牛郎織女敘事文學作品概況

元明清時期涉及牛女故事的作品很多，但是有些已經散失無從考據，本節將這些作品進行統計分析，包括那些在歷史文獻中提到的已經散佚尚有著錄和記載的作品。

表 1：元明清時期有關牛郎織女敘事文學作品統計

作品名稱	體裁	年代	作者	版本與著錄情況
《渡天河織女會牽牛》	雜劇	宋元	無名氏	無傳本,《寶文堂書目》著錄
《銀漢槎》	院本	宋元	無名氏	無傳本,《銀漢槎自序》記載
《新刻牛郎織女傳》	小說	明代萬曆	朱名世	《古本小說集成》第三影印本
《鵲橋記》	傳奇	明末	無名氏	無傳本,祁彪佳日記《歸南快錄》記載
《相思硯》	小說	明末清初	梁孟昭	無傳本,《曲海總目提要》卷二十五著錄
《雙星圖》	傳奇	清初	鄒山	《樂餘園百一偶存集》
《星漢槎》	傳奇	明末清初	丁耀亢	無傳本,丁慎行重刊《西湖扇始末》記載
《銀河曲》	雜劇	清代	繆謨	有傳本
《博望訪星》	雜劇	清乾隆	舒位	《瓶笙館修簫譜》道光十三年刻本
《七夕園槎合記》		乾隆年間	劉阮山	抄本
《銀河織女傳》		乾隆年間	玉溟府君	抄本
《銀漢槎》	傳奇	清嘉慶年間	李文瀚	《銀漢槎傳奇》道光二十五年刻本
《銀河鵲渡》	宮廷月令戲	清末	宮廷文人	昇平署抄本
《柳州乞巧》	宮廷月令戲	清末	宮廷文人	昇平署抄本
《七襄報章》	宮廷月令戲	清末	宮廷文人	齊如山《昇平署月令承應戲》
《仕女乞巧》	宮廷月令戲	清末	宮廷文人	齊如山《昇平署月令承應戲》
《星河幻彩》	宮廷月令戲	清末	宮廷文人	《中國劇目辭典》著錄
《牛郎織女傳》	小說	清末民初	無名氏	《明清平話小說選》

　　通過上表的統計和舉例，我們可以看到筆者至今能夠發現的關於牛郎織女故事的戲曲小說共有 18 部，其中戲曲 13 部，小說 3 部，未知文體的 2 部。現存的作品中《新刻全像牛郎織女傳》《雙星圖》《銀漢槎》《牛郎織女傳》都是超過兩萬字的中長篇作品，五部宮廷月令戲在七夕的宮中也是經常演出的。下面逐一說明：

　　《渡天河織女會牽牛》：《寶文堂書目》著錄此劇正名，題目無考。其他戲曲書錄皆無記載，今無傳本。從題目正名可以看出這部戲可能只是將神話故事搬上戲曲舞臺，牛女故事本身大概還沒有多大變化。

　　《銀漢槎》：清代道光年間李文瀚的《銀漢槎自序》中提到，「客有讀《銀漢槎》院本，持而難予者……」〔註1〕院本是宋元時期北方雜劇的稱呼，作者稱《銀漢槎》為院本，很有可能在道光年間還有宋元時代的院本《銀漢槎》，只是現在已經失傳了，也沒有書籍著錄記載這部院本的情況。可見，在戲曲的早期形態南戲和院本中就已經有了以牛女故事為主題的作品，在文人筆下牛女故事還只是停留在對古代神話的重述和扮演的層面。但是在宋元時期的民間，牛女曲折的愛情故事應該已經廣泛流傳。宋代魏了翁的《七夕南定樓飲同官》中就有「何年人號天女孫，便把牛郎擬夫婦，不知此是天關梁，河漢之津有常度。」的句子。魏了翁的詩裏已經將牽牛稱為牛郎，可見宋代民間傳說中，貴為神祇的牽牛星的名稱開始轉變成具有人間平民男子特徵的形象。

　　《新刻牛郎織女傳》：見本章第二節考證。

　　《鵲橋記》：在明末就有《鵲橋記》的戲曲演出。《曲海鉤沉錄》引祁彪佳日記《歸南快錄》中有：「崇禎八年八月十九日，母親壽誕，親戚皆來祝賀，共觀《鵲橋記》。」只是《鵲橋記》未見著錄，劇本已經佚失。〔註2〕

　　《相思硯》：明末清初錢塘女子梁孟昭以牛女故事主題寫成傳奇《相思硯》，今已失傳。同樣是以牛女二星愛情神話為故事起因敘寫一段天上人間才子佳人的愛情傳奇。梁孟昭和明清時期的女性七夕詩人們一樣，都是以女性的視角看待牛女愛情。比如許權的《七夕》中有：「君不見東家力田婦，耕餉常相隨，旦暮共苦樂，白首不分離。又不見西鄰有才女，夫婿上玉堂，終年

〔註1〕李文瀚：《銀漢槎自序》。
〔註2〕王漢民：《道教神仙戲曲研究》人民文學出版社 2007 年版，第 231 頁。

不相見，悵望悲河梁。」〔註3〕富貴的夫妻就像天上的牛女一樣不能長相廝守，那還不如人間耕田的農婦能夠和丈夫常相隨，朝朝暮暮共苦樂，白頭不分離。這樣的具有近代愛情婚戀性質的思想和民間大眾的願望是一致的。明末清初錢塘才女梁孟昭撰《相思硯》傳奇，同樣也是一部借牛郎織女的愛情故事撰寫天上人間愛情的才子佳人故事〔註4〕。

《雙星圖》：見本章第五節論述。

《銀河曲》：這是清代的繆謨〔註5〕的《銀河曲》是一部雜劇。故事敘七夕牽牛、織女年年一度鵲橋相會，經年捱盡淒涼，後得玉帝特降殊恩，賜予團聚，「使數千載相思不了之案，一朝歸結。」故事極其平常，但寫作頗盡人情，宛轉纏綿，無勉強捏合痕跡，毫無庸俗之態，且文采也很動人。〔註6〕

《星漢槎》《博望訪星》《銀漢槎》〔註7〕：明末清初丁耀亢有一部《星漢槎》傳奇，見於丁慎行重刊《西湖扇始末》一文，劇本佚失。元王伯成有《張騫泛浮槎》雜劇與之題材相同。〔註8〕題材相同的還有清代兩部戲曲作品，它們是《博望訪星》和《銀漢槎》。這些都不是直接歌詠牛女愛情的敘事文學作品，而是結合牛女的次生神話構思的乘槎訪星一類的作品。

《七夕園槎合記》《銀河織女傳》：都是乾隆年間作品，前者署名劉阮山，後者署名玉溟府君，不知為何文體。這兩本抄本現藏於國家圖書館善本庫，可惜未得一見。

以上只是元明清時期牛女文學作品的一部份，應該還有作品在流傳過程中散失了甚至不見著錄和文獻記載，實際上在明清時期的詩詞曲賦、小說雜

〔註3〕 許權的：《七夕》。

〔註4〕 摘自《曲海總目提要》卷二十五，劇情是牽牛織女二星因相思淒苦，而私自渡過銀河相見，被天帝發覺。牽牛星與南極老人對弈，拂落兩枚棋子，變爲相硯和思硯。織女與月中仙子因孤獨淒涼而動了凡心。於是，天帝貶謫了牛女二星，降生人間尤、衛兩家，分別取名尤瑞生、衛蘭森。月中仙子也下凡到人間，化名蘭生。南極宮中的耗星也投胎到牛家，阻撓二星。在蘭生的引導下，以相思二硯作爲定情信物，尤、衛二人經過重重誤會曲折而終於成就美滿眷屬。故事情節離奇荒誕，現實與神仙的世界交織，忽而天上，忽而人間。故事情節雖然頭緒繁多，但是一條重要的線索就是牛女二星的眞摯愛情，經歷天上人間的重重考驗，生生世世的輪迴，依然金石可鑒、堅定不移。

〔註5〕 繆謨，字虞皋，江南華亭人，貢生。有《雪莊詞》二卷。

〔註6〕 周紹良：《記孤本〈如意冊〉〈萬年歡〉與〈銀河曲〉》《文獻》1986年第一期。

〔註7〕 《博望訪星》《銀漢槎》見本章第三節論述。

〔註8〕 《中國劇目辭典》河北教育出版社1997年版，第449頁。

談中很多都提到了牛女故事，這個歷史悠久的神話傳說已經成為這些作品重要的意象、情節或者文化背景。本章以下六節就是對涉及牛女故事的明清作品進行考據、分析和論述。

第二節　《新刻牛郎織女傳》：牛郎織女神話的第一部中篇小說

　　關於牛郎織女神話傳說本事的記載多散見於歷代文人的筆記小說，隻言片語的記載沒能反映這個故事的全貌。明代朱名世的《新刻牛郎織女傳》整合了歷代文獻中關於牛郎織女故事的資料，綜合了許多相關故事情節，是目前發現的第一部完整地記敘了牛郎織女故事的中篇小說，這本書在牛郎織女故事流變中有著重要價值和意義。本節從三個方面考證這部小說的情況。

一、小說的著錄與收藏情況

　　這本小說是明代萬曆年間福建書商余成章刊刻的一部文言中篇通俗小說，現藏中國國家圖書館。在戴不凡的《小說見聞錄》和譚正璧的《古本稀見小說匯考》中，二位先生都認為此書在國內早已失傳。孫楷第的《日本東京所見中國書目》中有著錄，但是只有簡單的版本說明，定此書為萬曆刻本，藏日本文求堂。江蘇省社會科學院明清小說研究中心編纂的《中國通俗小說總目提要》中，提到此書書名，標有「未見」字樣。但是在劉世德主編的《中國古代小說百科全書》「《牛郎織女傳》條」中有記錄：

> 　　余成章為著名刻書家小說家余象斗堂侄。此書大約刻印於萬曆、天啟年間。這本書篇幅超過了以前任何記敘，有完整故事構架，尤其在材料搜集、故事之間串聯上，作出了一定成就。

　　上海古籍出版社出版的《古本小說集成》第三集中影印了全文，為我們研究這本小說提供了資料。

　　實際上，早在 1924 年 12 月，周越然在《大眾》第二期上發表的《孤本小說十種》〔註9〕一文中，描述過這部小說：

> 　　《牛郎織女傳》四卷（不分回）。朱名世編。

〔註 9〕《大眾》第二號，大眾出版社印行，1924 年版。

明萬曆年間書林余成章梓本，版框高約四英寸半，廣約九英寸。
白口，單魚尾，四周雙欄。每半葉分上下兩截，上半圖畫，下半文
字（十行，十七字）。

此書由海外購回，孫子書君所見者，即此本也。

孫子書就是孫楷第，他在《日本東京所見中國說書目》所載即爲此本，
藏日本文求堂田中慶太郎處。田中慶太郎是近代日本著名的漢籍收藏專家，
他在中國訪書購回日本，爲日本搜求了不少珍籍善本。同時，文求堂的某些
漢籍珍本，也有被中國的藏書家購得而回歸故里的。近代藏書家周越然花重
金從日本將這本小說購回。當時有一位名叫「小貞」的人在 1933 年 1 月 19
日出版的《日報》上，寫了一篇題爲《牛郎織女出洋回國》的文章，對周越
然這種關心祖國文化的舉動大加褒揚〔註10〕。

周越然將這本小說歸入孤本，不無道理，考察歷代關於牛郎織女的小說，
這本小說幾乎是明代現存的惟一的一部完整記載牛郎織女故事的作品。正如
周越然在《孤本小說十種》中說道：「『孤』字含兩義：（一）獨一無二，（二）
罕見難求。小說固然如此，即正經正史亦莫不然。」考察海內外關於牛郎織
女故事記述的文獻資料，這是第一部以小說的形式出現的作品，可謂獨一無
二。筆者在搜集資料的過程中發現這也是目前海內外僅存的一本，可謂罕見
難求。再看小說的版本情況，這是一部明朝萬曆年間建陽書坊的刊本，可謂
罕見難求。

從上世紀到現在，研究牛郎織女神話傳說的論文和專著很多，只有周越
然和程有慶先生寫過關於這篇小說版本的論文，沒有人對這本小說文本進行
分析，大概是因爲這本小說在上世紀一直作爲孤本珍藏，鮮爲人知。

二、小說作者和出版年代

這本小說共有四卷，每卷卷首題「書林仙源余成章梓，儒林太儀朱名世
編」。余成章是明代有名的書商，是福建建陽余氏家族的一員。余成章（1560
～1631），字仙源，萬曆年間他以「建寧書林仙源余成章」、「閩書林余仙源」、
「永慶堂余仙源」諸堂號刻書甚多。今可考者尙有萬曆十八年刻《醫教立命
元龜》七卷、萬曆二十三年刊《新鍥南雍會選古今名儒四書說苑》十四卷、

〔註10〕潘建國：《周越然與明清小說》《浙江學刊》1998 年第 2 期。

萬曆二十四年刊《鼎鍥青螺郭先生注釋小試論縠評林》六卷、萬曆四十年刻
《新鍥鈔評校正標題皇明資治通紀》十二卷、萬曆間刻《新刊唐駱先生文集
注釋評林》六卷、《新鐫編類古今史鑒故事大全》十卷、《新刻全像牛郎織女
傳》四卷〔註11〕。他還刊刻過《郭青螺六省聽訟錄新民公案》（簡稱《新民公
案》），卷首有《新民錄引》，題「大明萬曆乙巳孟秋中院之吉南州延陵還初吳
遷拜題」。余成章生於嘉靖年間，卒於崇禎年間，他從事出版業最爲鼎盛的時
期應該是在萬曆年間，從他以上所刊刻書籍的時間看，我們推測《新刻牛郎
織女傳》大致刊刻於萬曆中後期。

　　作者朱名世至今不見於文獻記載，但是根據「儒林」的稱呼推斷他應該
是那個時代的一個儒生。至於他爲什麼要寫這樣一部小說，還要從明代中後
期的出版印刷業來考察。「在文士參與小說傳播的進程中，特別值得一提的是
職業作家的出現。」「應書賈之邀寫作小說或將書稿售予書賈付梓者，即職業
化作者在這一時期的出現卻是不容置疑的事實。」〔註12〕隨著明代中後期經
濟的繁榮和興盛，南方出現了類似現代出版業的商業運作模式，下層文人們
在這樣的時代潮流中，開始從事一些通俗讀物的創作，成爲書賈們吹捧的職
業作家。「與直接創作相比，書坊主爲佔領市場更常雇傭下層文人編撰，……
當時神魔小說基本上都如此編成，……都圍繞人們熟悉的神抵，將各種民間
傳說作較有條理地組織……」〔註13〕據此推斷，朱名世很可能就是爲書坊主
寫作的下層文人，這本《牛郎織女傳》也很有可能是朱名世爲書坊寫作以賺
取稿酬的。

　　在爲書商們寫作的時候，這些下層文人們不得不考慮通俗性和暢銷
性，考慮讀者的興趣和書商們的利益，以至淪爲爲市場和書賈們的寫手。「商
業化的出版印刷業還擁有一些通俗文藝作品的作者爲其創作……更令人叫
絕的，是書商爲了賺錢而雇傭落魄文人編寫暢銷書。」〔註14〕這些下層文
士們沒有什麼文學創作的能力，但是他們從當時流傳的許多具有神話傳說

〔註11〕　方彥壽：《閩北詹余熊蔡黃五姓十三位刻書家生平考略》，《文獻》1989年第3
　　　　　期。
〔註12〕　鄭振鐸：《中國古代版畫史略》，《鄭振鐸藝術考古文集》，文物出版社，1988
　　　　　年版。
〔註13〕　陳大康：《熊大木現象：古代通俗小說傳播模式及其意義》《文學遺產》，2000
　　　　　年第2期。
〔註14〕　李伯重：《明清江南的出版印刷業》，《中國經濟史研究》，2001年第3期。

性質的話本、筆記小說以及民間故事等材料出發，編寫出一部大眾通俗讀物應該是很在行的。從《新刻全像牛郎織女傳》這部小說的藝術成就來看，作者的創作水平的確不高，拼湊的痕跡比較明顯。比如小說第一卷第二則「織女出身」中，作者不惜筆墨大肆渲染織女之高貴和織造技巧之精湛，大段的細節描畫割斷了小說敘事的連貫性，有拼湊作品之嫌。從小說在敘事情節的構思和人物形象的刻畫方面看，作者的寫作技巧並不高明，有些地方還比較牽強。比如，在「牛女相逢」一則中，牛郎織女初次在漢渚相遇，本來是一個詩情畫意的場景，可以進行充分的藝術構思和想像。但是，作者只用了幾句牛女對歌敷衍了事，大大降低了故事的藝術性，讓人覺得索然乏味。

另外，明代中期以後，版畫作為插圖藝術，被廣泛地運用於各類書籍，尤其是戲曲小說等通俗書籍。《新刻全像牛郎織女傳》這部小說每頁在正文上面都附有插圖，在視覺上展現每頁故事情節梗概。「建安余氏插圖本採用上圖下文的傳統形式，雖不及徽派精緻，但也古樸粗獷，別有興味。」〔註 15〕從這本小說中插圖渾樸的刀刻技法和風格看，的確是福建建陽書坊的傳統。此書每頁上圖下文，圖占三分之一版面，插圖兩旁各有三字，是對本頁插圖的說明，也是對本頁內容的概括。比如第一卷第一則首頁「牽牛出身」，上圖繪牽牛星天相圖，右邊豎題「牽牛河」，左邊豎題「西六星」。插圖和正文相映成趣，具有較高的趣味性和可讀性。可以想見，在那個時代這樣的通俗讀物在市場上應該非常受歡迎。

三、小說內容概述

商業化的印刷和銷售模式使得書商和作者在選擇創作題材的時候，都比較接近大眾口味，借助牛郎織女民間傳說的影響，這部小說應運而生。「它的故事情節雖然主要還是依據前人的記述敷衍而成，但多少也寫進了一些較為新鮮的內容。並且，作者在材料的搜集和故事與故事之間的串聯上，也花了不少氣力，儘管結構還不夠嚴密。」〔註 16〕小說兩萬多字，用淺近的文言寫成，分為四卷，凡五十七則，不分回，每則有一個四字標題。在小說開頭有一首題頭詩：

〔註15〕李伯重：《明清江南的出版印刷業》，《中國經濟史研究》，2001 年第 3 期。
〔註16〕劉世德主編：《中國古代小說百科全書》，中國大百科全書出版社，1993 年版。

最巧天河織女，玉皇配與牽牛。夫婦耽淫廢職，東西謫貶雲頭。

保奏七夕一會，鵲鴉代爲建橋。士女紛紛乞巧，芳名流播閻浮。

考察故事情節，發現作者基本上是根據馮應京的《月令廣義‧七月令》輯錄南朝梁殷芸的《小說》中的故事情節創作的〔註17〕：

天河之東有織女，天帝之子也。年年機抒勞役，織成雲錦天衣，容貌不暇整。帝憐其獨處，許嫁河西牽牛郎，後遂廢織紝。天帝怒，責令歸河東，但使一年一度相會。

要從這樣短短幾十個字的記錄中生發出一篇兩萬多字的小說，是非常不容易的。於是，作者還廣泛搜集了歷代筆記小說和野史記載，將文獻資料融入故事的情節中，敷衍爲一部完整的小說作品。

作者首先採用的創作方法是想像性的擴寫。比如對「織成雲錦天衣」一句，小說中就通過「織女獻錦」「織女訓織」「天孫論治」「陳錦激內」四則進行渲染和描述。再加上作者對上層社會女性的想像，織女被描畫成一個溫良賢淑的公主，不僅有著精湛的織造技巧，還有著很高的政治修養。在「天孫論治」一則中，織女入宮論治，從織布技巧出發而大談治國之道，這顯然是作者附加在人物身上的一廂情願，也可能是下層文士不能參與「治國平天下」的政治活動的一種心理補償。又如「許嫁河西牽牛郎」一句，小說作者用「月老僉書」「天帝稽功」「天帝旌勤」「玉皇閱女」「太上議親」「牛郎納聘」六則來敘述。顯然作者對牛女的婚姻模式選取了封建社會最爲傳統的方式，先是讓月老講述他二人有宿世姻緣，再讓玉帝論功行賞，二人婚姻是作爲一種治理國家的需要而產生的。這可能是那個時代文人們所能想像的最爲正統的皇家婚姻了，父母之命加上媒妁之言就是婚姻最完美的模式。

「明崇道之風極盛於嘉靖，而神魔小說、豔情小說的氾濫卻是在萬曆之後……」〔註18〕作者朱名世身處萬曆時期，深受時代風氣感染，再加上圖書市場需求，小說中也不免有些情色描寫以吸引讀者。比如對「後遂廢織紝」一句，作者就充分展現了牛郎織女的愛情世界。小說第二卷幾乎都是在渲染這樣的情事。「成親賜宴」「牛女交歡」「鳳城恣樂」「天孫拒諫」「星橋玩景」「歌兒導淫」「漢渚觀奇」「行童進直」「遣使諫淫」，這九則幾乎都是在鋪陳

〔註17〕袁珂：《中國神話史》，上海文藝出版社，1988年版。袁珂考證了《月令廣義‧七月令》中所輯錄的《小說》是南北朝梁殷芸的《小說》。

〔註18〕陳大康：《明代小說史》，人民文學出版社，2007年4月，第399頁。

牛女二人的「耽於淫樂」,為後來的被迫分離做足了伏筆。如在「鳳城恣樂」
一則中,有這樣的描寫:

> 二人以此持心,日肆淫欲。女喚男非曰可意哥,即曰如意君,
> 縱機上工夫狼籍,置之度外不關心。男稱女非曰心肝肉,即曰性命
> 根,縱圈中芻牧荒涼,視為苛閒無著意。昔日迴文挑字之姬,翻作
> 持觴勸酒之妓,短笛無腔之韻,改為惱淫導淫之音。蒂結同心,勝
> 過錦機奏巧,瑟調逸趣,曾如牛背橫吹。

文中提到的「如意君」乃是嘉靖後期或萬曆前期吳門徐昌齡所著小說《如
意君傳》中的主人公。據此推斷,朱名世可能是萬曆中後期人。這樣直白露
骨的情色描寫是時代思潮的產物,也是商業模式的必然。

其次,作者還將歷代文獻的相關記載雜糅到小說的創作中,豐富了故事
情節。

比如第一卷第一則「牽牛出身」中,作者化用了《荊楚歲時記》中的記
載:「漢武帝令張騫使大夏,尋河源。乘槎經月,而至一處,見城郭如州府。
室內有一女織,又見一丈夫牽牛飲河……」對牛郎添加了一些外貌描寫,說
「漢時,張騫溯河源直至河,見牛郎風神俊偉,齎餱糧持雨具。」第一卷第
二則「織女出身」中,又化用了張華《博物志》裏「七月乘槎」的故事,作
者通過蜀中道士嚴君平之口,描述了一個清幽寂闃的神仙世界,並以大段的
韻文渲染了織女的高貴美豔和心靈手巧。又如第三卷中,太白星官貪圖織女
的侍女梁玉清、衛承莊的美貌而「星官竊婢」、「二婢諧緣」。節外生枝,寫星
官也按耐不住寂寞,偷走織女婢女,這段故事情節見於唐李亢《獨異志》。這
些游離於故事之外的情節,增加了故事的傳奇性,滿足了讀者搜奇獵豔的閱
讀期待。

在「奏造橋樑」「鵲橋請旨」「鴉鵲造橋」「天帝觀橋」四則中,作者採用
了喜鵲搭橋的神話傳說。這則神話見於古本《淮南子》〔註19〕稱:「烏鵲填河
而渡織女。」唐朝學者韓鄂《歲華紀麗》卷三引《風俗通》稱:「織女七夕當
渡河,使鵲為橋。」

在「貴家乞巧」「平民乞巧」「文人乞巧」「七夕宮怨」四則中,作者對民
間的七夕乞巧習俗做了一番詳盡的描繪,從中可以看出那個時代七夕節日的
盛況。如「貴家乞巧」一則中:

〔註19〕 (宋)陳元靚:《歲時廣記》卷二十六注引。

每年七月七夕天上許牛女相會，人間許士女乞巧。本日二星未
赴河橋約，萬姓先悵乞巧筵。貴顯人家七月七夕有造望星樓，令婦
女登之，備物儀以祭牛女。公主次取七孔針，向月穿之，穿得針孔，
自喜以爲得巧，又有婦女結綵樓陳繒帛問天孫乞巧者，仍以穿針爲
驗，穿一二孔者不得巧，又七孔無遺方爲全巧。次日，里鄰婦女俱
提壺相賀，自後仿傚成風，遂傳爲億萬年故事。

　　這四則的敘述和小說的情節關係不大，更像是對當時的民風民俗的一種
介紹。這些文字有一定文獻價值，卻大大削弱了小說的文學性和藝術性。

　　最後，這本小說以比較通俗的文言寫成，並且有大量的詩詞韻文作爲敘
事的輔助。韻文的描寫和散文的敘述相結合，使得這部小說遠遠超過了殷芸
的《小說》的故事梗概式的記述。在小說中有許多詩詞歌賦、書信表奏的韻
文穿插，這些韻文很多是用來對環境和人物做靜態的描繪。據筆者統計，這
本小說中，詩有六十首，詞有十二首。兩萬多字的小說中，詩詞字數約有四
千多字，這還不包括具有賦體特徵的表奏和書信。大段的詩詞歌賦可能是作
者在民間說書藝人的口頭敘述的基礎上加工而成的，起到了增添了文章詞采
的作用，但是大篇幅的韻文有時候割斷了小說故事情節的連貫性，不免讓人
生厭。如在第二卷「成親賜宴」一則中，，群臣紛紛做「佳婿詞」「新郎詞」
以示慶賀，這些韻文繁冗拖沓。

　　總之，在牛郎織女故事流變中，這部小說具有重要意義。「歷史上的各種
神話人物及其故事，在萬曆朝神魔小說所搭建的三教合一的大框架中都被安
置於相應的位置，形成了後來在民間影響極大的龐雜的神的譜系。」〔註20〕
牛郎織女故事在文獻中記錄，在說話人的不斷傳說中增加著情節，在民間爲
老百姓們喜聞樂道，朱名世整合了這些材料，編寫了這部小說。可以說，這
部小說是明代萬曆時期牛郎織女神話傳說比較完整的記敘。在萬曆年間，福
建建陽的圖書市場非常繁榮，「書市在崇化里，比屋皆鬻書籍，天下客商販者
如織。每月以一、六日集」〔註21〕建陽書市每月就有六天專門的圖書集市，
吸引著全國的書商去選購。可以想像用通俗的語言寫成的通俗故事的小說，
會隨著各地書商的分銷，流傳到全國各地。所以，這部小說對牛郎織女故事
題材的定型與流傳應該起到過很大作用。

〔註20〕陳大康：《明代小說史》，人民文學出版社，2007年4月，第399頁。
〔註21〕嘉靖：《建陽縣志》卷三。

第三節　《博望訪星》和《銀河槎》：乘槎求仙的神話

　　舒位的雜劇《博望訪星》和李文瀚的傳奇《銀河槎》是清代中晚期兩部以牛女次生神話爲題材的戲劇。牛郎織女的次生神話有張華《博物志》裏「七月乘槎」、《漢武故事》中的「東方朔偷桃」、《荊楚歲時記》中「張騫尋河源」、「織女支機石」等等。在牛女文學的歷史上，不管是詩歌還是小說戲曲，這些次生神話都讓歷代作者們津津樂道，成爲牛女文學作品的一個重要組成部份。

　　《博望訪星》是清代舒位〔註22〕的《瓶笙館修簫譜》四部雜劇中的第四篇，全本戲曲接近三萬字，寫張騫訪尋河源遇到牛郎織女二星，二星搭乘浮槎並爲張騫指點河源並取得織女支機石的故事。這個故事幾乎將牛郎織女次生神話都綜合在一起，寫入同一部戲中。正史中有張騫事蹟的記載。〔註23〕張騫雖然只是歷史人物，但張騫出使西域的經歷卻在民間廣泛流傳，和張華《博物志》中的乘槎人故事結合，形成了新的故事模式。如南朝梁宗懍的《荊楚歲時記》中有：

> 　　漢武帝令張騫使大夏，尋河源。乘槎經月，而至一處，見城郭
> 和州府，室內有一女織，又見一丈夫牽牛飲河。騫問曰：「此星何處？」
> 答曰：「可問嚴君平。」織女取揩機石與騫而還。始知己到牛郎、織
> 女星。

　　張騫作爲出使西域的漢朝使者，是中華民族探求異域世界的開端。他的勇敢、智慧以及不畏艱辛的冒險激發了後世人們對他的敬仰和傾慕。在《漢書》中西域各國就以張騫的封號博望侯作爲漢使者的名稱，可見他開疆破土

〔註22〕舒位（1765～1815），字立人，號鐵雲，小字犀禪，直隸大興人。乾隆年間的
　　　　舉人，性格篤摯，博學多才。詩歌頗出新意，在詩壇與王曇、孫原湘被稱爲
　　　　「三君」。他也是當時頗有名望的戲曲家，通音律，善吹笛，故而他創作的戲
　　　　曲一脫稿，老伶便能登臺而歌，不煩點竄。著有《卓女當壚》、《樊姬擁髻》、
　　　　《酉陽修月》、《博望訪星》（上四種合刻稱《瓶笙館修簫譜》），《桃花人面》
　　　　及《琵琶賺》，並行於世。
〔註23〕《漢書》（卷六十一）《張騫李廣利傳》：「張騫，漢中人也，建元中爲郎……
　　　　騫以郎應募，使月氏，與堂邑氏奴甘父俱出隴西……騫以校尉從大將軍擊匈
　　　　奴，知水草處，軍得以不乏，乃封騫爲博望侯……後歲餘，其所遣副使通大
　　　　夏之屬者皆頗與其人俱來，於是西北國始通於漢矣。然騫鑿空，諸後使往者
　　　　皆稱博望侯，以爲質於外國，外國由是信之……而漢使窮河源，其山多玉石，
　　　　採來，天子案古圖書，名河所出山曰崑崙云。」

的功績。所以，後世的筆記小說將張騫作為一個仙化的人物，將他出使西域的經歷變化成一段仙境奇遇，而且將牛女二星作為河源仙境的見證人。

《博望訪星》無疑有著明顯的歌頌朝廷的傾向。〔註24〕在此劇開頭張騫以生出場，乘槎上說到：

> 奉詔出金閨，青冥未有梯，乘槎消息近，更指斗牛西。俺博望
> 侯張騫是也，前因築宮瓠子，河患漸漸平，天子作歌，萬民蒙利。
> 又準齊人延年上書，河出崑崙。圖書可案，探源有路，奉使無人。
> 因俺曾到西域諸國，熟悉彼處情形，特賜靈槎，逆流而上，雖臻險
> 絕，卻是壯遊，行不多時，早見乾坤浩蕩也。

通過張騫的交代，間接地誇飾了康乾盛世的景象。據說舒位會試落第，寄居京師，曾為禮親王的家府戲班作曲，這部戲也很有可能是在禮親王府的應時應景之作。

在這齣雜劇中，作者將張騫到達河源的日期定在七夕，這時候牛女二星渡河相見，充滿了奇幻色彩。首先是小生牛郎自報家門，「我河鼓一星是也，本應大將之符，忽兆牧人之夢，自與天孫配合，他就織錦稍遲，薄縺私情，一年一度，天從左走尺，鵲自南飛。人只說五利將軍，毋為牛後，那知我雙棲少婦，□在壚前。今當七夕有期，且到銀河邊等候則個。」接著織女上場，唱一曲「沉醉東風」，表達了織女無限了離愁。

> 【沉醉東風】對茫茫星辰一窩，隔盈盈神仙兩個。（只為著）歡
> 娛少，別離多，（逗）支機石破，（好一似）泣鮫綃，淚花三朵。（仙
> 郎嚇仙郎，你）笛拋一裏，（咱）錦停一梭。青天碧海（險做了）廣
> 寒（宮的）月娥。碧空雲斷水悠悠，還恐添成異日愁。此意欲傳傳
> 不得，畫屏無睡待牽牛。（我天孫織女是也，錦機新舊，花樣難同，
> 溝水東西，匏瓜獨處。今當七夕之期，循例渡河相會，你看仙郎早
> 來河畔相迎也。）

〔註24〕 舒位創作《博望訪星》歷史背景：清康熙帝四十三年（1704年）康熙帝命拉
錫、舒蘭探黃河河源。他們到達星宿海，發現星宿海上源還有三條河流，但
並未追至源頭。拉錫、舒蘭歸京後繪有《河源圖》，舒蘭還寫有《河源記》。
康熙帝末年組織全國性的地形測量，康熙帝五十六年（1717年）派喇嘛楚兒
沁藏布、蘭木占巴及理藩院主事勝住等人前往河源地區進行測量，此行「逾
河源，涉萬里」，回京後將測量結果繪入《皇輿全覽圖》。此次測繪把星宿海
以上的河源也勘查和繪製出來。探測河源的目的在治理黃河，因為「治河」
這一關係著國計民生的重要使命一直貫穿著康熙時代。

牛郎上場安慰織女道：

> 【豆葉黃】（論）婚姻，天上不算蹉跎，有多少死別生離，（都）
> 則為名韁利鎖，（你我呵）雖然腸斷，何曾□□，到今日洞房簾箔，
> 到今日洞房簾箔，比不得聞聲對影消磨。

二星的相會有歡愉也有愁緒，但是最後還是在永恆和深情中消解，沒有人世的生離死別和對影消磨，這樣的相會還是充滿著喜悅和夢幻的。在二星相會的時候，張騫乘槎而上，張騫道明此來目的：

> 【三月海棠】為治河（看）宣房瓠子連年破，（要）崇跟至本，
> 永鎮煙波，難妥，文武盈庭，無一可。饑來吃飯閒來臥，因此勤宵
> 旰，作詩歌，客星一個應該我。

於是牛女二星上順天意為張騫指點了河源，並且一同乘槎渡河，在槎上，牛女二星又唱出了離別的清歌「這相思，可奈何，那相逢奈若何。」作為回報，牛郎告訴張騫河源的秘密：

> 〔小生貼〕嘛，張君，河源上級崑崙，無終無始，只我雙星分
> 野，尚出其旁，故此年年今夕，藉重這幾個雀兒。

最後，張騫向二星索要了支機石作為回到人間的憑信，還引出了一段「東方朔偷桃」的故事增加戲謔和歡快的成分。

此劇的主角是生張騫，牛郎織女只是作為配角小生和貼出現，但是在整部戲中起著重要的作用，作者一方面通過戲的手法展示了張騫尋河源的歷史，一方面通過牛郎織女的出現將這個歷史故事賦予奇幻的色彩，也充分表達了牛女二星的深情眷戀。另外，此劇語言雅俗共賞，有優雅纏綿的唱詞，也有通俗直白的說白，非常適合士大夫貴族之家的品位。

《銀河槎》〔註25〕同樣也是一部以張騫乘槎尋河源的故事為主的戲曲，但是與《博望訪星》相比，這部傳奇篇幅巨大，人物眾多，作者的寫作意圖明確，具有較強的時代精神。作者李文瀚〔註26〕看到了清朝中晚期黑暗的政

〔註25〕《銀漢槎》傳奇分上下兩卷十八齣。上卷主要寫黃河水災，張騫奉旨尋找河源，汲黯開倉賑濟饑民。其中三齣「憂天」「策使」「泛槎」主要寫張騫事，而「鼓浪」「歎災」「議餉」寫汲黯事。「星渡」一齣是上卷的第二齣，寫牛女渡河發現水災，為下卷張騫尋河源遇二星做鋪墊。「怪談」是通過河妖海怪的對白顯示災難，全齣無曲文，俱是說白。

〔註26〕李文瀚（1805～1856年），字雲生，號蓮舫，又號訊鏡詞人，安徽宣城人，清代戲曲家，曾作《胭脂鳥》，《紫荊花》，《鳳飛樓》，《銀漢槎》四種傳奇。他是道光年間的舉人，歷任滿洲正黃旗教習，陝西大荔縣知縣，鹿州知州，咸

治統治和深重的民族憂患，尤其是內部的黃河水災和外部的異族侵略。在內憂外患的時代氛圍中，李文瀚作為一個封建士大夫有著積極的治國救世的責任感，希望通過官僚的勤政愛民而消除災難。在這樣的時代憂患面前，李文瀚在他的《銀漢槎自序》中說：「信如子言，必有河海之責者乃克，盡心河海力挽天災。而凡厥小臣皆可袖手旁觀而無所事事矣。」面對民族災難作為一個小小的臣子又怎能袖手旁觀無所事事呢？所以，他作此劇是為了「予特有望於天心點轉，胥百世而享海晏河清之福。吾儕小臣得以優游於堯天舜日中，弄筆墨以當歌舞，藉絲竹以奏昇平，是則予譜傳奇之初意而他何計焉。」

作者是將這齣傳奇當作文章來寫，以表達政治理想，那麼劇中的人物大多是有著符號的作用的（註27）。他在《凡例》中說：「場中人物並無所託，如張騫、汲黯正色也，故實敍之並錄傳於篇首以為有功於河海。生民者勸至策使一折，張李霍衛四文武引武帝登場者，不過循傳奇之故，套借袍笏以炫觀者之目，並非故藏褒貶，至於務人，口吻不得不還其分耳。」上卷以寫實為主，正如第一齣末角吟唱的「興波浪的蠢黿鼉徒然多事，受飢寒的哀鴻雁未免堪憐。」其中「怪談」一齣中，河妖海怪代表的正是造成災難的水患和外敵侵略，作者在劇中將這些災難幻化為《山海經》中的人面獸身的十種怪獸，並取十惡不赦之意。作者明確表示「一水怪者生民之仇也，水怪靖而生民自安，天然對待，故汲黯賑難即接以張騫叱怪不謀而合者，自然之理也。」

下卷以奇幻的筆調寫張騫尋河源遇牛女二星，得到織女的支機石幫助平鎮了水災，並且訪問嚴君平以求證此事。下卷九齣戲突出了張騫的精誠能格，救民水火，讚揚了塞江淮的支機石神奇偉大、變化無能。其中「郎耕」「女織」是樹立二星為天下夫婦男耕女織的表率，「犯斗」「贈石」「賑難」「叱怪」是彰顯張騫的豐功偉績，「訪平」「證疑」「贊石」三齣在結尾是為湊趣，也起到冷熱調濟，增加戲劇奇幻色彩的作用。

此劇有著鮮明的主題和創作意識，整部戲結構嚴謹，作者在凡例中明確道：「一是編以河災為主，海怪為賓，孛星為經，牛女為緯，故敍主敍緯處多

豐初任四川夔州知府，在地方官為政期間，勤政愛民，頗有政聲。深諳民生疾苦，積極探求治世之道，為政期間有《治歧撮要》《守嘉州紀要》兩部政論著作。

〔註27〕周騰虎評語：「此折不用曲，但用詩詞起結，寥寥數語，精義無窮。由鬼而神，由神而怪；胡然而天，胡然而海；忠臣孝子，污吏貪官，各有褒貶。是有功於世道人心者，何止以傳奇論耶？」

而敘賓敘經概作順帶文章。」作者明確本劇的主題是防治河災，而寓意外侵的海怪只是內憂的陪襯。張騫犯斗是劇情的重要組成部份，牛女雙星的渡河與贈石則是貫穿整部戲的關鍵。因此，作者在謀篇布局的時候詳述河災和牛女故事而略寫海怪與張騫事蹟。〔註28〕第一齣「星渡」中就點名了全劇的立場，專在彰顯以農桑立國、以忠孝治國的儒家治世典範。而神仙鬼怪顛沛流離之形主要是現實憂患的戲劇化表現，也顯示了作者對國家和歷史的憂患意識，而先憂後樂的劇情模式也是作者海晏河清天下太平的政治理想的外化。

　　飽讀儒家詩書的李文瀚面對鴉片戰爭中儒弱的清朝政府，面對災難深重的黎民百姓，最先想到的對策就是從勸農重桑和治理河災中尋求出路。但是現實生活中這樣的策略是如此軟弱無力，李文瀚只好在戲曲中借助織女的一塊小小的支機石消除災魔，借助神話在舞臺上實現那個時代士大夫的夢想，雖然於事無補，但也聊以慰籍。

　　由於李文瀚有著明確的寫作主旨和寄託寓意，所以在剪裁題材的時候主要以歷史典故和神話傳說為主。整部戲典故頗多，作者擔心一些隱諱的典故觀者不能明瞭，「一編中摭拾典故，習見者多，隱諱者亦復不少，恐宜於雅而不解於俗。悉列於後考據卷中以便稽核。」於是，他將一些典故「悉列於後考據卷中以便稽核」。〔註29〕

　　劇中牛郎織女二星的作用非常重要，是整篇戲曲的緯線，將這些散亂的歷史故事和神仙鬼怪貫穿在一起，黏合成篇。正如作者自己所說，「一郎耕女織二折雖近附會實為政本，故有望於普天下男女盡如牛女之勤勤耳。」選擇牛女二星的主要意圖是要提出希望，希望天下老百姓男女夫婦都像牛女一樣勤勉，以期達到國富民強的政治理想。其次，牛女二星下卷中有著重要的作用就是幫助張騫尋找河源，並且以支機石幫助張騫治災興邦。下卷中的牛女二星猶如中華民族的守護神。在《銀漢槎》中，牛女二星的愛情相思主題非常淡化，而他們所肩負的國家民族責任得到了強化和彰顯。《銀漢槎凡例》中說：

〔註28〕 周騰虎在篇尾評：「起之以星斗結之以風雲雷雨，忽而七夕忽而元朝，要之無非令序佳辰，而用意則先憂後樂，專心在海晏河清，勸以農桑，勵以忠孝，神仙鬼怪各逞妍媸，顛沛流離極形酸楚是為血性文章。」可謂切中肯綮。

〔註29〕 在傳奇目錄前附有《張騫本傳節略》《汲黯本傳節略》，並附「考據」，說明這些典故考據出自《通鑑綱目》《漢書卜式傳節略》《淮南子》《博物志》《星經》《考要》《皇會通考》《荊楚歲時記》《山海經》《神仙綱鑑》。

　　一是曲製於甲辰（1844 年）之冬，成於乙巳（1845 年）之春，
公餘之暇，陸續爲之，多頌揚而無諷刺，閱者勿視爲感時之作而詫
之。……一起於星渡，結於贊石者，取農桑爲本，亦以占化災爲瑞
之兆耳。一郎耕女織二折雖近附會實爲政本，故有望於普天下男女
盡如牛女之勤動耳。

　　在凡例中作者雖然強調不是感時之作，是爲了頌揚明君賢臣賑災平亂，
但是實際上作品客觀上通過褒揚張騫和汲黯開倉賑濟災民、去除河災海怪的
功績以表達深重的民族憂患和美好的太平理想，同時樹立牛郎織女爲普天下
夫婦的楷模，宣揚男耕女織、勤農種桑的立國之本。在第一齣「借題」中副
末開場，唱了一曲〔中呂・滿庭芳〕：

　　【中呂・引子】〔滿庭芳〕〔末〕幻想吞蛟奇思，犯斗如癡如夢，
情懷兜來筆底，含意譜天災。無那金堤篷固被黿鼉猖獗動開，生民
哭，萬家鴻雁飄蕩滿天涯。〔換頭〕九重憂已溺中流，誰是砥柱良材。
喜星使乘槎，牛女招來，持贈支機石。願賢侯善自安排，神靈驗。
河清海晏，躋世上春臺。

　　這也符合中華民族早期的星宿意象和農桑治國的主題，是對牛女二星原
始意蘊的回歸。

第四節　《長生殿・密誓》：雙星鑒證的眞摯愛情

　　《長生殿》〔註 30〕之所以能夠在眾多寫李楊題材的劇作中獨佔鰲頭，是
因爲洪昇的生花妙筆將「情」作爲全劇的核心〔註 31〕，宣揚人間男女至誠至
眞的愛情，「筆墨之妙，其感人一至於此，眞觀止矣！」〔註 32〕

　　綜觀整個《長生殿》發現，貫穿全劇的「情」的渲染在第二十二齣《密
誓》達到最高點。《密誓》演的是天寶十年的七夕之夜，楊貴妃在長生殿上流
淚向織女乞巧，唐玄宗出現驚問原因。楊貴妃流淚向玄宗表白：「妾想牛郎織

〔註 30〕洪昇：《長生殿》徐朔方校注，人民文學出版社，1958 年版。
〔註 31〕《長生殿》第一齣《傳概》：今古情場，問誰個眞心到底？但果有精誠不散，
　　　　終成連理。萬里何愁南共北，兩心那論生和死。笑人間兒女悵緣慳，無情耳。
　　　　感金石，迴天地；昭百日，垂青史。看臣忠子孝，總由情至。先聖不曾刪鄭
　　　　衛，吾儕取義翻宮徵。借太眞外傳譜新詞，情而已。
〔註 32〕梁廷枏：《曲話》卷三。

女，雖則一年一見，卻是地久天長。只恐陛下與妾的恩情，不能夠似他長遠。」唐玄宗非常感動發誓說：「在天願爲比翼鳥，在地願爲連理枝。……天長地久有時盡，此誓綿綿無絕期。」兩人的山盟海誓被天上的牛女二星看到了，雙星見他二人如此眞情，就讓他們做了人間情場的管領。這樣的劇情並不是洪昇的獨創，七夕密誓的情節在歷代文人作品中一直被傳唱著。在清代焦循的《劇說》中記載焦循同鄉的一位名媛徐淑所作的《觀演長生殿詩》，云：「細合金釵事渺然，徒勞瀛海問神仙。可憐空有他生誓，何處重逢七夕緣？宮監歸來頭似雪，梨園老去散如煙。今宵聽奏《霓裳》曲，誰賜開元舊寶錢？」〔註33〕可見對於洪昇的精心結撰的《密誓》在全劇中是很重要的，它是全劇承上啓下的關鍵所在。既通過密誓點名了整部戲的主題意蘊，又爲後來眞情不永的愛情悲劇奠定了基調。

再看七夕故事在《長生殿》中共有十幾處之多，而且視角各有不同。第一齣《傳概》中副末開場，就有「長生乞巧，永定盟香。」第二十二齣《密誓》整齣都是對雙星盟誓的場面。第三十二齣《哭像》中，唐明皇面對貴妃畫像而以雙星的別離自喻，「記當日長生殿裏御爐旁，對牛女把深盟講，誰知信誓荒唐，存歿參商。」第三十三齣《神訴》中，織女聽到貴妃鬼魂的哭訴後回憶：「記得天寶十載渡河之夕……」第三十七齣《尸解》楊妃鬼魂有說：「夜來香乞巧……」「七夕盟香續斷頭」，織女見楊妃復活，重敘往事「前天寶十載七夕……」第四十一齣《見月》唐明皇感歎「誰想那夜雙星同照，此夕孤月重來。」第四十四齣《慫合》，牛郎織女道：「可記得長生殿裏人一對，曾向我焚香密誓齊？」第四十五齣《雨夢》，明皇夢見太監說：「說要把牛女會深盟和君王續未了。」第四十八齣《寄情》，楊妃說出當年的情盟「七月七日長生殿，夜半無人私語時。」第四十九齣《得信》，方士傳信給明皇，說「七夕對牽牛，正夜半私咒。」

那麼在《長生殿》中洪昇是爲什麼將全劇的核心「情」通過七夕盟誓來體現，而不是選擇其他情節呢？首先，李楊的七夕私盟是有著深厚的文化意蘊的。搜集歷代關於這一情節的作品如下：

　　　唐·白居易《長恨歌》

　　　唐·陳鴻《長恨歌傳》

宋・樂史《楊太眞外傳》

宋・王廷相《賀新郎（讀楊太眞傳）》〔註34〕

宋・夏言《踏莎行（七夕）》〔註35〕

宋・歐陽修《漁家傲（七夕）》〔註36〕

宋・許將《失調名（七夕詞）》〔註37〕

宋・許及之《次韻酬張岸卿七夕》〔註38〕

南宋・汪元量《憶王孫》〔註39〕

南宋・郭應祥《鷓鴣天（戊辰七夕）》〔註40〕

南宋・趙以夫《七夕》〔註41〕

元・白樸《梧桐雨》第一折

元・顧德輝《天寶宮詞十二首寓感》之一〔註42〕

明・郭勛《雍熙樂府》所收《慶七夕》（卷三《端正好》）；《玄宗幸
蜀》（卷十《一枝花》）《長生殿慶七夕》（卷十一《新水令》《七夕》）

明・吳成美《驚鴻記》第二十三齣《七夕私盟》

明・馮夢龍《警世通言》第十九卷《崔衙內白鷳招妖》〔註43〕

〔註34〕飛詔頻催取。似嫦娥、廣寒初降，姣然媚嫵。傳賜合歡玉絛脫，親插步搖繁
露。莫更道、翠鬟雲縷。七寶臺前香玉樹，底須誇、掌上輕盈舞。霓裳調，
掩千古。洗兒不怪金錢誤。忽惹起、漁陽兵馬，震天鼙鼓。西幸六軍不進步，
竟作馬嵬塵土。又誰信、早生天府。傳得當年七夕事，使君王、妄想來生路。
又何限，兩情苦。

〔註35〕隔歲佳期，相逢今夕。銀河暗渡流雲濕。底須烏鵲為填橋，天孫自有支機石。
乞巧樓高，長生殿寂。人間私語天應識。等是區區兒女情，古今畢竟難明白。

〔註36〕乞巧樓頭雲慢卷。浮花催洗嚴妝面。花上蛛絲尋得遍。顰笑淺。雙眸望月牽
紅線。奕奕天河光不斷。有人正在長生殿。暗付金釵清夜半。千秋願。年年
此會長相見。

〔註37〕惜黃花驪山宮中看乞巧，太液池邊收曝衣。

〔註38〕因依鴻烈成橋語，氾濫長生舊殿歌。

〔註39〕華清宮樹不勝秋。雲物淒涼拂曙流。七夕何人望斗牛。一登樓。水遠山長步
步愁。

〔註40〕鷓鴣天令節標名自古聞。今宵銀漢耿無雲。難尋海上乘槎客，空誦河東乞巧
文。羅異果，爇名熏。紉針撚線漫紛紛。蓬萊底事回車處，暗想當年鈿合分。

〔註41〕雲漢雙星聚散頻，一年一度事還新。民間送巧渾閒事，不見長生殿裏人。

〔註42〕輕綃披霧誇新浴，墮髻欹雲衒晚妝。笑語女牛私語處，長生殿下月中央。

明‧貝瓊《辛亥七夕》〔註44〕

明‧張鉉《七夕詞》〔註45〕

明‧劉筠《七夕》〔註46〕

明‧喬世寧《七夕‧過潼關馮董二舉人招飲溫泉》〔註47〕

清‧孫郁《天寶曲史》下卷《密誓》

清‧褚人獲《隋唐演義》第八十六回《長生殿半夜私盟》

清‧嚴焞《前調（七夕）》〔註48〕

清‧汪鈍翁《無題》〔註49〕

清‧姚鼐《七夕集覃谿學士家觀祈巧圖或以爲唐張萱筆也》〔註50〕

以上對長生殿密誓的渲染實際上都是來自唐代白居易的《長恨歌》中的一句「七月七日長生殿，夜半無人私語時。」至於歷史是否確有其事，許多學者都產生了質疑。「這個所謂發生在驪山長生殿的七夕密誓的著名場面，其實卻是作爲史實絕對不可能存在的一種文學上的虛構。」〔註51〕當然文學的眞實和歷史的眞實的標準是不一樣的，歷史眞實要遵循實錄精神，眞實的記錄歷史事件和歷史人物。而藝術的眞實只要遵循生活的邏輯，在作品中展現作品人物的眞實情感和現實生活。「深於詩而多於情」的白居易在《長恨歌》中要傳達對大唐盛世的追憶，對李揚愛情的讚賞，所以詩人設計了男女主人

〔註43〕古本作《定山之怪》，又云《新羅白鷳》中有一段記載，「娘娘含淚而言：『妾一身所有，皆出皇上所賜。只有身體髮膚，受之父母，以此寄謝聖恩，願勿忘七夕夜半之約。』」原來玄宗與貴妃七夕夜半，曾在沉香亭有私誓，願生生世世，同衾同枕。此時玄宗聞知高　所奏，見貴妃封寄青絲，拆而觀之，淒然不忍。

〔註44〕五夜天邊輟鳳梭，長生殿裏望星河。玉環他日無窮恨，更比牽牛織女多。

〔註45〕憶昔明皇清夜遊，曾誇比翼笑牽牛。長生殿上金蓮燭，不照驪山草樹秋。

〔註46〕吹笙何處伴乘鸞，窺牖誰人見阿環。便有唐家今夕意，月和風露滿驪山。

〔註47〕相逢難此夜，遊宴過華清。何處長生殿？當時無限情。山花送繡色，宮樹滿秋聲。罷酒中庭月，蕭然客思生。

〔註48〕銀燭秋光冷畫屏。輕羅小扇撲流螢。玉梭停杼天河淺，烏鵲塡橋夜露清。爭乞巧，賽穿針。千年七夕到而今。長生殿裏情何限，臥看牽牛織女星。

〔註49〕新甃湯泉咽不流，繚垣欹側野塘秋。月明深鎖長生殿，夜半無人誓女牛。

〔註50〕驪山秋樹圍宮殿，列屋同居異歡宴。人人七夕望牽牛，歲歲秋風落團扇。

〔註51〕（日）竹村則行，清風譯：《洪昇的七夕詩與〈長生殿〉》《杭州師範學院學報》1994年7月第4期。

公七夕之夜相會的場景，並且發出了「在天願做比翼鳥，在地願爲連理枝。天長地久有時盡，此恨綿綿無絕期。」的愛情絕唱。同時代陳鴻的《長恨歌傳》中也說道：「昔天寶十載，侍輦避暑於驪山宮。秋七月，牽牛織女相見之夕。」看來在馬嵬兵變五十年後，七夕盟誓的場景就在李楊故事的流傳過程中存在了，再加上大詩人白居易的渲染，後代的士人就將此作爲李楊故事的一個重要情節流傳。宋代的《楊太眞外傳》也採用這個說法，王廷相說道：「傳得當年七夕事，使君王、妄想來生路。又何限，兩情苦。」在宋代，七夕私盟已經和李楊故事緊密結合在一起，李楊的愛情須要七夕盟誓得到昇華和詠歎，七夕節日也因帝妃之戀而便得更加多情。《天寶遺事》載：「宮中七日以錦繡結成樓殿，高百丈，可容數十人，陳花果酒肴，設坐具以祝牛女二星。又以蜘蛛內之小金盒子中，至曉開視，以蛛絲稀密爲得巧之多少。嬪妃各執九孔針五色線向月穿之，過者爲得巧。」《貴妃內傳》有「唐明皇與貴妃避暑驪山宮，七日牛女相見之夕，夜半妃獨侍，上憑肩密相誓言心欲世世爲夫婦。」可見到了宋代，人們對唐代皇宮中的七夕習俗和李楊二人故事還是念念不忘。元代白樸的《梧桐雨》第一折中楊貴妃出場就說：「今日是七月七夕，牛女相會，人間乞巧令節。已曾分付宮娥，排設乞巧筵在長生殿，妾身乞巧一番。」作者通過第一齣七夕乞巧，引出唐明皇對楊貴妃的寵幸和眞情，爲第四折明皇思念貴妃伏筆，第一折二人生生世世的甜蜜愛情盟誓成爲第四折明皇淒苦孤獨思念妃子的最好的映襯。

　　到了明清時期，隨著戲曲藝術的繁盛，人們總是在佳節慶典時候演出應時的曲目娛樂消遣。《雍熙樂府》中的《慶七夕》《玄宗幸蜀》《長生殿慶七夕》《七夕》都是以李楊愛情爲主題，寫帝妃在七夕之夜在雙星的鑒證下盟誓的情景。明代吳成美的《驚鴻記》第二十三齣《七夕私盟》和清代孫郁的《天寶曲史》下卷《密誓》同樣也是此類作品。就連一些敘述唐代歷史的小說也採用了這個情節，如清代褚人獲《隋唐演義》的第八十六回《長生殿半夜私盟》。詠唱此景的詩歌也比比皆是。在這些詩作中，有對帝妃之戀的批判，有的是就七夕佳節而聯想到長生殿上的誓言，還有的是對那段歷史的感歎。帝妃七夕盟誓的經典意象一旦得到觀眾和讀者的認可，便成爲一種模式也在戲曲小說中被廣泛採用。明代無心子《金雀記》第十七齣《乞巧》就是寫晉代宮廷賈妃七夕乞巧引來武帝共渡佳期，同唱「交相映，喜年年此夜，鸞鳳和鳴。」明代謝讜《四喜記》第十三齣《巧夕宮筵》中寫宋代鄭妃於宮中乞巧，

「幾多少乞巧高樓上，把七孔針穿線色分明」，實際上是通過乞巧來祈帝王的垂青，「不須向百子池邊去，怎得細說長生殿裏情。」

正是有以上這些作品的出現，將李楊的七夕盟誓歷代傳唱、反覆渲染，才會有洪昇的《長生殿》中的那齣《密誓》。洪昇同樣也採用了先賢們的手法，利用歷代傳唱的情節經行創作。而洪昇選擇七夕密誓也是有著自身的原因的。七夕意象在歷代作品中深入人心，是神話原型長期來在人們心裏形成的共同的心理積澱的反映。

在洪昇的詩集《稗畦集》《稗畦續集》和《嘯月樓集》中，其中有九首是關於七夕的詩篇。〔註52〕《七夕‧閨中做四首》是洪昇22歲時新婚後所作。

> 吹罷秦簫復唱歌，行杯忘卻夜如何。
>
> 深閨亦有機中錦，不向天孫乞玉梭。（其一）
>
> 兩兩鴛鴦戲碧流，夜深貪宿藕花稠。
>
> 笑他著意防人眼，不管銀蟾照並頭。（其二）
>
> 憶昔同心未有期，逢秋愁說渡河時。
>
> 從今閨裏長攜手，翻笑雙星慣別離。（其三）
>
> 瓊窗斜掩彩雲低，蓬漏將殘又唱雞。
>
> 縱使一年深不曉，莫言容易得雙棲。（其四）

詩中的洪昇在結婚兩年之後，依然非常激動而熱烈。回憶起兩年前的七月七日在岳父家與青梅竹馬的表妹黃蘭次結婚時的情景，洪昇禁不住詠唱「從今閨裏長攜手，翻笑雙星慣別離。」洪昇直率的表達著作為新郎的喜悅和激動，可見七夕對於洪昇來說應該是一個非常重要而值得紀念的日子。詩人洪昇也是非常多情的，王廷漢的《長生殿序》中有：「昉思……何其多情也。多情而出於性，殆將有悟於道耶？然歡娛之詞少，悲哀之詞多。昉思其深情而將至忘情，以悟情之即道耶？」王廷漢認為洪昇的多情是出自本性的，即使歡娛之詞少而悲哀之語多，洪昇的多情也是至情至性的，是合於道的。

所以，洪昇會選擇李楊的情事作為題材經行創作，而且還將最至情的場面安排在七夕《密誓》一齣中表達出來。雖然，洪昇在《長生殿》自序中說自己是依據《長恨歌》和《長恨歌傳》創作的，但是與以往同類題材的作品

〔註52〕轉引自（日）竹村則行，清風譯《洪昇的七夕詩與〈長生殿〉》《杭州師範學院學報》1994年7月第4期。

不同，洪昇突出了七夕之夜雙星鑒證的場景。他讓天上的牛郎織女二星直接出現在劇中，既作爲李楊愛情的見證著，又是二人眞情的保護神。也與歷代同題材的戲曲不同，洪昇將太眞穢事盡數刪除，而通過牛女作爲司愛之神的出現爲其愛情披上了神秘而永恆的面紗。第 46 齣《覓魂》，唐明皇「只爲他一點情緣，死生銜怨。」遣道士行法尋找貴妃魂魄，昇天入地，最後在織女星神的引導下到蓬萊仙山找到楊氏仙魄。李楊二人的愛情始終是在牛女星神的保護下進行的，神靈的護祐使得愛情更加濃烈和恒久。《密誓》是李楊直接向觀眾表達情感的一齣戲，如果太過直白就失去了戲曲美感，所以洪昇讓牛女二星作爲情場管領出現，稱頌唐太宗爲「人間風月司」的管領。「文學家對民間文學的利用是爲傳播鏈提供另一種關係……」〔註 53〕牛郎織女作爲中國文化中包含著豐富的情感和內容，洪昇在劇中別出心裁地讓牛郎織女成爲堅貞愛情的象徵，作者巧妙的借牛女的眞情永恆美化了李楊的精誠愛情，同時也表達了自己「至情」的價值觀和劇作觀。通過牛女的神話來渲染李楊愛情的天長地久、天地共鑒，從而消解了現實的「長恨」成就了精神上的「長生」。

　　洪昇的《長生殿》成就是非凡的，一經問世就風靡一時〔註 54〕。當時的貴族之家、酒樓茶社非《長生殿》不演，甚至一些演員們也因爲此曲而增價身價。作爲《長生殿》重要的一齣戲《密誓》也歷來爲人稱道，成爲了七夕節令戲的演出曲目。清人錢泳在《履園叢話》中提到，「庚申六月十二日，餘齣都從潞河歸棹，有楊氏女婉春者，蘇州人，年十五，善言笑，在某王府度曲，將附余舟，余以同鄉誼弗卻也。行至迦河，適逢七夕，婉春乃言曰：『今夕當唱唐明皇拜月一曲。』」錢泳聽得興起，即席賦詩三首送給歌女婉春，「客裏年華去若馳，撫今追昔不勝悲。聽卿一曲《長生殿》，想見開元全盛時。」〔註 55〕可見，《長生殿》中與七夕有關的曲目之流行程度。

　　到了乾隆年間，折子戲在舞臺上流行的時候，五十齣的《長生殿》中經常被傳唱的就有《密誓》一齣。「《北平梨園歲時記》中記載：『七月七日，各園舊例演《長生殿·鵲橋密誓》，所謂『七月七日長生殿，夜半無人私語時』

〔註 53〕（美國）M.E.布朗：《民間文化論壇》，2004 年。

〔註 54〕徐靈昭《長生殿》序文：「一時朱門綺席、酒社隔樓，非此曲不奏，纏頭爲之增價……試雜此劇於元人之間，直可並駕（白）仁甫，俯視（屠）赤水。彼《驚鴻》者流，又烏足云。」

〔註 55〕（清）錢泳：《履園叢話》二十三　雜記上。

也……」〔註56〕中國國家圖書館就有一部清末至民國間的抄本，題爲《鵲橋》，筆者查閱發現他和長生殿的《密誓》相同。這部抄本的字裏行間還有用朱筆標點的音韻標記，可能是當時演員用來演出的底本。每逢七夕佳節，人們不光要拜月乞巧、穿針結綵，還要在戲臺上演一齣《鵲橋密誓》以表達對人間男女眞摯愛情的嚮往。「1943 年尚小雲親自編導老戲《天河配》，他以眞唱、眞念、眞做爲主旨，並且加入唐明皇、楊貴妃乞巧一折，以昆弋腔演唱，使演劇風格更爲古色古香。」〔註57〕

第五節　《雙星圖》：正統文人演繹的才子佳人傳奇

　　清代的牛郎織女文學作品第一部長篇巨製就是鄒山〔註58〕的傳奇《雙星圖》〔註59〕。此劇寫牛郎織女故事，情節內容多有不同於以往流行之說，最

〔註56〕轉引自傅學斌：《老牛破車七夕節》，載《人民日報・海外版》2006 年 8 月 25 日，第 13 版。

〔註57〕宣炳善：《牛郎織女》中國社會出版社，2008 年 3 月，166 頁。

〔註58〕鄒山（1645～1738 後）字少水，號嶧傭，又號樂餘園主人，別署無聲謳者。江西宜黃人。一生主要靠坐館於縉紳之家、遊走於官員幕府之中爲業，交遊廣泛，遊歷頗豐。自幼聰慧好學，頗工古文辭，勤於著述，直到九十多歲高齡時仍筆耕不輟。詩文多爲記遊懷古、嘲風詠月之作，且好用典故。九十四歲時在家鄉刻有《樂餘園百一偶存集》32 卷，《雙星圖》即收入此集中，《古典戲曲叢刊五集》中收錄的《雙星圖》即據此影印。鄒山最少還著有一部傳奇《無雙夢》，今不傳。（參考鄒山：《樂餘園百一偶存集・發凡》；趙景深：《方志著錄元明清曲家傳略》中關於鄒山的資料，中華書局，1987 年版。）

〔註59〕《雙星圖》未見著錄，現存於鄒山《樂餘園百一偶存集》中，署「無聲謳者編」，卷首有署「宜黃無聲謳者識」的《雙星圖小引》，全書分 2 卷 30 齣。劇寫玉帝修建白玉樓，竣工之時眾仙前來祝賀，並得玉帝旨意，可在樓內遊覽。牽牛星牛九郎與同垣星君王良、造父也前往遊覽，與織女不期而遇，遂爲織女的美貌所吸引。王良、造父到織女的姑姑精衛處爲牛郎說媒，精衛應允。織女也在邂逅中，對俊美多情的牛郎印象深刻，故精衛執柯，水到渠成，遂成婚姻。牛郎織女婚後沉溺愛河，荒廢正業，誤了祭祀所用的犧牲和錦緞，故此受到玉帝的懲罰，兩人被貶到天河兩岸，不得相會。精衛同情織女，意欲運石造橋，以通天塹，卻被犯上天庭的石尤部隊拆毀。石尤乃蚩尤之妻，夫婦兩人早懷不軌之心，白玉樓落成之日，蚩尤就曾欲藉口朝賀帶兵犯境。未果後，又派親信潛入天庭，打探形勢，畫成地圖。蚩尤部隊攻上天垣之後，天庭大亂，織女與侍女承筐亦躲避戰亂，不想被亂兵重重圍住。織女未免遭侮辱，無奈之下，跳入天河自盡，卻被蚩尤手下救起。蚩尤欲霸佔織女，織女不從，遂被囚禁於漸臺之上。牛郎參與平叛蚩尤的戰爭，竟以火牛陣大敗

特別的是攙和了其他神話故事，比如精衛成為織女的姑姑，並曾經運石造橋供牛女相會；把蚩尤與黃帝的戰爭架接過來寫成天庭的一場動亂，而且成為牛女故事的主要背景；又把傳說中頗為悲情的石尤寫成一位殺氣騰騰的女將軍，並成為蚩尤的夫人。這些別出心裁的虛構，無疑是作者炫耀才情的一種表現。在第 30 齣〔南尾〕作者自詡：「繪雙星不落尋常縠，情則個想當然有，這才是天籟元聲大者謳。」《雙星圖小引》中的一段話透露出作者的這種創作心理：

> 星辰之繫於天也，相去萬數千里，其果金繩玉律以繫之乎？抑亦鼓其大氣，續為鉤絲以舉之也。間嘗遊明月之下，頌黃姑織女時相見之句，漠漠銀漢，安得而相見乎？按，野史有織女詣牽牛之說，漢史載張騫泛槎至北海遇織女贈支磯石，唐史載三郎七月七夕與玉真矢於長生殿，此又其彰明較著者也。且天行每歲冬十一月至日次於丑垣，正陰去陽生之候，說者以織女為天孫，牽牛為三將軍，貴臣內戚又不知河北之放曾邀省宥否耶。此正天上一大歡喜部頭，勝於月中霓裳羽衣曲多多矣。何自元以後，曾無有作之者，或曰難也。以三垣也而九垓則聚其班難，以經星也而贅疣則措其詞難，以非佛非仙非人非鬼，而欲曲寫其悲歡離合之致，則得其情難。予聞之俯首而退，試閉戶月餘耶，以告無罪於二星，庶幾乎可無慚於三難之說矣。宜黃無聲謳者識。

鄒山追敘了牛郎織女故事的淵源，並且認為這樣好的天上的故事「正天上一大歡喜部頭，勝於月中霓裳羽衣曲多多矣」，從元代以後就很少進入文學創作是十分遺憾的〔註 60〕。他總結了三個原因：一是不懂得天象和星宿的知識，寫出天上的神仙譜系很難；二是天上神仙星宿的生活和情態難以描摹；三是二星「非佛非仙非人非鬼」，難以刻畫她們悲歡離合的情狀。鄒山稱自己「閉戶月餘」寫出了這部傳奇，「以告無罪於二星，庶幾乎可無慚於三難之

蚩尤，建立奇勳。蚩尤部隊潰敗，武曲大將乘勝追擊，得織女於漸臺之中，遂收為義女。此時織女誤信傳言，以為牛郎已死，痛不欲生。牛郎凱旋途中，得遇侍女乘筐，聽到織女跳河自盡的噩耗，亦悲痛欲絕。武曲為試牛郎織女堅貞與否，對織女言欲令改嫁，對牛郎言欲招為婿，兩人俱不從，後來眾人說明真相，牛郎織女遂得團圓。恰此時，玉帝頒下聖旨，牛郎織女仍處天河兩岸，每年七夕鵲橋相會。

〔註60〕實際上元明間有無名氏：《渡天河織女會牽牛》雜劇，今無傳本。

說」，是頗自鳴得意的。正如郭英德《明清傳奇史》中說：「這些正統派傳奇作家以創作詩詞古文的傳統思維模式創作傳奇，借傳奇抒發故國之思、興亡之歎、身世之感、或世外之情、報應之思、風化之意，借傳奇顯示淵博的學識功底和深厚的文學造詣。」〔註61〕鄒山寫作《雙星圖》的確有借傳奇來顯示淵博學識和深厚文學造詣的意圖。

首先關於此劇的創作時間問題。《雙星圖》一劇頗為人意外的是以蚩尤的叛亂作為背景來寫牛郎織女故事，這個自創情節與鄒山的經歷有很大關係。鄒山於1680年（康熙十九年）曾跟隨平定尚之信的清軍到過貴州和雲南。在《樂餘園發凡》中有：

> 庚申三十六歲，從伯達往黔，出湖南過洞庭，至常德。馬伏波征蠻石柱在焉。溯流銅仁大兵之所聚也。內則親王貝子八旗將軍，外則江西之總督董，湖廣之總督蔡。遇柯方伯招入行帳。五更吹角，初更駐營。攀崖尋壁，戴霧披雲。日三十里二十里不計也。貴州全復，從楊撫軍入疆巡視，設官以安民。

> 辛酉三十七歲時，初復事繁，予日往來於大定咸寧間，見苗女天然真色，見龍馬絕巘而馳，所市之僕從事主人勞苦至死不怨。過關索嶺，所謂鮑家莊。啞泉在是嶺上，有竹大可合抱，葉大如芭蕉。至盤江鐵鎖橋時為寇毀，有舟可渡。予幼時讀楊用修詩，見說盤江地，年年瘴癘多之句，笑曰：「非貪名利者不至此。」不意予今日竟至此也。曾有於滇之行，乃自盤江過碧雞關，從此蕩平大道，方陣可行迤逗。壬戌三十八歲，昨十一月返黔，別主人親友。元正六日乃命輿長髮。輿夫乃吾郡臨川人，幾所至山崖之有名者，皆一一聲說。因念貴築一線羊腸。依家苗為輔衛，山無來脈，水無正道，然其巉岩競秀，麗不可形狀。雖三竺五湖烏能勝之。

因此，這次參戰使其印象深刻，所以在戲曲中寫了很多的戰爭場面。而黔貴高原的特殊的地理位置和民風民情，使鄒山這個長年生活在江南的詩人極為震撼，在他的詩作中有很多這一時期的作品，《雙星圖》中蚩尤部落高峽大河的風貌無疑也是受此影響。故而，此劇寫作時間應該在其去貴州、經歷過平叛尚之信戰爭之後。

〔註61〕郭英德：《明清傳奇史》，江蘇古籍出版社，2001年。

　　其次，關於此劇是否有所謂的遺民心態問題。郭英德《明清傳奇綜錄》說「劇中有蚩尤……操練旗軍，於史無徵，似對清兵滅明有所感慨」而作，〔註62〕鄒山在劇中寫蚩尤叛亂，應該直接受他參與平定三藩之亂有關，但為何蚩尤練「旗軍」？這其中透露出作者很隱晦的遺民心態。問題是考察鄒山的一生與交遊，在官員家坐館、遊走於幕府之中四處視學、隨軍平定三藩之亂，絲毫看不出他有所謂的遺民問題。究其原因，與鄒山的家族有關。鄒山生於1645 年，大清已經入主中原，對於他來說沒有什麼大明概念可言，但是他出生於江西宜黃有名的書香門第，且是世家大族。這樣的大家族自然與大明王朝有更深厚的感情，在明清鼎革之際自然也受到更大的衝擊。他父親蓮石山人有大量著述，但悉毀於戰火〔註63〕家族也很快中落。這樣的家庭出身決定了他後來雖然生活於康乾盛世，但是卻背負著父輩們明清易鼎的苦難記憶。他從 24 歲開始過著坐館、遊幕、視學的生活。在《發凡》中，他提到 26 歲在江寧等地得到當地名流的賞識，28 歲回故鄉：

　　　　壬子二十八歲三月，言歸入境。我心不快，至則室人無恙，同堂之伯叔父長兄皆安福家，矩仲夫子見而笑曰：「而釋禍歸來也」對曰：「檯子上優人服耳」進東遊草，受而閱之。曰：「白下巨公半屬交遊矣」，予憂心忡忡不已。

　　這位同族夫子所說的話無疑是在諷刺他，當他參與平定貴州之亂歸來後，我們同樣看到一些隱晦的記載：

　　　　己未三十五歲，欽點貴州巡撫楊（譚雍建），隨大軍進剿。撫軍題帶四十八員，伯達在其內。予時受柯方伯聘，遂同伯達便道歸。歸之日，蹄跡雖除，而芃芃野草春風吹又生矣。問家家固無有，問先輩伯叔父長兄十餘輩，紳士皆喪於乙卯丙辰間。因憶壬子歸。憂心忡忡。正生死離別關頭也。又問父書片紙，蔑有呼天蹩躃。而僕叔父君汲長兄再白挍而起曰：「汝當自重，汝身五世攸關。汝不見豪強武斷之徒，乘風抄佔烈於寇盜乎？」對曰：「唯唯敢不從命！」

　　可見，由於家族曾經遭受的重創和父輩們的遺民心態，鄒山承受著巨大的心理壓力。另外，據說當康熙徵博學宏詞科時，「當路交薦之，山笑曰：『鴻

〔註62〕郭英德：《明清傳奇綜錄》河北教育出版社，1997 年版，第 776 頁。

〔註63〕《樂餘園百一偶存集·原序》「先君著作盈笥，悉毀於寇，抱恨終□□，何述哉？」

蒙未易言，吾輩見取，倘召對，其如口之期期何？』」〔註64〕他以自己口吃推辭，其背後也未嘗沒有家族中遺民心態的影響。

但鄒山在其父親去世後，家中又遭到盜寇的侵擾，財產蕩然一空，生活陷入窘困的境地。這樣他就陷入兩難，家族的遺民心態固然要他堅守節氣，但他又不得不一次次託身貴冑薦紳之門，遊幕坐館養家糊口。所謂「四十年來頻託跡於薦紳之門。不知者怪之，知之者惜之，偶存百一，俾世之閱。予集者，知予之託跡於薦紳先生之門者，不過如此，而孤寒褊窄之衷，卒至老腐而無成，亦未必不在此也。」〔註65〕講的就是他的尷尬而辛酸的處境。鄒山一生的憂憤與無奈，都傾注在這些詩文中。而他惟一的傳世戲曲作品《雙星圖》也是在這樣的心境之下寫成的。因此，《雙星圖》是他自炫才情，以文學來實現自己價值的作品，同時也不能不受到父輩的影響，在其中偶而透露出遺民的情緒。

最後，關於這部戲曲的主題問題。劇本第一齣「圖前」，鄒山標明了自己的「情」觀，副末開場說道：「秋如縷，臥看牽牛織女，一年一慶，天星未免多情，真情豈在朝朝暮暮。」又云「情必淡而可貞，雙星會鵲。情惟癡而始慧，精衛填河。情若蕩而自災，兩尤煽焰。情既忘而普惠，武曲摩柯。」這與明末清初文人對「情」的認識頗為一致。此時雖然與晚明心學思潮影響的「情」觀，都推崇癡情，但又試圖把情與禮完美的結合，從而與晚明時期決裂放恣的「情」觀有所修正，這也是明末清初社會思潮逐漸歸正的一種表現。在明代中後期至情觀高揚甚至氾濫之後，明代社會矛盾的激化和明清之際天崩地裂的社會變化，整個社會思潮更多的轉向社會政治問題的思考，文人士大夫們回歸到封建正統倫理中尋求著治國定邦的法寶。加之儒家傳統文化的強大的同化力，人們更加倡導情感倫理化，以理節情，以理制情成為清代前期情理觀的代表。鄒山的《雙星圖》中所表現的情理矛盾和情理和諧就是這樣的時代思潮下的產物。鄒山正是通過人類社會最基本的男女人倫理念來表達一個有著強烈家國承擔意識的士大夫的歷史責任感。而牛郎織女作為人間夫婦的倫理典範，在鄒山筆下就被賦予了獨特的意義和內涵。作者的意圖很明顯就是牛女的婚姻基礎是兩情相悅、男女平等，但是婚姻的維持必須是符合儒家倫理道德的規範。所以，在《雙星圖》中作者寫牛郎織女一見鍾情，

<hr />

〔註64〕趙景深：《方志著錄元明清曲家傳略》，中華書局 1987 年版，第 307 頁。

〔註65〕《樂餘園百一偶存集·發凡》。

牛郎在戀愛上是張生一樣的一個傻角，而織女也是個多情美麗的大家閨秀。
他們的婚姻建立在兩情相悅的基礎上，但由兩情相悅到結爲婚姻，是走正規
渠道的，由男方朋友王良提親，女方姑姑直接做媒，最後徵得天帝的同意，
操辦了豪華盛大的婚禮。這一套程序是非常符合禮儀的。情和禮在這裡和諧
統一，沒有衝突和矛盾。作者把矛盾設在恣情放蕩這一點上，「情若蕩而自
災」，牛郎織女過於沉溺情愛，突破了合乎禮儀的中正平和，他們的愛情開始
演變成一場災難。在「群戲」「情戀」等齣中渲染了男女主人如膠似漆的濃情，
他們耽於情而荒廢了職責以至於在「分影」中被痛苦的隔離於天河兩岸。在
第十七齣「河溯」中，小旦承筐勸慰織女說：「星主你從前恩愛太覺濃，耽此
際分離當應淡受。倘日前聽承筐愚諫也，便無這般禍事了。」這幾齣作者濃
墨重彩，是上卷中的重頭戲，可見鄒山的主旨所在。下卷中的故事主要情節
就多是作者自己的虛構，其中一系列的武戲「車載」、「城壘」、「伏魔」突出
了牛郎的英武和智勇，穿插其中的織女爲保全貞潔而投河的情節彰顯了織女
作爲女性的貞守操行。

　　當在明代如火如荼的眞情至情觀念洗禮之後，清前期回歸雅正的情理觀
還是帶有了近代婚姻愛情觀的意味。牛郎織女婚姻的基礎是戀愛自由、兩情
相悅。正如李漁所說的「男女相交，全在一個情字」〔註66〕牛女在男女平等
的基礎上，以才、色、情的相對相稱爲擇偶的標準。而且這份「眞情」是經
受了重重艱難和考驗的。戲中的牛女雖然表現出「忠貞不二」「守貞不移」的
道德標杆，但是眞正支配他們這種行爲和心理的是對美好愛情理想的專注和
珍惜。《雙星圖》表現出的牛郎織女形象與以往文人作品和民間傳說有很大不
同。鄒山筆下的牛女愛情是建立在男女平等互愛互敬的基礎上，並且雙方爲
了愛情甘願冒很大風險甚至以性命相許，這樣強烈和持久的愛情是與儒家溫
柔敦厚的情感觀相背離的。雖然鄒山在劇中意圖是爲了宣揚「情必淡可貞」
的主題，但是劇本客觀上卻讓觀眾對牛女的至死不渝的愛情產生了強烈的共
鳴。

　　鄒山刻意構思了生旦離合與戰爭興亡的雙線結構。〔註67〕此劇上卷基本

〔註66〕李漁：《玉搔頭》第十三齣《情試》。

〔註67〕此劇上卷十五齣，「偕遊」、「遣絲」、「樓宴」、「緣覡」、「冰傳」、「機合」、「贈
　　　　奩」、「星迎」、「群戲」、「情戀」、「糾離」、「分影」主要寫牛郎織女從相見相
　　　　戀到成婚遊樂以至於分離的故事。其中「旌現」「石闕」兩處主要寫蚩尤練兵，
　　　　爲下卷的平叛戰爭伏筆。下卷十五齣中，「河溯」「蚩動」「避寇」「星陷」「城

上是按照歷史記載的牛女故事敷衍成戲的。下卷多是作者自己的虛構，其中一系列的武戲「車載」、「城壘」、「伏魔」突出了牛郎的英武和智勇，穿插其中的織女爲保全貞潔而投河的情節則彰顯了織女作爲女性的貞守操行。作者的意圖恨明顯就是牛女的婚姻基礎是兩情相悅、男女平等，但是婚姻的維持必須是符合儒家倫理道德的規範。傳奇採用雙線結構，以生旦離合爲主線，中間穿插了蚩尤叛亂的武戲，以達到文武相間，冷暖場調和的目的。蚩尤叛亂也是生旦再次重逢的契機，在叛亂中牛郎展示了自己溫厚英武的性格特徵，而織女也體現了女性貞潔守行的特點。

　　作者著意刻畫的織女有別於前代文學作品中的織女高貴勤勉的形象，劇中的織女父母雙親被貶謫，靜守幽垣，獨居堪憐。與牛郎在白玉樓中一見鍾情後，織女將相思暗藏心中無人傾訴，只是整日倦懶、神思恍惚。在第七齣「機合」中，織女在織絲中唱到：

> 【梧桐打五更】【梧桐樹】〔旦〕俺織不出比翼鳩，織不出雙棲藕，只合織孤雁憐雲淚濕蘆花透。〔小旦〕星主絲亂了。〔旦理絲介〕甚飛絲繞亂難重扣。〔倒抛梭介〕〔小旦〕梭兒又倒擲哩。〔旦〕卻認得金梭怎倒投。〔五更轉〕〔小旦〕星主敢支機未送，你情中毂，既不從心，如何合手。

可是當精衛姑母爲織女牛郎做媒的時候，說昨日在白玉樓中遇見牛郎情形，織女卻說：「羞人答答，俺何曾遇見他來。」當精衛詢問她是否同意時，織女婉轉說：「咱也不能自主，一任姑母主張罷。」鄒山筆下的織女如同人間的閨閣小姐一般，矜持而柔弱，委婉而多情。

　　與前代的牛女文學中以織女爲主角的模式不同的是，在《雙星圖》中鄒山還塑造了一個資才雄渾、情性溫沉、敢愛敢恨的牛九郎。當他第一次在白玉樓中見到織女，就爲之傾倒，「若得他飽窺一回，便謫下凡塵也甘心了。」於是，牛郎主動向侍女承筐打聽織女名姓，當得知織女還未婚配，牛郎就喜不自禁的自我介紹：「俺乃河中牛九郎，才貌蓋天，姐姐你好生認識一認識。」顯然，作者是比照《西廂記》中張生的寫法，將牛郎刻畫成一個風度翩翩而又癡情的「傻角」。於是在牛郎的同垣星宿王良和造父二星的幫助下，請織女

壘」「伏魔」「尊逃」則主要寫戰爭場面，而「填河」「車載」「愁臺」則穿插在熱鬧的戰爭戲中。最後「妝女」「錯悼」「試貞」「疑閣」「鵲夕」五齣，寫牛女相逢，爲試二人眞情眾人設置難題試探二星的喜劇。

姑姑精衛做媒，成就了一段佳緣。「河溯」一齣中，見到隔河相望的織女，牛
郎盡然不顧天規，要搴裳渡水與織女私會，王良和造父形容牛郎是：「你爲甚
情兒切，沒把柄，將衫兒撒。俺看你疑樣兒，呆那性，體兒迭，似癡邪。」
最後，在知道蚩尤叛亂羽林軍也大敗而歸的時候，牛郎奮然放下私情竭力從
公奔赴國難。戰亂平定，牛郎已建奇功肅清天宇，卻誤以爲織女已經投河，
牛郎毅然謝棄功名遙祭織女。作者將牛郎刻畫成一個司祭祀犧牲的星君，又
有著殺敵定邦才能的武將。唐代張守節的《史記正義》中有：「牽牛爲犧牲—
—不明，不通，天下牛疫死。」「河鼓三星在牽牛北，主軍鼓，蓋天子三將軍，
中央大星大將軍，其南左星左將軍，其北古星右將軍，所以備關梁而拒難
也……此昔傳牽牛織女七月七日相見，此星也。」顯然，鄒山是將犧牲之神
和戰爭之神的雙重身份附於了牛郎，所以才會有《雙星圖》中男主角的情性
溫沉、雄才大略。作者是將人間最理想的夫婦特徵賦於了戲曲中的牛郎織女，
以達到他廣勵教化、淳厚風俗的社會和政治理想。

　　《雙星圖》作爲一部文人傳奇，具有那個時代的藝術特色。劇情主要以
牛郎織女故事爲主，平叛蚩尤戰亂爲輔，雙線並行，交錯演進。劇中穿插了
許多神話傳說，如精衛填海（第十六齣「填河」）、蚩尤叛亂等。作者匠心獨
用，將歷史相關的神話故事和牛女神話彙集在一部作品中，形成兩條線交叉
發展，情節錯綜。雖有雜湊之感，但也是環環相扣，脈絡清晰，彼此關聯，
針線綿密。《雙星圖》的曲詞以敦厚多典，古樸蘊藉。雅正精工見長，雖不是
場上之曲，但也是文人的案頭佳作。其中有些唱詞聲請並茂、極具抒情特色。
如第十齣「分影」牛女被迫分離時的唱詞顯示出牛女內心的鍾情和悲傷：

　　【山桃紅】〔生旦〕痛訣別，身猶並，眼直上，人孤另。星使仗
　　你覆奏天皇，俺兩人不願分居河內。若得永效於飛，便打落化生，
　　濕生道中，咱也感恩無地。似忘情難把長天證，無情不類癡頑泯，
　　鍾情卻惹了孤辰命。天呵，也不論土和木只還我多情。……

　　【哭相思】人去也，心心還共證明，憐薄福，更逢薄命。天哪，
　　好念俺穀餗僵眠，病從今後，管淚泛了天河滓。〔各分下〕

　　十七齣「河溯」寫牛女隔河相望，涕淚漣漣，貴爲天孫的織女儼然是一
個民間弱女子，與夫君分離兩岸，可望而不可即。

　　【獅子序】人何在途，怎睬軟咍咍把弓鞋絆也來到河邊。這河
　　水恁般浩渺呵。莫不是因俺泣動了龍蛇，莫不是助咱們的淚瀉，莫

不是敢嫉色故興波，便滔疊恁水光天接，天天爲甚的一生變，水斷
送人別。海變桑田，端有神助，俺如今拜禱水府娘娘或者憐憫情衷，
把一線長河刻時消涸也未可知。

在牛郎織女文學作品中，《雙星圖》是一部重要的作品。他將歷代文人筆
記小說中簡短的牛郎織女故事敷衍成一部三十齣的傳奇，將作者的人生理想
和歷史意識寄託在一段神話傳說的敘述中。在鄒山才子佳人式的描寫中，牛
郎織女是一對真情相戀的愛人，又是夫賢婦貞、男耕女織的模範。

第六節 《牛郎織女傳》：牛郎織女故事走向近代

牛郎織女的故事成爲文人墨客詩歌、小說和戲曲中常用的題材，在民
間也廣泛流傳，並且隨著不同的地域、不同的民族，這個故事的情節產生
了豐富的變異性。而來自民間這些生動活潑的故事形式也漸漸走進文學的
殿堂，爲牛女故事的發展提供著鮮活的生命力。小說《牛郎織女》〔註 68〕
就這樣一本融合民間傳說和文獻考證，雜有儒家倫理和道家神仙教化思想
的作品。

此書在第一節「通明殿玉帝宣綸旨、戲織女金童遭天譴」中，開篇就表
明了作者的寫作意圖是「然立言旨趣，卻是齊諧誌異，寓意勸懲」的。開場
詩曰：

七夕牛郎逢織女，恩情千載不更移。

三生有幸團圓日，化樂天宮豈忍離？

爲貪歡娛致坎坷，貶下凡塵受折磨。

感得玉皇補遺恨，鵲橋相會勝如初。

作者的教化意識很明顯，就是勸誡天下夫婦不要因貪歡嗜娛而導致折磨
坎坷，通過這樣一個神仙受罰的故事，來「喚醒世間迷途人」。

〔註68〕 路工：《明清平話小說選》中寫道：《牛郎織女》，上海大觀書局石印本。封面
題「新編神怪小說　牛郎織女」，彩印封面，繪牛郎、織女七夕天河相會之情
景。封二爲牛郎牧牛圖。書中有白描插圖三幅，一題「眾星神朝拜玉帝」；一
題「牛郎巧遇織女，欲拔花調戲」；一題「牛郎因調戲天孫問斬，太上老君來
救」；是全書第一、二回插圖。書中魚口題「大字足本　牛郎織女」八字，無
序無跋，不知作者姓名。全書十二回。觀此書格式，約爲一九一〇年左右印
本。

但是客觀上作者又是在寫牛郎織女千載恩情不移的故事〔註69〕，對牛女的愛情懷著極大的興趣和好奇，所以作者在第一節開頭又說：

> 無論古今，男女總難逃脫一個「情」字。情之所鍾，有愛情，有怨情，有豔情，有癡情。情到最密之處，便是大羅天八洞神仙呂祖師，尚有「三戲白牡丹」故事，至今小說膾炙人口。在下這部小說，卻是天河配、鵲橋相會的歷史。但這椿古典，都是太虛幻境中之樓臺亭閣，內中情節奇奇怪怪，變化莫測，好似舞臺之燈彩戲一般。

這部小說與以往文獻記載和文人改編有很大不同，其中體現民眾情感的故事情節開始取代殷芸《小說》中的經典版本。小說還明確地將牛女納入道教神仙體系，將遠古的兩個星宿之神牽牛和織女與道教的金童玉女糅合，塑造出了不同的牛郎織女的人物形象。道教思想中，陰陽和合化生萬物的理論也在某種意義上肯定了男女情愛的重要。從漢代開始，牛女故事主題在文獻中主要是牛女因爲耽於淫樂而荒廢職業所以受到懲罰，這也是符合儒家倫理道德的主題形式。男耕女織的農業社會需要男子的艱苦工作和女子的勤勞紡織，以積累社會財富，而男歡女愛的享樂思想是與之格格不入的。所以，千百年來牛女在官方意識形態中懲戒的主題沒有變化。但是到了明清時期，隨著儒家思想的退化、陽明心學的強盛，民間風氣中對正常情愛的認可，牛女故事中愛情的主題越來越受到重視。雖然牛女作爲耕織之神的信仰沒有消失，但是牛女的故事在民間是以對兩情相悅的歌詠爲主題的，在文學作品中則是以歌頌忠貞的愛情爲主旨的。清末的這部《牛郎織女》的主題是矛盾的，既要彰顯它儒家的勸世風化意義，又要標明它的對古今男女的情字的理解。

〔註69〕　故事的敘事時間先是天上然後人間，最後又回到天界的回歸模式。寫天上神仙蟠桃大會，玉帝派身邊的金童前往王母宮中借珊瑚八寶溫玉杯。金童到瑤池仙宮中見到織女微笑傳情，暗生情愫，摘取織女頭上梅花以作表記。不想此事被王母得知，將金童貶下凡間受苦，將織女囚禁在雲錦宮。金童降生在河南洛陽府洛陽縣牛家莊牛員外家，父親死後遭受到嫂子馬氏的百般凌辱，險遭毒殺。幸虧金牛星下凡幫助才化險爲夷。太白金星又來到人間點化牛郎，金童得以迴天庭。金童思念織女，於是乘織女在天河洗浴時盜取其衣，和織女傾訴鍾情。在太白金星的幫助下，牛郎織女得成眷屬，廝守在一起。可是二人耽情誤職，玉帝命天兵捉拿二人，下令斬首以懲。太上老君求情，讓二人分居天河兩岸不得相見。後來，天長日久二人受盡痛苦折磨，太白金星上本求情，二人才能夠一年一度的七夕相見。

在牛郎織女故事的演進中，明清是一個重要時期，這部作品就可以體現嬗變時期的故事內容的雜糅和交替。

到了清代，兩種思想的矛盾愈來愈突出，謹守儒家教條的衛道者們強烈批判愛情主題的發展。清初刊本《貞祥堂匯纂警世選言集》內第一則《靈光閣織女表誣詞》〔註70〕，文中開頭論：

> 古來才子遇七夕日，必稱牛郎、織女，鳥雀填橋。穿針乞巧的事，後人習以爲套，更村夫、豎牧、婦女無不稱信其事。你道天上事，可是人間知的？況星宿乃神靈，那有淫褻之理？今人誣謗他，豈無罪衍？若高明者，決不信此怪誕之言。〔註71〕

故此擬話本假織女並眾仙女之口，稱牛郎、織女本姐弟關係，並無戀愛結婚之事。這樣的言論無疑是一種謬論，但是也可以從另一方面證明牛女愛情故事在可民間的廣泛流傳，讓守舊者們多麼惶恐和不安。隨著近代西方思想東漸，儒家勸誡主題慢慢消失湮滅，而愛情主題得到發揚，產生曲折動人的故事情節和眞摯動人的人物形象。故事中玉帝和西王母共同懲罰牛女，也是封建社會婚姻講究父母之命的傳統的體現。

古老的牛女故事由於在不同地域、不同時代有著不同的講述者，形成了很多不同的講述文本。在這個經典故事被反覆的重述中，每個講述者都會加入自己的想像和情感，於是高貴冷漠的天孫織女變得多情嬌弱，獨居河西的牽牛星成爲地上一個孤苦老實的放牛郎。清末的這本《牛郎織女傳》則是將文獻記載和民間故事雜糅、融合，所以情節頗爲豐富生動。作者將民間故事的「兩兄弟型」「毛衣女型」〔註72〕類故事與《殷芸小說》中的記載相互融合而構撰的。兩兄弟型故事中，大哥大嫂欺負幼弟的故事在民間廣泛流傳，漢代民歌《孤兒行》就有這樣的歌詠。讓天上犯錯的金童降生人間遭受磨難最好的方式莫過於讓他成爲依附兄嫂生活的孤兒，遭受折磨的結果是弱弟娶得天上的仙女而成仙，這樣的故事情節是民間百姓最熟悉和喜愛的，也最能夠引起人們惜貧憐弱的情結，符合聽眾的心理。但是，小說中寫金童回到天庭思念織女，盡然在天河偷窺織女洗浴並取走織女衣物，害得織女「硬著頭皮，走近前去，取衣穿好，兩相行禮。」此段描寫是附會民間的「毛衣女型」故

〔註70〕 這是清朝下層文人所撰的擬話本，文字拙劣。
〔註71〕 轉引自路工編：《明清平話小說選》，古典文學出版社，1958年版。
〔註72〕 丁乃通：《中國民間故事類型索引》中國民間文藝出版社1986年版。

事，顯然是游離了故事主題之外的情節，但是毛衣女的故事在漢代就是一個廣爲流傳的民間故事。在東晉干寶的《搜神記》「毛衣女型」〔註73〕故事中，「偷窺盜衣」是男女主人公相識的重要情節，而在這部小說中金童盜得織女衣服卻是旁枝末節。作者這樣的生搬硬套可能是受到民間故事的影響。當然作者的這種故事嫁接的創作方式豐富作品，繁複曲折的故事情節讓小說具有更大的可讀性，也符合廣大小說讀者的閱讀期待。

當然作者的這種故事嫁接的創作方式豐富了牛女故事的情節，讓小說具有更大的可讀性，也符合中國小說讀者的閱讀期待。這樣的手法實際上是明清時期中國古典小說一貫的創作方式：小說寫作的商業運作模式和落魄文人們爲了小說市場而寫作，書商爲了推銷通俗小說給市民階層，下層文人們一般會從民間傳說和故事中尋找創作的源泉，或者就是直接將一些流傳比較廣泛的傳說故事拼湊嫁接形成新的故事。當然這部小說的作者還是比較富於才情的，他將牛郎織女寫成一見鍾情的才子佳人模式，又接著將金童貶謫人間，讓織女下凡解救金童。可以說是將「天女救苦型模式」和「才子佳人模式」糅合在一起，最後經過「十磨九難又團圓」式的曲折情節來完成牛郎織女的相會。雖然這部小說中前半部份還是遵循著以往文獻中的記載，但是在後半部份，作者已經完全採用了民間故事的敘事模式，而且在整個故事中又籠罩著道家宿命的味道。在清末民初的小說出版業中，這樣的才子佳人和神仙道化融合的小說在市場上也一定比較受到歡迎。

《牛郎織女傳》中的牛女形象比較接近民眾理想。織女是玉帝和王母娘娘的外孫女，具有高貴的身份和地位。見到青年秀美的金童也只是「微微嫣然一笑」，當王母責問時，則是哭奏道，「十二金童無禮，乞聖母作主！」當被囚禁在雲錦宮的時候，才不免憐惜金童被貶仙界的境遇。在得知金童在人間爲牛郎備受欺凌的時候，織女主動向王母請求赦免金童。後來得成婚配之後，織女對金童的愛意愈漸彌深。小說描畫出了織女性格演變的軌跡，由高貴清冷公主變爲婉轉多情的仙女。這部小說的重點是對金童的描寫，尤其是對他在人間苦難的描述。全書共十二回，其中有四回敘寫金童牛郎的孤苦，

〔註73〕故事情節：豫章新喻縣男子，見田中有六七女，皆衣毛衣。不知是鳥。匍匐往，得其一女所解毛衣，取藏之。即往就諸鳥，諸鳥各飛去，一鳥獨不得去，男子取以爲婦，生三女。其母后使女問父，知衣在積稻下，得之，衣而飛去。後復以迎三女，女亦得飛去。

孤兒牛郎的苦難不僅感動的讀者，也讓天上的織女動了眞情。當然，小說中也強調了金童的多情，在初見織女時就爲之傾倒，摘梅花作表記。直到在人間遭受了十三年的苦難而回到天庭時，還對織女念念不忘，在天河偷窺織女洗浴，並對織女說道，「我心中決不埋怨你的。」在小說的最後，牛女因爲耽情誤職而被分居天河兩岸，二仙互相擁抱大哭，互訴悲苦。這樣的場景讓讀者不僅爲之感傷，這樣的描寫也影響了近代牛女傳說中悲苦無奈的牛郎織女形象。

第七節　七夕月令承應戲：戲曲舞臺的承平和娛樂

　　清中後期，戲曲的重心開始轉移。由以劇本創作中心到舞臺表演爲中心，由雅部崑曲爲中心到花部亂彈爲中心。戲曲表演也更加貼近民間百姓生活，成爲雅俗共賞的一種藝術形式。節令戲與明末家庭戲班的出現是分不開的。明中葉以後，江南士大夫們追求聲色娛樂，蓄養加班，三天一小宴，五天一大宴，那麼每逢節慶時定會搬演應時戲劇。這種風氣到了清康熙年間隨傳奇的繁榮興旺而走向民間，民間戲班漸漸增多。當時的官僚士大夫們在節日喜慶、親友來往、以及宴會娛樂中都喜愛看戲，有「無席不梨園鼓吹」的情況。而且城市平民和鄉間農民最喜愛的娛樂活動也是聽大戲。在清代中後期，宮廷的演戲風氣達到了鼎盛。而宮廷獨特的演出時間、地點和演出形式，形成了宮廷月令承應戲。「月令承應戲是宮中徵瑞稱祥的節令戲。」〔註74〕於是在以農業節氣爲時間基準的節令時候，上至宮廷士大夫貴族之家，下至市民階層鄉間農民在慶祝節日的時候都會到戲臺看戲以示慶祝。

　　七夕作爲傳統的節日，形成了穿針乞巧、拜月乞福、乞子，食巧果巧食的習俗，當然也少不了看戲。民間七夕戲曲的演出狀況我們已經無從可考，在陶宗儀的《南村輟耕錄》中有金院本全目，其中就有一齣院么《慶七夕》，劇本已經無從可考，從名稱看可能是那個時代的民間節令戲。清代宮廷七夕節令戲的一些資料保存還比較好。從清代的昇平署的抄本我們可以看到，乾嘉以後，每逢七夕，宮中都會演出一些與牛郎織女故事相關的劇本。比如：《銀河鵲渡》《柳州乞巧》《七襄報章》《仕女乞巧》《星河幻彩》等。現存的筆者可以找到劇本的有《銀河鵲渡》《七襄報章》《仕女乞巧》。清代末年，一些地

〔註74〕 么書儀：《關於昇平署檔案》，《文學遺產》2008 年第 2 期。

方戲興起，牛郎織女故事又成爲地方戲舞臺上的傳統劇目，王瑤卿根據民間故事改編創作了《天河配》。

《銀河鵲渡》〔註 75〕中首先是四個青苗神和一個五穀神上場跳舞同唱一曲：

【普天樂】田禾盛，君民笑，粒粒珠收藏好，蠶吐絲，織就綾羅，仕宦女七夕乞巧。

然後幾個神仙在場上大講一番「五穀豐盈萬民歡」「身感皇恩主聖賢」的吉祥話。隨後月老上場要爲牛女駕鵲橋主婚期，青苗五穀神以爲鴉雀要糟踐糧食，兩方產生誤會，互相澄清才罷。這時候，七夕的主角牛女才緩緩登場。織女上場就滿口稱讚盛世：

織女白：今歲卻比往年不同，只是往會正逢舜禹堯年，但見那承華殿前，開襟樓上，張燈結綵，但覺極其富麗，未嘗與百姓同之，那比得如今內恬外熙，風浮俗美，男女以正，婚姻以時，大小人家，都是一般兒過節。

牛女雙星相會的情況，劇中只用一句唱詞「爲雲意撇了星河照斗勺，銀箭聲遲欲篆香燒。」一筆帶過。最後是月老說「下界氤氳之聲，人間萬姓，家家團圓歡聚，共賞七夕，不免前去偕定那些佳期便了。正是姻緣薄籍前生造，共樂七夕萬年歡。」唱著「【慶餘】見人世歡聲樂，夫與婦共入絞綃，這正是姻緣薄定前生造。」下場。

整部戲完全是一部爲宮廷帝妃們所演的歌頌昇平的戲，最大程度上淡化牛郎織女的愛情和相思的故事主題，而是以治農勸桑、夫婦和諧爲主來歌頌朝廷的功德。月老在民間是司婚姻之神，在戲中起著渲染喜劇氣氛的作用。而且從他最後的說白和唱詞看，七夕主要還是一個人間男女相會，緣定終身的特殊節日。不管封建士大夫們對牛郎織女的愛情相思如何諱莫如深，牛女作爲愛情婚姻的典範的模式還是被保留在了七夕節令戲中。《七襄報章》和《仕女乞巧》中甚至都沒有讓牛郎出現，只是就天上織女獻錦報瑞和民間仕女的乞巧活動來歌頌盛世昇平，雖然唱詞優美、曲調精工，是典型的宮廷節令戲的模式。

〔註 75〕現藏中國國家圖書館善本庫，屬《月令承應》（九十卷）中「七夕承應戲」。《昆戲目錄》著錄，可見當時是用崑曲來演唱的。在扉頁上標有「串關　排一刻」字樣，可能是大戲之間的串場戲，題目是《七夕　銀河鵲渡》。

　　還有一些月令承應戲劇本很難找到，但是在劇目辭典中還有著錄的，如《柳州乞巧》雜劇。《南府戲檔》著錄，注云「七夕」有昇平署抄本，故宮博物院藏。〔註76〕從劇目來看可能是寫唐代柳宗元書《乞巧文》之事。在清代中期漲潮也有一部《乞巧文》雜劇，是張潮《筆歌》上卷四雜劇之一。有寧波「天一閣」存刊，一折。這齣戲用〔仙呂〕調，演柳宗元扮女妝乞巧之故事，主要寫封建時代文人的處世哲學。後有孔東塘、崔青崿、吳國次、顧天石評語。〔註77〕所以，這兩部雜劇很可能是同一部作品，只是經過昇平署文人的改編更適合宮廷演出。另外還有《星河幻彩》雜劇。《南府戲檔》著錄，注云「七夕」。〔註78〕劇本已經散失。

　　在清代除了宮廷有節令戲以應時節以外，民間在七夕時也要上演應景的戲目。而且民間舞臺演出更加活躍，演出的七夕節令戲也更加貼近百姓需要。花部在民間興起，一些雅部傳統劇目也進入到花部地方戲的舞臺上。到了清代末年，七夕節令戲的舞臺上就有了兩種戲，一是崑曲《鵲橋密誓》，另外一個就是京劇《天河配》，劇情是根據牛郎織女的民間故事改變的。

　　8月25日是「閏七夕」。不禁讓我想起早年劇學月刊四卷一期寒香亭主《北平梨園歲時記》：「七月七日，各園舊例演《長生殿‧鵲橋密誓》，所謂『七月七日長生殿，夜半無人私語時』也，自王瑤卿乃改以村媼常談之老牛破車。」指的是傳統戲《天河配》，戲演牛郎自幼父母雙亡，與兄嫂一起度日，哥哥出外經商，其嫂不賢，一日老牛（金牛星下凡）忽吐人言，勸其分家只要老牛破車，不久其兄嫂家宅遭遇賊盜火燒，而牛郎得金牛指點，於織女荷池沐浴時，奪其衣而結為夫妻，後金牛星歸位，織女返迴天宮，牛郎依囑持牛角，挑著一雙兒女駕雲追趕，被王母劃出的天河所阻，旨令每年七夕，才可與織女相會，適時喜鵲搭橋，夫妻團圓。此戲雅俗共賞，較之長生殿講述帝王之家的生離死別，更貼近平民生活，很受歡迎，各大戲班爭相競演。記得翁偶虹老師曾說：天河配分兩種唱法，一是演牛郎織女，一是演楊玉環和唐明皇的「鵲橋密誓」，有時也標名天河配，這齣崑曲帶布景砌末，結尾一場貴妃和明皇，並立瓜果席

〔註76〕《中國劇目辭典》河北教育出版社1997年版，第443頁。
〔註77〕《中國劇目辭典》河北教育出版社1997年版，第74頁。
〔註78〕《中國劇目辭典》河北教育出版社1997年版，第449頁。

前，天上牛女雙星分站大小邊的高臺上，席前宮女舞蓮花燈，堆橋
擺字，更添乞巧節日氣氛。〔註79〕

　　從傅學斌的回憶中可以知道，在花雅相爭中，花部和雅部不僅在唱腔上
爭勝，而且在劇本的雅俗上也要一較高下。同樣的一齣七夕節令戲，牛郎織
女在舞臺上的形象差別很大。在崑曲中，牛女是作為天上司愛之神鑒證人間
帝妃的愛情，是愛神的化身。在京劇《天河配》中，牛郎成了民間一個受盡
欺凌的窮小子，得到老牛指點而娶得天上織女以飛升到神仙世界。這樣的改
編與本章第五節《牛郎織女傳》中的故事情節十分相似，符合民間理想，因
此一經演出就得到了觀眾的欣賞，被廣泛流傳。傅學斌還說他在 19 世紀 40
年代的慶樂戲院也看過名武生李萬春演的牛郎，其中摻入了許多打鬥的場面
和魔術電影的元素，給觀眾留下了很深的印象。後來，秦腔、京劇、湘劇、
評劇、河北梆子、絲絃戲、越劇等許多地方戲，都有同類劇目。

〔註79〕傅學斌：《老牛破車七夕節》，載《人民日報·海外版》2006 年 8 月 25 日，第
　　　　13 版。

第四章　明清時期牛郎織女文學研究

　　從牛女傳說的成型期漢代到明代前期，《殷芸小說》中牛女故事情節與近代民間流傳的牛郎織女和京劇《天河配》的故事情節已經大爲不同。明末和清代是牛女故事從古典走向現代、從官府走向民間的重要時期，經過文人的反覆刻畫、踵事增華和民間的流播演變、分化組合，牛郎織女故事在清代才基本定型並且成爲我們民族一個重要的民間神話傳說。本章著重對現存的明清時期牛郎織女文學作品進行分析，考察牛郎織女故事情節的演變、牛郎織女作爲道家神仙的形象變化，分析明清時期牛郎織女文學的愛情意象，最後與以董永故事爲代表的民間故事比較異同，以勾勒出牛郎織女文學在明清時期的傳承與嬗變，並揭示與之密切相關的時代特徵、社會思潮、文人心態。

第一節　明清時期牛郎織女故事情節演變

　　元代之前的牛女文學作品大多是以詩詞歌賦爲主，所以在故事情節上沒有太大的變化。但是，到了明清時期，隨著通俗文學戲曲和小說的風行，以牛女爲主題的敘事文學作品大量出現，牛女傳說的敘事情節也大大豐富了。民間文學與文人作品最大的不同就是，文人作品一般都有固定的主題，但是民間文學很少有固定的版本，總是隨著地域、時間和講述者的不同出現很多「異文」。到了明清時期，俗文學興起之後雅俗合流，民間文學中的許多故事傳說開始進入到文人們的創作。日本學者小南一郎在整理牛郎織女民間故事的基礎上，就將牛郎織女故事分爲四種模式〔註1〕，臺灣學者洪

〔註1〕　（日）小南一郎：《中國的神話傳說與古小說》，中華書局，1993年版。

淑苓則收集了更多牛女民間故事的異文〔註2〕。實際上在民間流傳的牛郎織女故事還有更多，只是隨著時間的久遠，那些表達講述者理想的故事很多都消失在歷史的長河中了。因此，本節對牛女故事情節的分析僅僅局限在文人作品。明清時期的文人們通過考察歷史文獻資料和汲取民間故事鮮活生動的故事情節，再加上作者自身的經歷和對牛女故事的理解，在作品中重新演繹了這則美麗的神話傳說。可以說這些作品同樣可以算作牛郎織女故事的「異文」，而且作者都是有一定文學素養和文化內涵的文人士大夫。與牛郎織女民間故事相比，這些作品無論從主題內涵、人物塑造，還是從語言特色和文學手法上都更勝一籌。而且這些小說和戲曲通過一定方式的流傳，也影響著牛女民間故事的傳播。這些作品大多保持著神話的原始風貌，讓牛女的故事依然在天上發生，只是故事情節更加離奇曲折，人物形象也更加豐滿形象，語言更加雅俗共賞。

下面，本節將歷代具有敘事特點的以牛女本事爲主體的作品歸納整理，通過情節的例舉來經行分析比較它們的異同。

表2：牛郎織女文學作品情節分析

	《荊楚歲時記》	《郭翰》	《新刻全像牛郎織女傳》	《雙星圖》	《牛郎織女傳》（無名氏）	《牛郎織女》（近代）
主人公	牽牛織女	郭翰織女	牛郎織女	牛郎織女	金童織女	牛郎織女
對立面	天帝		玉帝	蚩尤	王母玉帝	王母
成婚原因	織女勤織	織女寂寞	織女勤織 牛郎勤牧 一見鍾情	一見鍾情	一見鍾情	牛郎受折磨 兄弟分家
情節			月老說媒	王良精衛說媒	金童戲織女	天河沐浴 牛郎盜衣
		織女下凡		耽情廢業	因情受罰	
				被罰分離	金童下凡受難	被罰分離
				蚩尤叛亂	牛郎受折磨 兄弟分家	

〔註2〕 洪淑玲：《牛郎織女研究》，臺灣學生書局，1988年版。

	《荊楚歲時記》	《郭翰》	《新刻全像牛郎織女傳》	《雙星圖》	《牛郎織女傳》（無名氏）	《牛郎織女》（近代）
				牛郎平叛織女守貞	金牛星幫助迴天庭	老牛幫助到天庭
	天帝賜婚	天帝默許	天帝賜婚	天帝賜婚	玉帝賜婚	
					天河沐浴牛郎盜衣	
情節						
	耽情廢業		耽情廢業		耽情廢業	
	被罰分離		被罰分離		被罰分離	被迫分離
			鴉雀搭橋		鴉雀搭橋	鴉雀搭橋
結局	七夕相見	永遠分離	七夕相見	七夕大婚	七夕相見	七夕相見

　　從表 2 中，我們可以看到牛郎織女故事情節在歷代的演進軌跡。首先，就是這個故事的基本內核沒有變化。從《荊楚歲時記》中的簡單的故事情節，到清末無名氏的《牛郎織女傳》，牛女故事在文人的反覆描畫和民間大眾的口頭流傳中，逐漸成為一個情節豐富，形象生動，主題明確的傳奇故事。如果我們採用民間故事的分析形式，我們可以稱「牛郎織女七夕相見」是一個母題。美國民間文藝學家史蒂斯·湯普森（Stith Thompson）認為，「母題」（motif）就是指民間故事、神話、敘事詩等敘事體裁的民間文學作品中反覆出現的最小敘事單元，「一個母題是一個故事中最小的、能夠持續存於傳統中的成分」。〔註3〕從上面的表格中我們可以總結出，「牛郎織女成婚而被罰分離只能在七夕得以相見」的故事內核始終存在。也就是說，牛郎織女最為核心的故事情節是「牛郎織女婚配——受罰——分離——七夕相見」。以上作品在同一個母題的敘述中，呈現出了精彩紛呈的故事情節。由這個七夕相見的母題出發，我們可以將故事一步步豐富下去。

　　其次，從表 2 中，我們看到到了明清時期，牛女故事明顯豐富起來。明代的《新刻全像牛郎織女傳》還只是在《荊楚歲時記》的基礎上經行加工構撰，增加了幾個關鍵情節「月老說媒」「鴉鵲搭橋」以及一些游離於故事內核之外的情節等等。而且作者想像牛女成婚的原因加入了作者精心杜撰的一見鍾情，這情節成為以後牛女故事重要的部份得以傳承。從明末開始，關於牛

〔註3〕湯普森：《世界民間故事分類學》，上海譯文出版社，1991 年，第 499 頁。

女的故事就已經開始呈現出許多變異，有《相思硯》中的借牛女下凡而寫才子佳人的愛情離合，有《雙星圖》中的牛九郎和天孫的在戰爭中的愛情離合，有《牛郎織女傳》中的金童與天孫的天上人間。這些豐富的變異情節，有的出自文人們的想像，有的則是來自民間的口頭流傳而生成的情節。所以說，明清時期是牛女故事演繹的關鍵時期。

最後，從表 2 中我們發現，清末的《牛郎織女傳》在牛女故事演變的過程中是一部情節最為豐富的小說。他幾乎全部繼承了以往牛女故事的關鍵情節，而又增加了許多民間故事的成分。比如：兄弟分家，弱弟遭到虐待；仙女沐浴，牛郎盜衣。一般來說民間故事的母題在發展中可以有三種不同的形式，也就是一般形式、淡化的形式和強化的形式。在近代牛女民間故事中，牛女受罰的主題漸漸淡化減弱，而弱弟遭受兄嫂折磨的故事得到強化。兄弟分家的「兩兄弟型故事」和天河沐浴的「毛衣女型故事」的情節因素都是在這《牛郎織女傳》中首次出現的。而這兩個情節又是近代民間牛郎織女故事的重要情節。所以，我們可以說，《牛郎織女傳》是牛女故事從古典走向現代的關鍵，是一部具有傳承和創新的作品。

魯迅先生也曾經說過：「『街談巷語』自生於民間，固非一誰某之所獨造也，探其本根，則亦猶他民族然，在於神話和傳說。」〔註4〕中國的古典戲曲和小說充分的吸收了民間神話和傳說的養料，完善著自身的形式和內容，而通俗小說和戲曲又通過自身的傳播方式影響著民眾的情感。元明清時期是牛郎織女故事情節最為豐富的時期，也是故事「異文」最多的時期，上至文人下至百姓都以「牛郎織女七夕相會」為故事內核不斷地豐富故事情節，最終形成了以《牛郎織女傳》為範本的近代牛郎織女民間故事。

值得注意的是，明代以來，除了少數的文獻還使用「牽牛」外，很多文獻開始用「牛郎」一詞。通俗的戲曲小說幾乎全部使用牛郎織女代替牽牛織女。從「牽牛」到「牛郎」的稱呼的變化，可以看出這則故事的本質已經完全發生了變化，傳說的故事性得到了極大的增強。人們對民間牛郎的關注已經遠遠超越了天上的星宿，而織女在愛情中的主動性也得到加強，織女不再是奉命成婚而是下凡自主婚配。這種具有現代婚姻觀的意識已經在牛女民間故事中得到充分體現。

〔註4〕魯迅：《中國小說史略》，上海文化出版社，2005 年 1 月版，第 12 頁。

第三節　道教故事中的牛郎織女形象

道教可謂中國本土宗教，魯迅說過：「中國根柢全在道教。」〔註 5〕牛郎織女傳說在發展過程中，越來越和本土的道教發生關係。顧頡剛先生在《漢代學術史略》中一書中說：「仙人，是古代所沒有的……仙人的道是修煉來的；仙人的居住地在燕國東邊和齊國北邊的渤海；仙人的生活是逍遙出世，只求自己的不死，不願分惠於世間人，使他們都得不死。」〔註 6〕顧頡剛認為神思想在漢代就有了，仙人主要是出世過著逍遙生活的。後來這種神仙思想和牽牛織女的神話結合，演變成後來的牛郎織女傳說，道教的一系列神仙人物就開始進入牛郎織女的「二人世界」。在先秦時期，牽牛織女神話還沒有和七月七日有關係，但是到了漢魏時期，道教神仙思想開始開始廣泛流傳，並且附會於牽牛織女故事。

七夕在神仙世界是個神秘的日子，是仙人聚會的最佳時節。《漢武故事》《漢武內傳》中，七夕之夜，西王母驅車自天降，與漢武帝相見，並向他傳授成仙之道，贈給漢武帝四枚仙桃。《漢武帝內傳》記：「七月七日生武帝於漪蘭殿」「七月七日，帝於承華殿齋，有一青鳥從西方來集殿前，東方朔曰：『西王母欲來。』」
關於七夕仙人聚會的記載有：

> 桂陽城武丁有仙道，常在人間，忽謂其弟曰：「七月七日，織女渡河，諸仙悉還宮，吾向以彼召，不得停，與爾別矣。」弟問「織女何事渡河？兄何當還？」答曰：「織女暫詣牽牛，吾去後三十年當還耳」。明旦，失武丁所在。世人至今猶云織女嫁牽牛」〔註7〕

> 《列仙傳》周靈王太子晉好吹笙作鳳鳴。遊伊洛間，道士浮邱公接上嵩山。後三十餘年，來山上告桓良曰：告我家七月七日待我緱氏山。至日果乘白鶴，舉手謝時人而去。

> 《博異志》師曠鑄十二鏡，以日月為大小之差。敬元穎之鏡則七月七日午時鑄者也。

〔註 5〕《魯迅全集》，人民文學出版社，1981 年版，11 卷第 353 頁。
〔註 6〕劉夢溪主編：《中國現代學術經典：顧頡剛卷》，河北教育出版社，1996 年版，第 8～9 頁。
〔註 7〕吳均編：《藝文類聚》卷四《續〈齊諧記〉》。

《神仙傳》王方平七月七日降蔡經家，持玉壺十一，皆以蠟封，召麻姑。麻姑至，指爪長數寸。

《列仙傳》桃安公時，諺曰：安公安公與天通，七月七日迎女以赤龍。至時，安公騎赤龍而去。〔註8〕

　　牽牛織女作為古老星神具有原始的神力，在漢魏的道教神仙體系中擁有重要位置，所以，二星神的相會時間也非神秘的七月七莫屬了。牽牛織女作為道家重要的神仙，天界的標誌，也成為人間凡夫俗子尋仙成仙的目標。於是牛郎織女故事和尋仙乘槎的故事結合，形成了眾多的尋仙訪星的故事。

　　《歷世真仙體道通鑑後集》卷二「織女」條有：

織女上應天宿，牽牛則河鼓是也。舊說天河與海通，漢時有人居海上者，年年八月見有浮槎去來，不去期。人有寄志者立飛閣其上，多齎糧乘槎而去，十餘日至一處，有城郭狀，屋舍甚嚴。遙望室中有織婦人，又見一丈夫牽牛飲之。

　　關於張騫尋河源的故事在明清時期流傳頗為廣泛，下表是歷代有關這個故事的作品分析：

表3：道教牛郎織女文學作品情節分析

	《博物志》	《荊楚歲時記·博望槎》	《鑑湖夜泛記》	《博望訪星》	《銀漢槎》
主人公	居海濱者	張騫	成令言	張騫	張騫
故事起因	有奇志	漢武帝命尋河源	將有誠悃，藉卿傳之於世耳	漢武帝命尋河源	黃河水災，漢武帝命尋河源
其他情節					汲黯賑濟饑民
尋仙方式	乘槎	乘槎	「舟忽自動」「若有物引之者」	乘槎	乘槎
尋仙時間	十餘日	經月	須臾	數月	
遇仙	見織女牽牛	見織女牽牛	織女	見牽牛織女	見牽牛織女
證明人	嚴君平	嚴君平	西域賈胡	東方朔	
證明物		支機石	織女錦	支機石	

〔註8〕華希閔：《廣事類賦》卷三。

　　從表 3 可以看到，歷代的乘槎訪仙女故事在故事的基本情節上很少有變化，只有《銀漢槎》為了強調治水賑災主題而插入了汲黯賑濟災民的情節。

　　早在漢代，漢武帝修昆明池將牛女石像放在象徵著天河的昆明池的兩側。牽牛織女二星作為天上世界的象徵就一直留存在了人們的記憶中。漢代張華的《博物志》中好奇的海濱居民就已經乘槎出海，尋找神仙世界並且見到了牛女二星。而到了魏晉時期，《荊楚歲時記》中將張騫出使西域的歷史和《博物志》中「七月浮槎」的故事結合，形成了張騫尋河源見到二星，並得到織女的幫助找到河源的故事。到了明清時期，舒位和李文瀚都將這則神話傳說以戲曲的形式寫出來，強化了牽牛作為農耕和紡織之神的地位。在這些神仙道化作品中，牽牛織女的愛情不是作品的主題，充其量只是一個小插曲，比如《博望訪星》中對牽牛織女七夕渡河的描寫。這些傳說的重點在於突出牽牛織女二星的神奇性，以某些奇異的力量來幫助張騫治理河患。而明代的《鑑湖夜泛記》則是借道士成令言之口為織女辯誣，說明織女絕對沒有人間傳說中的情愛之事。《鑑湖夜遊記》的故事情節也是仿照《博物志》故事模式，「乘船──遇仙──帶回仙界證物──得到證明」。只不過這則故事的主題不是顯然遇仙的神奇，而是織女通過成令言傳為自己辯解，澄清世俗傳說中牛郎織女的愛情是子虛烏有的。在道教的神仙體系中，神仙是沒有欲望的超越世俗之人的，是有著超凡本領和超脫思想的。所以，在清代的兩部戲曲中，織女作為天上的仙真，成為了扶危濟困神仙，指點張騫找到河源並且用織女的支機石幫助張騫平定水怪海妖，讓人間海晏河清。

　　明清時期除了《博望訪星》和《銀漢槎》以外，敘寫這個故事的還有明末丁耀亢的《星漢槎》傳奇。據《中國劇目辭典》考證，此劇做於明末清初，見丁慎行重刊《西湖扇始末》一文，劇本已經佚失。元代王伯成有《張騫泛浮槎》雜劇，清代舒位有《博望訪星》短劇，李文瀚有《星漢槎傳奇》，題材相同。〔註9〕這一系列的張騫尋河源的故事被人們津津樂道，實際上是遠古人們對天國世界的嚮往。

　　在宗教中，天與地，人與神始終是不可逾越的鴻溝，溝通天地的只有祝、宗、巫、卜。所以在東漢魏晉時代，出現了大量的求仙故事。乘槎人只是那個時代民眾求仙的代表之一，後來因為張騫的奇異經歷和對漢代的開疆擴土的巨大貢獻，人們才將他附會成到達天國的乘槎人，給他披上了神話的色彩。

〔註9〕《中國劇目辭典》，河北教育出版社 1997 年版，第 449 頁。

而牽牛織女二星正是天國的標誌，漢武帝塑二星神石像於昆明池是爲了法天向地，所以，讓乘槎者見到牽牛織女就成爲通天的標誌是最爲合適的了。

在這類遇仙的道教故事中，牽牛織女是天國的重要標誌，他們在道教等級森嚴的道階中地位非常特別。織女的身份或者是天孫、天女，或者是王母的小女兒、外孫女，但是她依然不能與夫君長相廝守。在神仙的世界裏，他們也是值得同情的對象。清代道光十五年刊刻，署名蓬蒿子著的《新史奇觀》第十五回「紫薇垣諸神見帝，清虛殿二宿還宮」中，將明朝崇禎皇帝寫成是天上牽牛星下凡，而下凡的原因還是因爲牛女二星對人間夫妻朝朝暮暮聚首的欣羨。「一日牛女二星各各思想道，我本是天宮星曜，又不若人世夫妻朝朝暮暮聚首，夜夜同衾，何等歡娛。偏是我蒙受這般離別淒涼之苦，……」二星酒後失言觸怒了王母娘娘，玉帝於是貶謫二星降生人間投入皇宮，「一以遂其思凡之念，一以警其觸犯上仙。」結果讓牛女二星在人世間遭受了一場大罹難，玉帝道：「牛女二星向因徵譴謫下塵寰，託生王宮，尊爲人主，不意中界人民向來作孽深重，大數卻臨。……」當然小說將崇禎寫成是牛郎星下凡，表達的是作者對前朝賢帝的懷念，但是也間接表明那個時代牛郎織女二星在人們心目中的地位，以及百姓對二星的同情。小說將二星放入整個天庭等級森嚴的環境中，成爲道教眾仙家之一。

在《新史奇觀》中，玉帝和王母娘娘是天國威嚴統治的化身。道家仙人系統中，玉帝是眾神之王，全稱是「昊天金闕無上至尊自然妙有彌羅至眞玉皇上帝」，他在道教神階中地位極高，民諺有「天上有玉帝，人間有皇帝」。而王母娘娘也是道教神仙中一個比較古老的神仙。在西晉張華的《博物志》卷八的記載中，王母是賜予漢武帝仙桃的以長生不老的法力高強的女神。范甯先生一就認爲，西王母進入牛郎織女故事的最早在清代的《新史奇觀》中，西王母與七夕的傳承發生關係是到明清之際才開始的。〔註10〕的確如此，在至今發現的明代小說和戲曲中，還沒有出現西王母的形象。在萬曆年間的《新刻牛郎織女傳》中，只是出現了總是爲牛女求情的慈愛的聖母形象。而在這部小說中，玉帝和王母娘娘成爲二星遭遇人間之難的起因，並且事件的起因也是二星酒後失言觸怒王母。大概這個時候，王母娘娘就在牛郎織女故事中扮演了反面的角色，以至於演化成後來那個用銀簪劃天河分割牛女的兇惡女神形象。所以，到了清末民初的《牛郎織女傳》中，王母已經成爲壓制牛女

〔註10〕范甯：《牛郎織女故事的演變》，《文學遺產》，1984年（增刊第一輯）。

愛情的罪魁禍首，一旦宮中有了凡間男女情愛之事，甚至有情男女只是想一想對方，王母就會「忽然心血來潮」得到感應，按照天律追查懲戒，毫不留情。這與近代民間牛郎織女故事中的王母娘娘阻止織女下凡，懲罰牛女分隔天河兩岸的情節如出一轍。

在明代，還有一類牛女故事的比較流行，就是以牛女爲畜耕和紡織之神爲角色的祝福吉祥戲，比如《天官賜福》。《天官賜福》敘寫的是上元一品賜福天官，奏稟下界福主樂善好施，積德累功，然後奉上帝敕旨統領各部福神，前往階庭頒賜福祿，以彰積德之報。其時天官賜福之外，又有南極壽星獻南極百壽圖，牛郎願稻生雙穗五穀豐登，織女獻天孫錦瑞，喜神張仙報麒麟送子，財神獻黃金萬鎰，又有魁星上場，祝連中三元西寶登科，賜福過後回轉天宮。此劇以場上眾神「一霎時神州赤縣皆遊到，只願得普天下積德的享福祿直到老」作結。此劇是明代的吉祥劇，最早見於沈德符《顧曲雜言·雜居院本》：「本朝能雜劇者不數人……《三星下界》《天官賜福》等種種喜慶傳奇，皆係供奉御前，呼嵩獻壽，但宜教坊及鐘鼓司肄習之，並勳戚、貴瑠輩賞之耳。」〔註11〕《天官賜福》中涉及到當時民間百姓最熟悉的神，都是道家的神仙，他們賜福賜壽、施財送子、魁星賜祿，是民間百姓非常喜聞樂見的一類神仙，牛郎織女也位列期中。與這類戲具有相同主題的是清代宮廷節令戲，《銀河鵲渡》中的牛女七夕相會天河不是談情說愛、互訴衷腸，而是歌頌昇平、治農勸桑。

牽牛織女二星從一開始在原始星辰信仰中就具有紡織畜牧的保護神的特質，到了漢魏唐宋民間七夕都要乞富、乞巧、乞文思或者乞美滿婚姻，而到了明清時期民間七夕時節會祈求五穀豐登、天下太平。牛女作爲道教眾神之一，成爲了保祐人間盛世昇平、海晏河清的保護神，具有了多功能的神格。但是到了近代，牛郎織女故事似乎已經完全演變成一個愛情故事，人們似乎忘記了二星的實際功用，而是對他們相愛而不能相守耿耿於懷。民間故事敘事的重點轉移到了牛女的愛情經歷上。明清時期當是故事愛情主題強化的時期，下節我們就明清作品中出現的牛郎織女故事愛情情節和主題進行分析。

〔註11〕徐子方：《明雜劇史》，中華書局 2003 年 8 月版，第 358～359 頁。

第四節　明清時期牛郎織女文學愛情主題的演進(上)

　　明清時期是中國資本主義萌芽時期,商品經濟的繁榮、金錢萬能論流行,人們縱情聲色、追名逐利,對感性欲望的追求成為了一股社會潮流。從明代中期開始的「主情」的文藝思潮席卷文壇,「天下之至文,未有不出於童心焉者也。」〔註12〕在這樣的社會思潮影響下的戲曲小說創作開始圍繞著「主情觀」構撰。這樣的社會思潮同樣對牛郎織女傳說產生了重要影響。

一、對情的強調和關注

　　牛郎織女傳說自從漢代定型開始,歷代的詩詞歌賦就始終圍繞著愛情主題展開,對牛女相思離別之情的吟詠,對牛女忠貞愛情的褒揚,對人間夫婦之情的讚美。到了唐代還有《郭翰》這樣的豔情小說出現,將織女描繪成一位美貌多情的仙女降臨人間。到了明清時期,這種對愛情的關注和讚美達到了頂峰,甚至有些作品中不僅是贊詠純真的愛情,還有對牛女情愛的世俗描寫。這個天國的神仙故事已經成為了一個實實在在的世俗傳說。

　　「敘事的重釋性:不同的時代,不同的人,在『重述』一個家喻戶曉的故事時總會或多或少地以特定的人生體驗為背景去重新闡釋故事的要義。」〔註13〕在對牛郎織女這樣一個古老的神話進行重新敘述的過程中,人們總是繼承前代的故事內核,而使用當代的語言和情感再敘述。牛女故事之所以在源遠流長中華文化中生生不息,被歷代的文人墨客、民間大眾津津樂道,原因之一就是牛女故事本事所蘊含的對男女愛情的肯定,對相愛而不能相守的同情。牛女的相愛和分離是這個故事得以流傳的內核所在。到了明清時期,文人創作漸漸走向市場,漸漸向大眾情感靠近,牛郎織女傳說也從文獻記載中漸漸走向民間傳說。民眾情感中對相愛而分離的同情開始擴大,以想像出百轉曲折的故事情節和造成男女主人公分離的反面角色。

　　明清時期,以牛女愛情為主要情節的作品有明代的《新刻全像牛郎織女傳》,清代的《相思硯》《雙星圖》《銀河曲》《牛郎織女傳》等。這些敘事作品在重構牛女故事中,都遵循了「主情」的時代思潮。在這些作品中,作者大多虛構了牛女初次相會的情景,多數作家都以「一見鍾情」的宿世

〔註12〕李贄:《焚書》卷三《童心說》。
〔註13〕董上德:《古代戲曲小說敘事研究》,廣東高等教育出版社 2007 年,第 123 頁。

姻緣模式開始這個經典的愛情故事。這種情節構思是在現存的明代之前的牛女作品中是沒有的。在《新刻全像牛郎織女》的《牛女相逢》一節中，牛郎織女在黃姑渚相互唱和而心聲愛慕。《雙星圖》中《偕遊》一齣中，牛九郎和天孫織女在遊觀白玉樓時一見鍾情，牛九郎神魂顛倒，織女暗生情愫。明代《牛郎織女傳》的第一回《戲織女金童遭天譴》中，金童見到天孫便「見了之時，頓起凡心」，而織女也是「嫣然一笑」頗顯多情。在這些作品中，作者都首先設想了二人婚姻的基礎是兩情相悅、互生愛慕。這樣的情節設計無疑是明清時期現代情愛觀的體現。這與以往牛郎織女只是男耕女織的儒家婚姻倫理的兩個符號相比，明清時期的牛女愛情增加了一份世俗的情感成分。

　　而對牛郎織女分離之後的相思的描摹，上述作品更是添加了許多曲折動人的情節，將牛女傳說刻畫成了一個天上人間至死不渝的愛情故事。明代的作品《新刻全像牛郎織女傳》還只是就牛女分別後悔悟從前，痛改前非做了一番描述。《相思硯》則描述了牛女不耐相思之苦，因私渡過銀河相見而被貶凡間，經歷天上人間的重重考驗，生生世世的輪迴，二人之情依然金石可鑒、堅定不移。而《雙星圖》的下卷，作者構撰了一場天國的戰爭，通過戰爭離合，來考驗牛女的真情不移。《銀河曲》敘牽牛織女經年捱盡淒涼，後得玉帝特降殊恩，賜予團聚，「使數千載相思不了之案，一朝歸結。」《牛郎織女傳》則通過化名為金童的牛郎被貶凡間，遭受人世間重重苦難來考驗他對織女的真情。可以說，明清小說戲曲中對牛女愛情的細膩描寫和刻畫，已經遠遠超過了以往七夕詩詞中朦朧的愛情意象的渲染和以前筆記小說中隻言片語的講述。

　　但是，明清時期雖然主情的思想狂潮風靡整個社會，但是明代後期到清代中葉，文人們開始正視社會現實政治，提倡求實致用的文學觀念，希望通過儒家倫理和批判精神拯救社會政治危機。文學的勸善懲惡功能再次被強調，而牛郎織女故事中的對耽情誤業的懲罰正是倫理教化的體現。明清時期的作品大多採用了《殷芸小說》中的傳統敘事，「遂廢織紝，天帝怒，責令歸河東，但使一年一度相會。」只是不同的作品所傳達的意旨有所不同。《新刻全像牛郎織女傳》第二卷用整卷的篇幅來寫牛郎織女耽於淫樂而荒廢職業，且不聽勸誨，最終遭到拘禁。作者從兩方面作了渲染：一方面，牛女婚後不

顧職事，四處邀遊觀光，耽於新婚之樂；另一方面，牛女不聽二十八宿、十二地支兄弟、奴婢、秀士、行童等多方的勸諫，執迷不悟。作者在這樣的鋪排渲染中表明了作者的立場，指責二人沉迷情愛而忘了自己的職業。《雙星圖》在「群戲」「情戀」等齣中渲染了男女主人如膠似漆的濃情，他們耽於情而荒廢了職責以至於在「分影」中被痛苦的隔離於天河兩岸。在第十七齣「河溯」中，小旦承筐勸慰織女說：「星主你從前恩愛太覺濃，耽此際分離當應淡受。倘日前聽承筐愚諫也，便無這般禍事了。」這兩部作品的作者意旨很明顯就是肯定男女愛情，但是愛情要有限度，「情若蕩而自災」，牛郎織女過於沉溺情愛，突破了合乎禮儀的中正平和，他們的愛情開始演變成一場災難。《牛郎織女傳》中，歷經曲折的天孫金童依然會「敘舊情二次遭天譴」。耽於情愛實在是人之常情，況且是一見鍾情的新婚戀人，可是他們卻遭到了殘酷的懲罰，甚至到了明清高揚真情至情的時期，懲罰的情節在牛女故事中始終沒有變化。大概是因為，在中國兩千年的封建社會時期，農業的男耕女織一直是社會經濟的基礎。牛郎織女作為天下男女的表率，不僅是夫婦和諧的代表，還是社會生產力的標誌。所以，在自給自足的農業經濟背景下，牛女職責的重要性遠大於他們的愛情。

然而，清前期回歸雅正的情理觀畢竟還是帶有了近代婚姻愛情觀的意味。牛郎織女婚姻的基礎是戀愛自由、兩情相悅。正如李漁所說的「男女相交，全在一個情字」〔註14〕牛女在男女平等的基礎上，以才、色、情的相對相稱為擇偶的標準。而且這份「真情」是經受了重重艱難和考驗的。戲中的牛女雖然表現出「忠貞不二」「守貞不移」的道德標杆，但是真正支配他們這種行為和心理的是對美好愛情理想的專注和珍惜。有人說「我國古代婚姻的目的……依據典籍所載及後儒衍繹成說，可分三種，一曰祭祀，二曰繼嗣，三曰內助。唯獨沒有說出『愛情』這一現代的婚姻目的。」〔註15〕但是明清的牛郎織女文學作品中表現出的牛郎織女形象與以往文人作品和民間傳說有很大不同。作者筆下的牛女愛情是建立在男女平等互愛互敬的基礎上，並且雙方為了愛情甘願冒很大風險甚至以性命相許，這樣強烈和持久的愛情是與儒家溫柔敦厚的情感觀相背離的。作品客觀上卻讓觀眾對牛女的至死不渝的愛情產生了強烈的共鳴。

〔註14〕李漁：《玉搔頭》第十三齣《情試》。
〔註15〕汪玢玲：《中國婚姻史》，上海人民出版社2001年版，第60頁。

二、愛情意象的凝結

　　七夕的牽牛織女世世代代不知道感動著多少人間眷侶、閨中夫婦。這樣的愛情意象從最初的神話現象到後來的不同時代的無意識激活爲詩詞歌賦小說戲曲的藝術形象。我們民族的愛情之神就是在這些鮮活的詩詞意象和小說戲曲形象中保存下來，那些多情的癡男怨女們就是天上牛郎織女的人間再現，而犧牲之神和紡織之神的本原也反覆出現在這個時代的文學作品中。

　　在宋元之前，牽牛織女的愛情原型還比較隱晦，以一種情愫表現在凝練簡潔傳神的詩詞之中，而到了明清時期，通俗文學作品通過人物形象的塑造，將這種愛情原型表達得更加鮮明。最鮮明的例子是關於唐明皇和楊貴妃的愛情故事。白居易的《長恨歌》創造性的將人間帝王的愛情同天上雙星結合，以突顯生生世世、天長地久的愛情主題。後代的小說戲曲家們對七夕盟誓更加濃墨重彩，將二人的愛情刻畫得人神共鑒、海誓山盟。如元代白仁甫的《唐明皇秋夜梧桐雨》〔註16〕第一折就將帝妃置於七夕牛女相會的節令，二人對雙星盟誓。到了第四折又有李隆基的一段感歎：「妃子呵，常記得千秋節華清宮宴樂，七夕會長生殿乞巧。誓願學連理枝比翼鳥，誰想你乘彩鳳返丹……寡人越看越添傷感，怎生是好！」清代洪昇的《長生殿》〔註17〕以牛郎織女作爲司愛之神來鑒證帝妃生死不渝的愛情，而七夕時節通過《長生殿·密誓》的廣泛扮演而讓牛郎織女作爲「人間情場管領」的身份更加明確。《長生殿》中洪昇脫離了歷史局限，而以明清時期「尚情」的思潮重構李楊愛情，讓帝妃之戀具有了平民愛情的性質，而這一轉變的守護者正是天上的二星神。牛郎織女作爲耕織之神的功能已經逐漸轉變成保佑人間平民百姓的愛情理想了。牛女意象在劇中確實深得人心，是一普遍的心理特徵，是神話原型長期來在人們心裏形成的共同的心理積澱的反映。

　　值得注意的是，在明清時期的許多通俗作品中，牛郎織女的故事像在詩詞曲賦中一樣，是作爲愛情意象出現的。牛女的愛情故事已經通過我們民族世代普遍性的心理經驗的長期積累，作爲一種愛情典範潛藏於我們民族的集體無意識之中。在明清時期有很多通俗小說和戲曲中都以七夕時節

〔註16〕王季思：《全元戲曲》第一卷，人民文學出版社，1990年版。
〔註17〕洪昇：《長生殿》徐朔方校注，人民文學出版社，1958年版。

牛郎織女相會作爲愛情的象徵出現的。淩蒙初的《二刻拍案驚奇》〔註18〕中就多次提到七夕這樣一個重要的時間。如卷三《權學士權認遠鄉姑　白孺人白嫁親生女》中正值妙齡的徐丹桂在七夕之夜燒香想到牛女夫妻團聚，春心萌動「見說有個表兄自京中遠來，他曾見母親說小時有許他爲婚之意，又聞得他容貌魁梧，心裏也有些暗動，思量會他一面。」卷三十《瘞遺骸王玉英配夫　償聘金韓秀才贖子》中韓生在等待玉英，「守到七夕常期，竟自杳然，韓生方忽忽如有所失，一如斷弦喪偶之情。」同樣在明代馮夢龍《古今小說》〔註19〕第一卷《蔣興哥重會珍珠衫》中，媒婆在七夕時節來勸說三巧兒早覓夫婿，說道：「牛郎織女，也是一年一會，你比他倒多隔了半年。常言道一品官，二品客。做客的那一處沒有風花雪月？只苦了家中娘子……這是牛郎織女的喜酒勸你多吃幾盞，是老身多嘴了。今夜牛女佳期，只該飲酒作樂，不該說傷情話兒。」而三巧兒也是對景生情，可見七夕已經是勾起人們男女情愛、相思離愁的最佳時間了。熊龍峰刊〔註20〕《馮伯玉風月相思小說》中，生與瓊的愛戀就在仰視星河觀看乍明乍滅的織女牽牛星，互訴著「相思無計欲如何」的惆悵。明代陸采《明珠記》〔註21〕第二十六齣「橋會」中，劉無雙思念王仙客在車中的唱詞是：「似牛郎織女，似牛郎織女，脈脈兩情傷，盈盈隔河望。恨無端夜光，恨無端夜光，我道你是藍田玉成雙，原來是淚珠拋放。」明清小說戲曲中，不管是才子佳人的兩情相悅還是孤男怨女的渴慕相思甚至是婚外情的發生往往都是在牛郎織女相會的七夕佳節，這可能是觸動男女情思的最好時機。沈復《浮生六記》的《閨房樂記》中，寫七夕時節作者與愛妻芸在庭中拜雙星，鑴「願生生世世爲夫婦」圖章二方以爲往來書信之用。將天上人間夫妻之情夫婦之愛寫得深摯婉轉。將平常百姓的閨中之樂以織女牽牛的夫婦之愛作爲背景，符合中華民族的某種普通心理要求，起到了以一當十的效果。《香豔叢書》中有《花國劇談》下卷中寫「中下乘」的妓女同一個縣內胥吏生生死死的動人愛情故事，同樣也是發生在七夕向晚，雙星渡河之時。

〔註18〕 《二刻拍案驚奇》，江蘇古籍出版社，1990年版。
〔註19〕 《馮夢龍全集》第2冊，江蘇古籍出版社，1993年版。
〔註20〕 《熊龍峰四種小說》古典文學出版社，1958年版。
〔註21〕 黃竹三：《六十種曲評注》第6冊，吉林人民出版社，2001年版。

第五節　明清時期牛郎織女文學愛情主題的演進（下）

三、隱晦的性愛意象

　　從魏晉時期詩賦中織女美豔的女神形象一直到明清，織女在文人作品以暗示性愛的女神形象就不斷出現。尤其是在明代中後期，社會思潮開放，豔情小說增多，牛郎織女在一些通俗小說中成爲男女情愛的代名詞。即使是在含蓄典雅的詩歌中，這種隱晦的意蘊也存在。元明清七夕詩詞在以往閨閣之情的基礎上向著閨幃豔情的方向發展，高唐神女的意象在詩歌中大量出現，牛女的一夕相會成爲了閨幃床笫之歡的隱諱之語。比如「晚涼浴罷殘妝在，花枝顫、鬢亂釵橫。但願長如此夜，也應勝似雙星。」〔註22〕「巫陽那得鵲成橋，更說甚、朝雲暮雨。」〔註23〕元代有「鵲橋橫低蘸銀河，鸞帳飛香，鳳輦凌波。兩意綢繆，一宵恩愛，萬古蹉跎。剖犬牙瓜分玉果，吐蛛絲巧在銀盒。良夜無多，今夜歡娛，明夜如何？」〔註24〕「納新涼紈扇輕搖，金井梧桐，丹桂香飄。笑指嫦娥，戲將織女，比併妖嬈。坐未久風光正好，夜將深暑氣潛消。語話相嘲，道與多嬌：莫待俄延，誤了良宵。」〔註25〕這兩首小令就將七夕之夜寫得很是曖昧，著重寫牛女雙星相會的恩愛與珍貴，用鵲橋橫低、金井梧桐這樣的美好景色渲染濃烈的情愛氛圍。

　　而元明清的一些敘事作品中將牛女相會作爲性愛的隱晦表現，通過韻文的形式說出。中國古代小說中的性描寫，喜以韻語的形式出現，且常用牛郎織女的典故，如《株林野史》第一回「檀口搵香腮，似魏生之到藍橋；柳腰擺花心，如牛郎之會織女」。又比如馮夢龍輯《警世通言》〔註26〕第十四卷《一窟鬼癩道人除怪》中，寫山中女妖竟是「有如織女下瑤臺，渾似嫦娥離月殿。」第十六卷《小夫人金錢贈年少》中寫媒人的巧舌如簧是「調唆織女害相思，引得嫦娥離月殿。」凌濛初《二刻拍案驚奇》卷三十四《任君用恣樂深閨　楊太尉戲宮館客》寫任君與夫人偷情是「此時天已昏黑，各房寂靜。如霞悄悄擺出酒肴，兩人對酌；四目相視，甜語溫存。三杯酒下肚，欲心如火，偎偎抱抱，共入鴛

〔註22〕瞿祐：《風入松（七夕）》。
〔註23〕易震吉：《前調（七夕）》。
〔註24〕王舉之：《七夕》（小令）。
〔註25〕徐琰：《四納涼》（小令）。
〔註26〕《馮夢龍全集》第 3 冊，江蘇古籍出版社，1993 年版。

帷，兩人之樂不可名狀。本爲旅館孤棲客，今向蓬萊頂上游。偏是乍逢滋味別，分明織女會牽牛。」西湖漁隱主人《歡喜冤家・李月仙割愛救親夫》〔註27〕中的必英和紅香相約在七夕偷情，「那時序催人，卻遇乞巧之期。必英與紅香道：『今宵牛女兩下偷期，我你凡人，豈虛良夜。』……」接著下面有大段的韻文描寫性愛場面，「既而星河慘淡，雲漢朦朧。天孫分袂，夜雨傾盆。更理去年之梭，仍撫昔時之盾。鳳仙暗搗，龍腦慵燒。雲情散亂未收，花骨歌斜以睡。無情金枕，朝來不寄相思。有約銀河，秋至依然再渡。」張春帆的《九尾龜》中，有「珠簾不卷夜星低，獨倚銀屏望翠微；坐久不知風露冷，滿身香影濕羅衣。一夜新涼透碧櫳，誰家玉笛暗中聽；當時七夕眞虛度，惆悵牽牛織女星。」「萬金買笑，空餘寶枕之香；七夕蒼茫，望斷銀河之影。」「雙星無那，銀河七夕之槎；一笑相逢，洛浦飛仙之影。」豔情小說中的描寫比較大膽，而戲曲中同樣也有類似隱晦的說法。元代白仁甫的《裴少俊牆頭馬上》〔註28〕第二折中寫裴李二人難捨難分是「卻待要宴瑤池七夕會，便銀漢水兩分開！委實這烏鵲橋邊女，捨不的斗牛星畔客」已經含蓄了很多。

七夕所隱含的性愛意識還可以從一些書生的白日夢式的故事中找到織女的影子，尤其是書生豔遇的故事從唐代的郭翰開始一直到清代的「書癡」從未間斷。如陶宗儀的《說郛》卷三十一《奚囊橘柚》記載：

> 袁伯文七月六日過高唐，遇雨宿於山家，夜夢女子甚都，自稱神女。伯文欲留之，神女曰：「明日當爲織女造橋，違命之辱。」伯文驚覺，天已辨色，啓窗視之，有群鵲東飛。有一稍小者從窗中飛去，是以名鵲爲神女也。〔註29〕

袁伯文在七夕前夜路過高唐，夢見神女來見，並說明自己七夕架橋的神鵲。雖然神女未薦枕席之歡，但是從「高唐」「遇雨」「夢女子」「欲留之」等幾個情節要素看，這則故事都是在暗示隱晦的情愛。楚襄王與高唐神女巫山雲雨和牛郎織女七夕鵲橋相會恐怕是我們民族文化中最具性愛意象的神話傳說了。諸如此類還有袁枚《子不語》中的張光熊〔註30〕，周清原《西湖二集》

〔註27〕西湖漁隱主人：《歡喜冤家》大眾文藝出版社，1998年版。
〔註28〕王季思：《全元戲曲》第一卷，人民文學出版社，1990年版。
〔註29〕文津閣影印《四庫全書》子部 雜家類。
〔註30〕袁枚《子不語》記載：直隸張光熊，幼而聰俊。年十八，居西樓讀書。家豪富，多婢妾，而父母範之甚嚴。七月七日，感牛郎織女事，望星而坐，妄想此夕可有家婢來窺讀書者否？

第十二卷吹風簫女引誘東牆中的徐鏊〔註31〕，馮夢龍《情史》卷二十《情鬼類》中的韓宗武〔註32〕等等。

在戲曲中，作者也借男主人公之口表達著織女作爲情人的形象。吳昌齡的《張天師斷風花雪月》〔註33〕第一折也是將八月十五同陳世英相會的仙女比作織女與之一年一會。這種豔遇的故事不僅發生在書生身上，一般男子也都將織女作爲性幻想的對象。陸采的《明珠記》中寫一個下層船夫幻想織女與之成親。

> 〔末扮船家上〕小人喚做李航，撐船眞個高強。不用蓬檣貓纜，
> 順風吹過長江。昨夜到天河那畔，正見織女當窗。他喜歡小子標緻，
> 攜手共入蘭房。便請脫下蓑衣箬笠，務死共效鸞凰。小子再四不肯，
> 〔外〕怎的不肯？〔末〕我怕那牽牛郎要爭光。

織女在傳說中所承擔的不僅是織錦紡織之神，也是世間男子調笑的對象。在沈受先《三元記》〔註34〕中，玉帝要嘉獎「積善存仁，蹈矩循規太古民」馮商，就讓文曲星君降生到馮商家爲子，連中三元。又謫下織女星爲丞相小姐與他爲兒媳。織女似乎還是沒有擺脫漢代傳說中那個任天帝擺佈，成爲賜婚的對象。

牛郎織女相會在文學作品中作爲性愛隱晦語的原因是十分複雜的，一方面在魏晉時期仙女織女因其愛與美的特性成爲具有高唐神女的幻影。而織女作爲性愛之神的功能是非常隱蔽的，隱藏在她與牛郎的夫婦倫理之

〔註31〕 周清原《西湖二集》：我朝弘治年間的人，姓徐名鏊，字朝楫，長洲人……丰姿俊秀，最善音律。年方十九，未有妻房……七夕，月明如畫，徐鏊吹簫適意，直吹到二鼓，方才就寢。還未睡熟，忽然異香酷烈，庙房二扇門齊齊自開……走進一個美人來，年可十八九，非常豔麗，瑤冠鳳凰。文犀帶，著方錦紗袍，袖廣二尺，就像世上圖畫宮妝之狀，面貌玉色，與月一般爭光彩，眞天神也……美人徐步就榻前，伸手入於衾中，撫摩徐鏊殆遍。良久，轉身走出，不交一言。

〔註32〕 馮夢龍《情史》卷二十《情鬼類》：韓宗武文若，侍父莊敏公之官於蜀，舍郡宇書室中……一青衣從一女行池上，其衣皆綃縠鮮麗，隔衣見膚，膚瑩白如玉。韓問曰：「不識子爲何神，輒此臨顧，願聞所來！」女曰：「予非神，亦非鬼，乃仙也。籍中與君有緣，特來相見，幸無怖。」語言清麗，顏色豔美，服飾香潔，非塵間所常睹。韓曰：「既言有緣，當爲夫婦耶？」笑曰：「然。當有日，不可遽。」韓請期，曰：「後五日，會之七夕，可設珍果，焚香相待，仍屏左右。」遂去。

〔註33〕 王季思：《全元戲曲》第三卷，人民文學出版社，1990年版。

〔註34〕 黃竹三：《六十種曲評注》第5冊，吉林人民出版社，2001年版。

後。千百年的封建理論可以讓原始的性愛之神被禁欲的理性所扼殺，但是儒家夫婦倫理作為五倫之一是維繫社會發展的基礎。另一方面，在下層民眾的理想中，「仙女下嫁窮漢」是民間百姓津津樂道的事情，是民間窮苦的男子慰藉心靈的幻想。民間男子所能想像的完美妻子形象既要美麗溫柔，還要賢惠能幹。眾多女仙中的織女無疑是最符合大眾審美標準的。還有就是每到七夕時節，人們在歡度秋季這個重要的節氣的時候，總是會仰望星河重溫牛女愛情，想像夫妻一年一度相會的情景。此時此刻，形而上的是愛情永恆，形而下的當然是柔情蜜意了。比如朱名世《新刻全像牛郎織女傳》中在最後的「鵲橋相會」一則中對牛女洞房的想像。當然，性愛是愛情的重要組成部份，牛郎織女愛情意象的凝結也與這樣年復一年的七夕相會的隱晦性愛有著密切的關係。

四、反情主題

明清時期不僅是中國社會主情的時代，同樣也是中國儒家理學昌盛的時期。在這樣時代風氣的感染之下，織女故事中對情的宣揚達到了極致，同時對牛女故事中癡情甚至淫褻的批判也達到了頂點。比如明代出現了一部短篇文言小說《鑒湖夜泛記》〔註35〕，記述元代處士成令言一日忽至天河，遇到織女，織女訴說神界並無牛郎織女結為夫婦的事。小說雖繼承了民間牛女傳說中一些因素，如織女具有高貴的身份，但將織女塑造成一個高貴且與牽牛無關的冷漠無情的女神，從根源上否定民間流傳的牛女傳說，這是以反封建為主題的民間傳說在理學思想占統治地位的時代的必然遭遇。事實上這種為牛女故事翻案的詩歌在宋代就已經很多。

宋代七夕詩與唐代七夕詩歌不同，宋人更具有哲學的思辨和理性思維，尤其在詩歌的創作中，他們大膽質疑前朝，重新評判歷史。神奇夢幻的牛女神話自然也是他們思辨的對象之一。七夕詩歌在宋代最大的創新和轉變就是大量翻案詩的出現。這些詩歌或批判牛女淫媟耽情、或批判乞巧的荒誕、或質疑故事本身的真實性、或諧謔民間風俗。

> 織女無羞恥，年年嫁牽牛。牽牛苦娶婦，娶婦不解留。
>
> ——梅堯臣《七夕詠懷》

〔註35〕瞿祐：《剪燈新話》卷四。

織女有恥羞，歲一過牽牛。暫來已速往，光景不少留……

理拙心莫同，誰令結綢繆。蛾眉坐自老，執扇空悲秋。

——劉敞《和聖俞織女無恥羞》

乞得天孫巧，人間巧已多。還逢閏重七，奈此眾兒何。

耕織關民事，婚姻自俗訛。乾坤大務本，觀象莫蹉跎。

——項安世《紹興次韻趙成卿閏七夕》

織女雖七襄，不能成報章。無巧可乞汝，世人空自狂。……

安知抒軸勞，何物為蠶桑。紛華不足悅，浮侈真可傷。

——司馬光《和公達過播樓觀七夕市》

新釀秦淮鴨綠坳，旋熬粔籹蜜蜂巢。

來禽濃抹日半臉，水藕初凝雪一梢。

豈有天孫千度嫁，枉同河鼓兩相嘲。

渠儂有巧真堪乞，不倩蛛絲冒果肴。

——楊萬里《謝餘處恭送七夕酒果蜜食化生兒》

正如司馬光所言，**蠶桑**和絲織是辛苦的勞作，也是人們衣食的來源。連織女自己都不能成「報章」，哪裏又有巧賜給人間。可是現實中的人們卻只看到了牛女七夕相會紛華浮靡奢侈的一面，卻沒有領會古人的真正意圖。有批判就有辯誣的，李薦在《七夕》寫道：「年年渡河漢，秋至次舍移。宣淫五雲上，此論乃吾欺。吾為牛女辨，欲判千古疑。」李薦是從正面強化牛女作為正統楷模，名為辯誣，實際上和梅堯臣、司馬光一樣，都是從道德倫理風化的角度出發。而周紫芝從道教仙家的正統意識出發，主動寫詩為牛女正名。他在《七夕·小序題解》說：

> 七月七日與客語七夕之事，因記葛稚川《神仙傳》載王方平會麻姑真仙於蔡經家事，甚怪。以謂自古詩人辭客，必因風露淒清之夕，而敘牛女相見之期。凡援筆而賦七夕者，皆託兒女之情以肆淫媟之言，瀆蔑天星，無補真教，使人間異事泯滅無聞，良可痛惜。因律稚川之聞而為之歌，以廣其傳云。

儒家的倫理標準是中庸平和，即使是夫妻之間也應該是相敬如賓、夫唱婦隨式的情感。儒學復古漸漸走向保守和封閉，尤其是對男女之情更是諱莫如深。對女性的規範更是變本加屬，「三綱五常」之下的專對女性的「三從四

—115—

德」桎梏著女性的身心。那麼作爲天下婦女的表率的織女更應該恪守爲婦之道，又怎能耽於情愛而荒廢織業。這些詩歌大多是批判牛女淫媟耽情。

不僅是在宋詩中有如此議論，在宋人的筆記小說中也有同樣討論〔註36〕。宋人以其理性的思維方式來考察神話和民俗傳說，並且引經據典、旁徵博引，以至於這種翻案之風在明清時期還很強盛。

明清時期的文人們不光在筆記小說中批判著牛女故事的荒誕性，還在小說中讓織女以道學家的口吻爲自己辯解。明末白話小說《靈光閣織女表誣詞》同樣也是重複這個主題的。它的內容由《鑑湖夜泛記》增益而成，文字上亦有抄襲。它們都說明了在理學思想禁錮下文人思想的僵化及其對古代神話、民間傳說的曲解。〔註37〕一直到清代末年，唐詠裳的《七襄機》雜劇還念念不忘爲高貴的織女辯誣。唐氏《鹹酸橋屋詞》附錄《己未閏七夕懷先妻詩》注云：「光緒庚寅，予爲《七襄機》雜劇，即《墨花漫錄》郭翰事，爲織女辯誣。」〔註38〕

清初刊刻擬話本《貞祥堂匯纂警世選言集》就是假借織女和眾仙女之口稱牛郎織女是姐弟關係而沒有戀愛婚姻的故事。而明清的筆記小說中更是變本加屬，將牛郎織女故事和張騫乘槎的故事也一同否定了。明代酈琥在《會仙女志》中就有一番嚴密的論證。「織女牽牛，天載二星。時逢七夕，相會何情？……梭子尼頭，二星名彰。所織何錦，所耘何疆？男女通好，言尤妄誕。」「張騫乘槎，何以昇天？織女機石，何以相傳？……乘槎天遊，好事浪述。天無仙女，何機何織？杼柚其空，有何機石？賣卜君平，豈能獨識？張騫本傳，並不載入。《華志》、《博物》，奇事莫及。幻妄不經，子勿沉溺。」〔註39〕

〔註36〕 宋代銅陽居士《復雅歌詞》（卷一）《論七夕故事》：七夕故事，大抵祖述張華博物志、吳均齊諧記。夫二星之在天爲二十八舍，自占星者觀之，此爲經星有常次而不動……凡小說好怪，誕妄不終，往往類此。天雖去人遠矣，而垂象粲然，可驗而知，不可誣也。詞章家者流，務以文力相高，徒欲飛英妙之聲於尊俎間，詩人之細也夫。」明代郎瑛《七修類稿》（卷一）「天地類」中有：《容齋隨筆·辯鬼宿度河篇》曰，經星終古不動。殊不思天是動物，經星即其體也。蔡傳曰：繞地左旋，一日一周而過一度，夜視可知矣。但不似緯星周天，各有年數。牽牛織女七夕渡河之說，始於《淮南子》烏鵲填河而渡織女。《續齊諧志》云，七月牽牛嫁織女。詩人後遂累累致詞，殊不知《淮南》好奇，《齊諧》志怪，皆不足信。故杜老有詩云：「牽牛出河西，織女處其東；萬古永相望，七夕誰見同？」可謂繼案矣。

〔註37〕 劉世德、陳慶浩、石昌渝：《古本小說叢刊》第 16 輯，中華書局，1990 年。

〔註38〕 《中國劇目辭典》河北教育出版社 1997 年版，第 19 頁。

〔註39〕 （明）酈琥：《會仙女志》卷一。

明清時期的道學家們千方百計地用理性分析來消磨牛郎織女浪漫的愛情，以期正本清源，尊儒敬聖。

明清時期是牛郎織女故事朝向完全歌頌愛情的方向演進著，可是古老的農業文明和儒家教化在不停地暗示和左右著牛郎織女文學的發展。宋詞繼承了有唐以來以相思爲主題的七夕詩歌的傳統，而且明清也有很多的詩人在寫七夕詞，但是清代儒家經世致用儒學的盛行，還是抑制了七夕詞的發展。正如況周頤所言：「曩余作《七夕》詞，用銀河鵲駕等語，端木子疇前輩見而規誡之，評語云：『牛主耕，女主織，建申之月，田功告畢。織事託始，故兩星交會，明代謝以成歲功。世俗傳訛，以妃偶離合爲言，嫚瀆甚矣。』余佩服斯言，垂三十年未嘗賦《七夕》詞也。」〔註40〕中國文人無論何時都會以天下爲己任，不管是在經世治道的文章中，還是在娛情怡性的小品文中，包括一些家書中都有「平天下」的氣度。鄭燮在《范縣署中寄舍弟墨第四書》就通過評唐人七夕詩來教導子弟兒女要以務農爲生活之本。「嘗笑唐人《七夕》詩，詠牛郎織女，皆作會別可憐之語，殊失命名本旨。織女，衣之源也，牽牛，食之本也。在天星爲最貴；天顧重之，而人反不重乎？其務本勤民，星象昭昭可鑒矣。」〔註41〕正是這種嚴肅的家國意識和歷史使命感，才使得儒家倫理成爲中國封建社會的主導正統思想，但是也因此而讓牛郎織女這樣的富有民族情趣的愛情故事在她生成之日起就不斷遭受著理性思維的禁錮和質問。

明清時期筆記小說中的這種翻案之作和理性質疑也促使了牛郎織女故事從神話的天堂來到人間，並且在通俗文學中生長，不斷地吸取著民間文學的滋養，與民間故事整合，形成了新的故事情節和人物性格。高貴的織女從神聖的天國走向人間，成爲降落凡塵的仙女之一，而威武的牽牛（或者河鼓）也幻化成了人間放牛的窮小子。他們之間的愛情已經超越了天國仙境的虛無縹緲，變成了一個實實在在的世俗傳說。如果說魏晉時期是牛女神話世俗化的一個相對集中的重要時期，那麼明清時期就是牛女傳說再次被世俗化的一個時期。在天上的雙星男耕女織是人間夫婦的楷模，他們的情感在漢代就已經確定在夫婦倫理的範圍，而到了明清時期牛女愛情更多的具有了世俗情愛的性質，織女下凡是基於對淳樸憨厚的牛郎的真心慕戀和對人間生活的嚮往。

〔註40〕況周頤：《眉廬叢話》卷一。

〔註41〕艾舒仁：《鄭板橋文集》四川美術出版社，2005 年版，第 15 頁。

第六節　與董永故事的交叉整合

在乘槎人尋河源的故事中，牛女只是作為天上世界座標系中的參照出現在故事中，是凡人遇仙故事中仙家的代表。事實上織女很早就是人間凡人嚮往的對象，成為凡人遇仙模式故事中的美麗仙女。最具有代表意義的是《搜神記》中的董永遇神女的故事。漢代社會是以孝治天下，那麼至純至孝的董永得到了上天賜予他的最好的禮物就是美貌能幹的天仙織女，這樣的傳說符合廣大民眾的心理需要，於是董永遇到織女的故事在歷代為人們傳唱。下面是歷代相關作品：

> 曹植《靈芝篇》《搜神記·董永》、劉向《孝子傳》句道興《搜神記》、無名氏《孝子傳》(《敦煌變文集》第八卷) 釋道世《法苑珠林》卷 62 李翰《蒙求》《董永變文》(提出七個仙女之說) 無名氏《董永遇仙傳》(話本) 李昉《太平御覽》中三處：卷 411《孝感》、卷 817《絹》、卷 826 資產部《織》趙愼一《眞仙通鑒》後集卷 2《織女》南戲《董永遇仙記》(雜劇)《織錦記》(傳奇)《董永賣身寶卷》、「輓歌」《槐蔭記》(彈詞)、「評講」《大孝記》(鼓書)、《槐蔭記》(彈詞)、心一子《遇仙記》(《明清傳奇鈎沉》)、顧覺宇《織錦記》(《遠山堂曲品》)、《賣身記》(《古曲戲曲存目匯考》)、《槐蔭記》(《堯天樂》)

臺灣學者洪淑苓將董永故事作為牛郎織女故事的一個變式，原因是兩個故事中相同的故事因子，即「相愛——分離——重逢」；兩個故事女主人織女的交叉，即織女——神女——張七姐——七姑仙——七仙女；以及牛郎織女愛情模式的泛化，在《梁山伯寶卷》裏有「英臺非是凡間女，山伯亦非凡間人。牛郎本是梁山伯，英臺原是織女星。只為私將銀河渡，上帝罰他下凡塵。」後世能將出現較晚的梁祝故事與牛女混淆，也能將出現在漢代的董永故事附會於牛女故事。並且「高貴女子捨身下嫁，困窮男子因禍得福」的基本框架始終是民間故事中的原型，而這兩個故事都具有這個原型特徵。但是我認為這兩個故事應該有自己不同的生成原因和發展軌跡，屬於兩個不同故事體系。原因是：

一、兩個故事產生的社會因素不同

牽牛織女故事源自先秦時期樸素的星辰信仰和秦漢社會男耕女織的文

化背景，從最初的一些記載來看，比較完整的故事是在南北朝《殷芸小說》〔註42〕中出現的，雖然它晚於《搜神記》，但是不能表明牽牛織女故事晚於董永故事。我們在《殷芸小說》見到的故事情節著重強調的是二星神爲何分離的自然現象，是強調男耕女織在社會經濟中的重要性。而董永故事的宣揚孝道也是後來的作品的關注點。比如劉向《孝子傳》就將董永列入中國古代二十四孝子之一。所以兩個故事所宣揚的文化背景也不一樣，牛郎織女是農耕文化作用下的夫婦離別傳說，董永故事是宣揚孝道至上的儒家倫理文化的代表之一。

　　二、女主人公的特點不同

　　作爲天上的星神的織女是紡織的象徵，她的紡織具有神的功能和偉大的社會功能，她織成的雲錦天衣是我們民族傳統的產業。可以說，織女星完全是紡織之神的代表。所以後世的牛郎織女故事情節中「耽情廢業」是重要情節之一。而董永的妻子織女只是天帝獎勵董永孝道的一個普通女仙，她的最光彩的品格就是一夜織成百匹錦緞。曹植的《靈芝篇》有「董永遭家貧，父老財無遺。舉假以供養，傭作致甘肥。責家塡門至，不知何用歸。天歸感至德，神女爲秉機。」後世的《董永遇仙記》（雜劇）、《織錦記》（傳奇）、《董永賣身寶卷》、《敦煌變文集新書·卷八》、顧覺宇《織錦記》（《遠山堂曲品》）、《賣身記》（《古曲戲曲存目匯考》）、《槐蔭記》。不管董永妻子的名字是神女、織女還是七姑仙、七仙女，她們擁有一個共同的品質就是善織，至於織女的名字完全只是善織這一品格的符號，所以董永的妻子可以是織女，也可是七仙女。無怪元代薛昂夫的【中呂】朝天曲中有：

　　　　董永，賣身，孝感天心順。誰知織女是天孫，同受爲奴困。自
　　有牛郎，佳期將近，書生休認眞。本因，孝親，不是夫妻分。

　　此曲以調謔的筆調寫出牛郎、織女、董永的關係，認爲董永和織女一樣都是受困者，不可能成就姻緣，不是「夫妻分」，織女的夫君自是牛郎。實際上董永的妻子的角色是天上任何一個善於織錦的仙女都能夠承擔的，尤其是受到天帝寵愛的七仙女也最能體現天帝對董永的恩賜，而絕不是整日在河東「涕淚零如雨」的織女星。牛郎織女故事中的織女形象是由泛指到特指的，

〔註42〕原文：天河之東有織女，天帝之子也。年年機抒勞役，織成雲錦天衣，容貌不暇整。帝憐其獨處，許嫁河西牽牛郎，後遂廢織絍。天帝怒，責令歸河東，但使一年一度相會。

　　而董永故事中的織女在民間故事的流傳中漸漸固定在了天帝第七個女兒身上。有學者考證織女是神話人物，而七仙女就是仙話人物了。〔註43〕

　　當然兩個故事有如此相近之處，在歷史長河的發展中，相互產生了重要影響。《董永》中的男主人公董永是一個貧寒的孝子，而牛郎在漢代的時候還是高高在上的星神。可是到了明清時期，牛郎的身份似乎開始變化，一會兒是威武的大將軍，一會兒是謫生凡間的金童，到了近代就完全演變成人間一個無依無靠備受虐待的放牛孤兒。可以說從牽牛星到牛郎的演化中，無依無靠的孝子董永的形象也慢慢滲透其中。還有就是天人兩隔的故事模式的影響。牽牛織女一直是處在同一層面的故事，夫妻分離的原因要麼是耽情誤業，要麼是私定終身，所隔的天河不過是天帝責罰的象徵，無怪乎《雙星圖》中的牛九郎要私渡天河與天孫相會。可是相隔近代的牛郎織女的確是天上人間的不同時空，那碧波蕩漾的銀河是兩個時空兩重天帝的代表，是人和神的分界。這與董永故事中的七仙女永遠離開董永是有著異曲同工之妙的。最後，在明清時期主情的思潮和民間大眾愛情理想的影響下，這兩個故事都慢慢演變為愛情故事。牛郎織女故事在明清時期衝破了原始的星辰信仰和宗教天人兩隔的禁忌，而成為永恆愛情的象徵。同樣董永故事一方面在彰顯孝道倫理的同時，也在成為仙凡愛情的經典。七仙女愛慕人間生活的真情自在，嚮往平民式的愛情，於是衝破天庭的阻隔來到人間，與孝順敦厚的董永結成連理。

〔註43〕姚寶瑄在《牛郎織女傳說源於崑崙深化考》中認為「織女和七仙女的，織女是神話人物，而七仙女是道家仙話人物。」

結　語

　　牛郎織女故事就在秦漢時代是一則星辰神話，反映著中國農業社會的生產方式和婚姻模式，到了魏晉時期則成為一則美麗的神話傳說，主要表達了民眾世俗的願望和理想。唐宋時期的詩歌中主要反映了文人墨客對牛女的深切同情和對神話本身的質疑。隨著元明清時期俗文學的興起，牛郎織女故事從古典走向現代、宮廷走向民間，經過文人踵事增華、民間百姓的附會重釋，牛郎由天上的神話星宿變成一個民間的窮苦放牛郎，而織女從天國下凡到人間完成和牛郎的一段姻緣佳話。

　　元明清七夕詩詞繼承了漢魏唐宋七夕詩詞的發展脈絡，多表達相思離別、閨閣情懷、民風民俗，但這時詩人們也通過七夕贈答詩富於七夕詩詞親情、友情等情感內涵和人生感悟。本文通過考察現存的牛女文學敘事作品，認為元明清時期是牛女故事情節增長最快的時期。明清時期的牛女故事繼承了以「牛郎織女七夕相見」的母題為故事內核，而出現了眾多的「異文」，牛女形象變化也最為豐富。清末的《牛郎織女傳》在牛女故事演變的過程中與多種民間故事結合，成為牛女故事情節最為豐富的小說，也是牛女故事走向現代的標誌。牛女二星本是原始星辰信仰中紡織畜牧的保護神，明清時期牛女二星已經演變為道教眾神之一，成為了保佑人間盛世昇平、海晏河清的保護神，具有了多功能的神格，也成為七夕月令戲的重要角色之一。明清時期的牛女故事已經完全演變成一個歌頌愛情的故事。一方面牛女愛情故事已經通過世世代代普遍性心理經驗的長期積累，作為一種愛情典範隱藏於我們民族的集體無意識之中。在元明清時期的詩歌、戲曲和小說中，牛女基本都是作為愛情意象出現的。另一方面，在明清時期，牛女故事還和其他民間故事

交叉整合，尤其是和董永故事慢慢融合，形成了現代牛女故事的基本情節。在下層民眾的理想中，「仙女下嫁窮漢」是人們津津樂道的事情，是民間窮苦的男子慰藉心靈的幻想，民間男子所能想像的完美妻子形象是既美麗溫柔又賢惠能幹的織女。

　　總之，明清時期是牛郎織女故事發展的重要時期，牛郎織女的愛情故事傳承了以往故事情節的內核、人物形象。隨著時代的變遷和敘述主體的變化，這個故事也在嬗變著，形成了近代民間牛郎織女故事。正是有了明清時期眾多的牛女文學作品的反覆渲染和民間七夕民俗的繁盛，才形成了我們民族的多彩多姿的七夕節令文化，牛郎織女神話傳說也成為中華民族重要的精神遺產。

附錄一：《新刻全像牛郎織女傳》

（根據中國國家圖書館善本庫明刻本整理）

儒林太儀朱名世編　書林仙源余成章梓

（卷一）

最巧天河織女，玉皇配與牽牛。夫婦耽淫廢職，東西謫貶雲頭。

保奏七夕一會，鵲鴉代爲建橋。士女紛紛乞巧，芳名流播閻浮。

牽牛出身

按《天文志》，牽牛，天河西之六星，一名河鼓，日以飯牛爲事。漢時，張騫溯河源直至河，見牛郎風神俊偉，齎餱糧持雨具，牽牛至渚次求牧與蒭。牛郎職乘田，則克供乘田。當時馴順物性，惟求畜產之茁壯，長而已牧豎□，連姻帝室。此時所交接往來者，惟天駟少牢之侶而已，惟爛柯垂釣之夫而已。有時肱麾牛出，有時身跨牛歸，有時經懸角讀，有時手扣角歌：巍巍雲漢之表，蕩蕩天河之側。

誰謂爾無牛乎？九十其牛享，畜產眾多可知矣。或曰，怎知得？答曰：喘月者有之，耕云者有之。青牛可給藍關之跨，騂牛可資太廟之求。不污牛口，美高人之讓禪，毋爲牛後，詬說士之污名。火尾刀身復國，何所不備；輻衡止觸展親，何所不宜。駕輦迎君，恐腥紅之襪佛注，旄供稼穡，代勞引重盡遺眾。盛任驅馳玄牝，用而皇皇后帝，可告騂角；殺而洋洋英爽可求皮冒。應田不匱庖丁之解，血塗釁隙，何妨胡齕之聞。縛軛可將大軍，服箱可輸多稼。牛哉！牛哉！上方懸象著明，下方牧事應之，益旋用輒效者也。

或曰：穹窿之表，牛郎蒭從何處得來，毋亦飧雲食霞足乎？曰：飧雲食霧，牛固然也，但下方萬匯俱從天上降生，則率土未有嘉穀，上帝先有來年。

此牛未食煙火，而飯牛蒭料已種種備之矣。即非剜金食牛以開棧道，實則飽玉屑以臥雲中者也。豈眞受若直？怠若事求牧與蒭不得，而反諸主人乎？

有詩爲證：

著象天河事飯牛，少年牧豎盡風流。

乘田職稱無餘事，笑傲人間伯與□。

織女出身

織女，天帝之女，一曰天孫。三星布象河東，以織紝組紃爲事者也。某年某月日，有人齎糧乘槎至一處，所見女人織機。問曰：「此何地？」女人遺石一片，曰：「可歸問嚴君平，便知端的。」其人攜石歸問君平，君平曰：「此織女支機石也，從何得來？某年月日有客星犯牛斗，詎意之爲子耶？試問牛斗光景何如？」其子答曰：「某彼時縱一葦所如，凌萬頃茫然，直至一清虛境界，森羅有象，萬籟無聲，別團巒光滿乾坤，瑞氣氳氣浮霄壤。紫薇星、太乙星正位中天，長庚星、啓明星垂光下土。武曲貪狼，□象不離帝座；□□破軍，著明常繞天樞。實沈降婁，娵訾照律數而居位次；玄枵鶉首，大火隨斗柄而列舍躔。文昌星、科甲星，兩兩三三光錯落。貫璧聯珠，見文明之有象；紅鸞華蓋，兆世治之無虞。東□維垣，角亢眾星分佈西南偏鄙，奎婁列曜，張懸周天三百六十五度之內也。有三臺星、四輔星、郎官星、處士星分毫應驗不爽。也有妖蟆星、天狗星、彗孛星、盜賊星忽絲報效無差。且見五嶽朝天、群仙謁帝，三元三品三官，抖擻精神稟令玉京金闕；萬聖萬神萬將，披陳悃愫拜趨紫府紅雲。靈徑山祖仙如來朝罷玉皇，統領百千弟子徑到天河遊玩。眞武洞玄天大帝理餘幾務，扈從數員天將直趨雲漢稽查。李老君也曾駕鸞輿、降玉局、觀講經、說法高。上帝也曾乘鳳輦、出碧天門，察庶占祥。四壯騑騑，值日功曹奏事。雲軒繹繹，當班使者傳宣。風伯雨師伺候天衢聽令，雷公電母寅恭御道承差。也曾見龍飛漢表鳳奮雲間，也曾聞鈞天樂奏羽衣曲宣。玉醴金漿□內也曾染指；交梨火棗盤中也曾食餘。淡淡天河水，飲滿腹以蘇渴病；習習廣寒風，披滿襟以解慍懷。此時此際銀河清淺，珠斗闌班，神遊天外，身謝人間，不妨遊賞暮忘歸失。」

君平牛斗光景既聞其梗概，請問天孫織錦之事何如？其人曰：「謾說織錦，且將生質對君言之，次及織錦。」君平曰：「願聞」其人曰：「天孫不事濃妝淡抹，自然國色天姿。不事翠袖雲鬟，自爾花羞月閉。蟒首岡資，髮髱

蛾眉，何用盡描。膚凝脂而瑩白，齒瓠犀而整齊，巧笑倩而口輔好，美目盼而黑白分，生質之美，誠不愧玉天仙子矣。言其族類之貴，□演天潢，系分帝胄，誠玉葉金枝。太陰遇之失其貴，王母遇之讓其能，洞主元君青女素娥皆卑卑莫與京矣。斯時也，不以嬌養而生侈靡，不以富貴而廢女工。稟辭天帝，布象天河。侍婢有梁玉清衛承莊，第宅有鳳凰城珠翠幕。不挾貴，拒人不矜能吝教。凡碧天姬女悉與往來，授以絲縷機關，傳以經緯妙用。試竟其說：欲織龍鳳紋，只一綜理間，則云龍隱隱緗端，彩鳳翩翩帛表；欲織鷹魚錦，只一杼軸間，則云廠縑中佈陣，神魚縷內暴鰓。欲織異卉奇花，則機上天工壓倒姚黃魏紫；欲織明山秀水，則梭中景致蒝小楚岫秦川。說什麼方勝萬字，說什麼椒子迴文，說什麼魚後靤背，說什麼雪欄雪亭，只憑方寸千般功，織出人間萬品奇。」君平曰：「妙齡女子勤理織事已足異矣，況天帝女孫機杼不倦，勤尤異者也。請問玄纁綢疊何如？」其人曰：「有龍綃宮錦，有鳳縠蘭縑，有雲裾霞絳，有雪綺風綾。龍紋錦、鳳翔錦、朱雀錦，歷歷拋梭製就；魚油錦、虎紋錦、五色錦，班班織縷裁成。美麗水蠶褥，暑月清涼滿座；鮮明秋羅帕，天陰雷雨珍藏。也有澄水羅，褂戶能消潲氣；也有火浣布，汗污可燎重新。列□錦，雲霞掩□日月；□羅被，花木包括機梭。挑字垂師秦氏女，迴文作範竇家妻。謹裒篋笥彰才德詎首，襟裾飾馬牛墨客。」

有詩為證：

> 天孫機上絢光華，十樣新奇世共誇。
> 步障簇成龍滾浪，迴文織出鳳穿花。
> 紅迷煬帝帆邊日，絳奪滕王閣外霞。
> 容廢為僅心上巧，庸知有客犯星槎。

織女獻錦

織女在天河織就機上錦，令侍兒梁玉清衛承莊，解諸色雲錦賚獻玉皇。玉皇閱錦大悅，謂左右臣工曰：「朕不意宮中出此尤物。巧妙原於性生，非從姆教傳授，賜名曰天孫錦。」命導引昭儀將此錦傳遍宮中，彰其巧妙。除龍綃鳳縠為寡人御服外，餘錦若干謹貯內帑，待來日頒賜輔佐諸臣。詔以金花表裏若干，優答天孫機杼勞頓。又詔內帑官月給御紗若干，以供織紝之用。禁中女子悉令簡出天河，從事天孫織錦。一則令知織造艱難，一則令習機工巧妙，不至虛糜廩祿。又詔神仙眷屬得與天孫往來，佐理織事，毋謂天上人

可以息機巧，可以輟女工。假饒可息可輟，天孫當先為之矣。又宣賚錦侍兒，謂曰：「汝二人日夜辛勤，佐理有功，合賜飲食，以獎勵之。」且謂曰：「有相之道，久暫不違，克勤之功，始終貴一。汝能贊助公主勤理織事，異日公主議婚，妙選得人，當以汝為媵妾，汝往欽哉！」二人謝恩。又詔天孫閱月，一進宮中，彼得以展親，朕得以酬勞，家人父子之道兩克全矣。其工匠可照錦機式樣廣造杼軸，以便宮女習巧。

有詩為證：

> 齎錦天京獻玉帛，重瞳賜閱喜非常。
>
> 詔傳禁苑旌工巧，且命宮娥入錦坊。

織女訓織

侍兒領了。

玉皇優禮並習織宮女，來天河覆命公主。公主謝。

皇恩見了宮女悉摽揆機房，各治一事，公主親授以機軸。綜網者綜網，理緒者理緒，扳花者扳花，穿雲者穿雲。挑字則有挑字妙法，迴文則有迴文真傳。龍鳳不與魚鷹同，花草亦與山水異。不入其門，見謂棼而難成，一傳其法，見謂簡而易就。天孫未與面命，誇羨奇巧，從何處得來。天孫適手教，始悟精妙，自此中出去。宮娥乞得其巧，元君、聖母、仙姬、神女聞風趨附乞巧者，環天河矣。

天孫論治

越兩月，天孫以新來宮女機中粗率知方，但皇上優禮未及稱謝。一日駕軺車進宮中省親。一則展孝思，一則酬恩齎也。宮中妃嬪紛紛迎接，玉皇延見於慈壽宮。公主百拜謝恩。玉皇誇美賜坐，命宮中張宴以待。帝見公主玉客憔悴，從客問曰：「朕端拱穆清，喜清靜無為，不欲撓以多事。今觀佳兒織紝心勤，理容政拙，未免自擾以多事也。」天孫對曰：「臣之製錦猶陛下之治也。但臣之錦，修短有定度，幅員有定尺，有經以主其分，有緯以司其合。拋梭者不淆於打扣，桃字者不雜於扳花。尤鳳紋，教宮女如何綜理，鷹魚錦，課侍婢怎的持循。煙水雲山，只用手中翻弄，荊花蜀卉，惟從機上轉旋。眾人攻之，不日成之，殆一勞永逸之道也。陛下今日之域中，其修短猶錦也，其幅員猶錦也。至於組織成治，不能如錦也。陛下不能諱而風雲雨露，不能

諱而雷電雪霜，司之非不各有其人第。下方利雨露不免亢旱，下方利陽和不免重陰，下方利長壽不免夭禮，下方利富貴不免貧賤，下方利逸樂不免勞苦。順軌之中有彗孛，慈悲之內有妖魔。欲稱錦世界，不可得矣。臣頓。」

皇上開好生門，厚施雨露陽和，薄示重陰亢旱，長壽有常，富貴有常，逸樂有常，則和風淳鬯，正氣流行，妖魔彗孛奚自而生？此正絣襛無方之錦也。微臣丈尺之錦，何足以語此？帝喜曰：「子之錦，奇貨也。子之譚，奇策也。閭閻之中有良弼，洪荒之世有嘉言。朕當書之御屏以便觀閱。」

有詩為證：

　　天女回宮答聖恩，上皇慰諭若春生。

　　乘機因進匡民策，誰謂皇風不上登。

牛女相逢

天河之西有黃姑渚，天孫於此浣沙，牛郎從此飲牛。牛郎知浣沙婦是天帝女孫，貴而能勤，理宜迴避。即牽牛從上流飲之，且曰：「以彼之玉帛萬方，尤自躬司織紝，以彼之奔走萬人，尤自親任浣沙。我何人，斯貧賤無匹者也，敢不益勵？」乃心求牧人之職，一味勤理牧事。饑則麾之，登隴以飼之。渴則策之，赴渚以飲之。不知天女為希觀，姑渚為奇逢也。織女此時躬親沃浣，益精益求其精，益密益求其密，不知此身後日屬。天帝女，後日作牛郎婦也。

牛郎飲牛畢，無心歌曰：「天上秋期近，人間月影新。」織女浣沙畢，亦無心歌曰：「挽天無杜老，犯斗有張君。」牛郎策牛望西回歌曰：「金風玉露一年好，碧落銀河萬里清。」織女提紗望東，墨客有詩云：

　　牛從渚次飲，紗從渚水新。相逢不相識，此是眼前因。

月老僉書

月下老掌姻緣牘，常持書從月下僉判。

一日，太白星降臨柝木之津，稽察人間善惡，適見月下老僉書倦勤，散步天河遊玩。二人相會，即攜手上星橋觀玩銀河。氣化一眺，睍間見牛郎頭挽雙髻，從渚次上流飲牛，見織女身穿布素，從渚次下流浣沙。侍女梁玉清、衛承莊二人亦在左右分浣。太白星官問月下老曰：「飲牛者，子固知其為牧豎。此浣沙女，若知其為誰耶？」月下老曰：「天帝女孫，貴而能勤，香名流落人間，孰不知之？子何用訊我。」太白星曰：「子僉判姻緣，此天孫異日當覓得

何等佳婿？」月下老曰：「牽牛郎，織女夫也。姻緣前定，不日自當成就。」
太白星曰：「天潢公主，豈下嫁飲牛兒耶？」月下老曰：「二人足赤繩已繫，
姻緣牘芳名已注。緣法到頭，貴賤非所論矣。」子試將此書查之自見。太白
星查了月下老僉書，見二人果有定數，遂自思曰：「牧豎既得其貴者，我非牧
豎，蓋當得其賤者。」乃問曰：「玉天仙子貌不在言，即如二侍兒姿容美麗，
亦稱閻浮絕品。今日渚次浣沙，不特遊魚見之深逝，飛鷹見之亦墜落也。彼
天孫既與飲牛兒有緣，區區於此二侍兒何如？若得燈前與之通一笑縱，上皇
降譎何辭。」月下老曰：「子與二侍兒有四十六日之緣，始皇並國年間，汝好
為之。」月老臨別又囑之曰：「牛女之事且勿漏泄待。上皇自主，汝當贊成。」
太白星曰：「領命。」

有詩為證：

　　太白金星降斗牛，相攜月老上皇橋。

　　因談牛女姻緣事，即欲潛將侍女謀。

天帝稽功

　　一日，天帝欲賞罰天上臣工，頒玉旨一道，降敕書二道，著落稽勳司、
驗功司二大臣，將九天分理星辰煞曜所行政績，秉公品第以聞。二司得了旨
意領了敕書，即轉回本司，將天上星辰煞曜報政書，從公考察。稽者稽其行
事，驗者驗其實踐。不因附己而偽增人善，不因異己而偽注人惡，考察之門
如市，考察之心如水。譎詐之徒雖有善為囑託者，至此則一毫關郎不通風矣。
故雖天上聖賢品第，亦有上、中、下三等之不一。閒住者閒住，落職者落職，
罰俸者罰俸，超遷者超遷，獎勵者獎勵，俱填注於本人腳色之下。二司謂曰：
「機務煩鉅而見奇者不足異，老成力練而見奇者亦不足異。以彼牽牛職則異
矣。年則茂矣，彼獨畜產眾多，牧事有成，如此所謂不奇中之奇也，合考居
上中。俾職卑者，聞風得以自效，不以瑣尾而抑其報效之志也。」二人銓注
已定，具表以聞。天帝閱籍，見其黜陟妥當，遂御批籍末云：「照二卿評陟發
落。」

　　有長短詞一律為證：

　　　　銓曹秉國之鈞，其律法最公，其品第最明。毋敢作私好以濫賞，
　　　毋敢作私惡以濫刑。苟私暗而偏陂，下何以箝眾口，上何以復一人。
　　　君不見，玉皇考察諸□聖，委任稽勳驗功。二臣敕書降了兩道，二

司遵旨施行考察諸臣，政績旌勤敬惰，云云。異政上上獎勵，曠官下下謫懲。稱職置之中考，不稱職罷黜無存。彗孛化凶作吉，妖魔革舊從新。皇上明明穆穆，臣下戰戰兢兢，罔有一人奔兢，罔敢兩可模稜。具表請詳。金闕臨啓，不勝屏營。

玉皇敕旨出天廷，委任功勳考眾臣。

課績班班分殿最，對章乾覽聽裁成。

天帝旌勤

次日，天帝詔御庫度支，速將天孫前後所進花綾錦若干定、宮花若干朵，光祿寺皇對御酒若干樽，解至清虛殿，待寡人臨軒賞賚群臣。臣下得旨，一一如數供給。本日，天帝登御案上展開冊籍，照二司評陟上、中、下資格，一一賞賚。牛郎冊中考居上中，賞賜尤出諸臣之上。本日，在御前飲了三杯御酒，簪朵宮花，穿了一領錦袍，丹墀下謝了。皇恩彩旗花鼓送出殿門，萬分光寵。門外一人誚曰：「飲牛兒有此榮施耶？」太白星官上之曰：「賞以酬功，職之卑尊，非所論也。況飲牛兒以十二地支論，彼居第二，以二十八宿論，不出十數，如來苗裔，膺此不為忝。今日序功袞，列入上叨，此寵遇分所寶也，何子誚之深耶？今日雖為飲牛兒，異日當為乘龍客。此日宮花、雲錦、御酒不足異，他日老夫錦纏頭、花插鬢，諸君投刺鳳城門弟，尤飲牛兒異之異者也。諸君不信，異日自當驗之。」其人被駁，不然其言，且對人曰：「此老饒舌。」有詩為證：

宮花雲錦賚功臣，河漢牽牛獨寵榮。

賤者受恩來忌口，罔知後日蔦蘿情。

陳錦激內

天上聖賢得了玉皇榮齎，各歸家將花錦陳於庭，曰：「此帝女天孫機上錦也，萬分巧妙。汝輩亦閨中婦女，能得一二否耶？」家人見錦，嘖嘖稱歎。遂具乞巧念頭。次日，五鳳城外，女人乞巧雲軒不約而同者以千計，名香天上，□馥人間。下方皇都帝里有見其雲錦，俱豔慕不已。自是普天乞巧，毋論年月日時，此分尊卑貴賤矣。此時，織女未會牛郎，欲竇未開，巧思日進。況天上人間乞巧無虛夕，而得心應手之妙，上界可口傳之，下方可神授之也。緣此服勤乃事，容不暇理。

陳錦庭中問女流，玉天仙子巧無儔。

家人見錦皆欣慕，北面妝前他巧求。

玉皇閱女

一日，太白金星謁見玉皇，盛道公主勤勞萬狀，星官此謁，一欲玉皇親察天孫勞勤（ji 功績），一欲贊成牽牛一段姻緣也。玉皇問曰：「怎見得天孫勤勞萬狀？」星官曰：「臣前按察雲頭，轉回漢渚，見金枝玉葉天孫，躬理機上女紅，逐日浣沙渚次，終朝麗□城東。棼亂則析理其繁，闐闃則維持其綜。細密難成，非僅僅民間布帛，精玄幻出，非區區麻縷家風。心曲內醞釀萬千禽鳥，手澤中點化多少魚龍。煙水雲山，玉手椓成多巧妙，仙葩任藻，金梭拋出廣神通。數丈錦流幾番精血。一寸絲費幾度夫工。要摽撥迴文侍女，要教令挑字兒童，要延接天姬淑女，要賜巧民舍王宮。萬機勿雲擾擾，定錦極是樅樅，杼軸辛勤萬狀，肆令廢卻芳容。乞御駕親臨雲漢，驗臣所欣情衷，少賜一時逸樂，覓求百世乘龍。臣得員備，作伐天門多少光風，所陳短疏，如此惶恐冒瀆天聰。」

天帝聞言，驚歎久之，即命儀衛司備法駕，詔李老君、太白星為叨陪，駸乘同至天河一玩。本日，駕至天河，公主慌張出城，迎接駕至鳳城內。公主以家汝人禮見。帝見公主雲鬢蓬鬆，朱顏憔悴，撫背歎曰：「嬌兒辛勤至此，合少自愛。」天孫曰：「司織婦道之，常何得云瘁？只恐陛下勞於萬機耳。」天帝言罷，隨登鳳樓一眺，見牛郎渚次飲牛。顧老君星官，回此兒供職。乃爾前二司評陟得實，昨寡人優齎允當也。老君曰：「此兒釋家苗裔，逐何渚次飲牛？不下渚次浣沙。畜產無成則尤，與織紝無成則尤，其機一也。」星官曰：「跨牛兒當為乘龍客，浣沙女合得乘田夫。陛下倘念公主辛勤，何不以姻親事愛之耶？」天帝曰：「男勤於牧，女勤於織，天下之大益。二卿為媒，寡人願將萬金公主下嫁牽牛。年相若，勤相等，勿論貴賤，不日完親，無違朕命。」詩曰：

星官盛道杼機勞，聖駕臨河驗阿苗。

親見牧勤符織苦，命臣作伐結同牢。

太上議親

且說星官與李老可君領了旨意，徑到黃姑上流、星橋銀河之間見牛郎，議其親事。牛郎驟聞天女鷔隆草茅，夫婦相稱，不勝十分喜候；思草茅連姻，

帝室貴賤不敵，不勝萬分懼。半驚半愛，半辭半就，且惶惶莫措禮物。老君曰：「皇上重子之勤，世系不較，何論禮物？」牛郎曰：「禮即不較，吉所當諏。百世姻緣，豈可造次為得？」星官曰：「鳳曆，越三日良，利子，合承恩。」牛郎曰：「謹遵嚴命。」二人遂辭別覆命。

牛郎納聘

且說十二地支，二十八宿聞牛郎有此異遇，俱出所有，以相贊成。不須臾間，禮物克盈，幾漲破牛郎躔舍。越二日，牛郎請二冰人納聘帝廷。天帝俱卻之不受，謂老君星官曰：「天孫下嫁，豈為索聘耶？但令彼來日詣闕諧親，足矣。」牛郎得命。次日，同冰人詣闕諧親。

牛郎本日如何打扮，有古詞一闋為證：

乘龍佳婿，淑女好逑，稟性十分聰慧。行藏度越，庸儔今日，上婚仙子人物，甚是風流。頭上並然雙髻，身穿宮錦霓裳，足躡朝天雲履，玎璫珂佩悠悠，再簪兩朵宮花，有福有壽，可欽可敬，依稀下界公侯。跨上追風逐電駿馬，人爭羨天帝好個佳婿，天孫好個鸞儔。此時，雖未及盟山誓海，雲情雨意，駸駸已飛越無際雲頭。

本日，天女如何打扮，有古詞一闋為證：

金屋嬋娟，玉京仙子，□演天潢之水，脈分少海之波。嫵媚不資脂粉，妖嬌何事衣羅。解語遠山，莫能彷彿，瓊漿水月，難與比和。不櫛沐廢容，已自傾城傾國，再加之淡妝濃抹倚翠偎紅，真雞群中彩鳳，魚蝦內靈物。神呵！好爾無射，可以療饑，望爾遠避，可以卻魔。一介牛郎偶然獲此奇遇，占盡天上人間絕色嬌娥。謾言錦衾繡褥，獲與玉人交友。只燈前一笑，覷了椒子眼，柳葉眉，櫻桃口，蘭心蕙質，玉貌絳唇。須臾玉山頹倒，不知魂魄如何。

（卷二）

成親賜宴

本日，老君、星官、二冰人導引牛郎，入宮參了天帝。天帝大悅，即令作樂張筵。數十宮人擁出天女。老君星官為□柏當，御前夫婦成禮，諧就百年姻眷，仍令宮女導引牛郎入宮參見天皇聖后。賜群臣宴於通霄，賜牛女宴

於鳳凰池。帝曰：「今日會親勝事，各卿盡酒醉而歸。」群臣在賓筵中，有作為得佳婿辭以獻者，有作為賀新郎辭以進者。

佳婿詞：

> 今日大開東閣，筵中炮鳳烹龍，金漿玉醴滿缸，紅火棗交梨陪。從只道主人何意？天孫佳婿，覓乘龍翁婿，玉冰清潔，篤蘿魚水和同。漢渚星河，陶出幽閒美質，地支天宿，夾成奇偉光客。花燭筵，交泰地天，春似海，湯餅會呈祥，鶯鶯福如叢。今日許臣等酶酕一醉，明年許臣等酪酊千鍾。

新郎詞：

> 好事今霄會合，一介草萊，得此榮遇，豔稱福海英雄。鸞輿汝得親就，椒房汝得趨從。國戚王親隆禮，爾為玉京嬌客；宮環禁婢待命，爾為金屋家翁。叱吒雪霜飛起，號令雷電欽宗。對閨閣雅宜雍雍和協。覲尊貴莫須肅肅寅恭。勿傲慢連□瓜葛，勿驕矜牒譜支宗。衽席恩愛勿溺，姑渚職業宜供。今日有喜，天顏贊爾旌爾勤苦，他時無情，天憲譎爾警爾竦庸。勿謂南風過此，西風也解回東。今日綺筵，勝會言言，布愫披悰。

牛女交歡

且說牛郎織女本晚在禁中成親，百年願，今宵合，一世風流，此夜酬。燈前合巹，持杯自覺，嬌羞帳內，偷香委玉，不勝軟矣。枕上話□倩，屑越鳳城機上錦，霄中申密約，瘦消星渚水中牛。偏嫌夜短，不恨更長。為天孫婿，信是凡胎脫骨，作玉皇甥，何殊俗質更生。撲鼻天香坐嗅，不知牛溺穢，豁眸花卉對觀，忘卻牧蒭榮。快樂如此，尚復何憂？

十二地支賀成婚詩：

> 羨汝奇逢遇異常，玉天仙子坐儷伉。
> 吾儕與有光榮寵，準擬來年賀弄璋。

二十八宿賀成婚詩：

> 神聖叨恩孰似伊，愧非玉葉伴金枝。
> 謾言他日生麟鳳，且進今朝福海詩。

鳳城恣樂

牛女在宮中成親一月，天帝一日降詔，令送歸鳳城居止。一則諧彼新婚，一則理伊舊職，兩意寓也，顧牛女自諒之。何如牛女在宮中地天交大，雖云馭娛，尚有所畏忌而不敢放肆。及離了宮禁，送歸鳳城，則專主自我，縱恣自我。織女且曰：「皇上令妾下嫁，節妾之勞。數年辛苦博，換得一時逸樂，非過也。」牛郎亦曰：「皇上令臣上娶，旌臣之勤，終歲勤渠，勿享此九重春遇，非太也。」二人以此持心，日肆淫欲。女喚男非曰可意歌，即曰如意君，縱機上工夫狼籍，置之度外不關心。男稱女非曰心肝肉，即曰性命根，縱圈中芻牧荒涼，視爲苟閒無著意。昔日迴文挑字之姬，翻作持觴勸酒之敘，短笛無腔之韻，改爲慆淫導飮之音。蒂結同心，勝過錦機奏巧，瑟調逸趣，曾如牛背橫吹。

有詩爲證：

　　蒹葭獲與玉相依，金屋嬋娟洞闈扉。

　　錦帳得交天地太，不知身世在華胥。

織女詩：

　　嬌姿未慣魚和風，深荷東君愛禮豐。

　　人日雙清今夜樂，馭娛怕聽未央鐘。

天孫拒諫

牛女二人自歸鳳城，半毫不念及職事，整日慆淫恣樂，非在鳳凰樓並肩凝眺，則在珠翠幕對飮笙歌。宮女侍兒只轂娶室中張筵，取其肥牛悅口，歌兒才女只轂廊廡下作樂，取其新調怡聰。更有持杯者持杯，進酒者進酒，獻茶者獻茶，奉果者奉果。有持菱花以待者，有持巾櫛以待者，有司燈以進者。三三兩兩便嬖，使令足於前矣。彼一時也，朝不暇食，夕不暇寢，容不暇理，則過爲勞。此一時也，朝荒於酒，夕荒於色，人荒於直，則過於□。梁玉清、衛承莊諧諫：「事體不避鈇鉞，進日欲不可耽耽則妨業。郎君萬一畜產凋耗，服箱不給，其何說之辭。公主萬一杼軸其空，在筪無獻，又何說之辭，願郎君公主毋耽細娛而忘遠慮也。古人云：『蒭蕘之言，聖人採□。』婢等雖悖眊，或有裨於時事，幸高明垂聽。」牛郎聞言驚怖，即欲割歡就職，天孫止之。唾婢之面，責之曰：「汝妒吾夫婦耶？皇上許吾行樂，汝獨諫吾莫樂。我分更

不樂於汝，非妒如何？」欲笞撻之，爲牛郎所勸而免。自後，眾侍女緘口不
敢言事矣。

有詩爲證：

> 耽欲能教職業荒，節流回首是良方。
>
> 女男不聽宮娥諫，取謫東西各一方。

星橋玩景

一日，天孫又令數十侍婢舁輿張蓋，俱備酒肴，同新郎君上星橋遊玩。
且云少年夫婦須及時行樂，具濃則往，具謝則還。侍婢得令。鸞輿牛輦須臾
整候門牆，旨酒佳餚瞬息備供器皿。婦爲悅己者容。天孫本日珠翠盈頭，綺
羅遍體，袖中伸出纖纖玉筍，裙底露出步步金蓮，奇音馥馥，襲人麗質，煌
煌動眾。新郎君不必茂對江山景色，只觀此紅妝豔質已自逸，具飄飄風光，
應答不暇矣。第可人邀約，惟命是從，牛郎思曰：「遊玩星橋，耳目觀瞻，所
繫衣冠，稍不濟楚，態度稍不風流，不惟無以聳眾人之觀，且無以當天孫意
也。」本日，喚過宮娥，抬出妝臺，濯首櫛髮，較昔日豐神，兀自十分伶俐。
天孫親爲挽髻簪花。又喚過宮娥抬出篋笥，取出雲錦袍一件，玉絲絛一條，
雲鷹靴一雙，不假手宮人，親自爲郎君穿繫。隨捧香茗一杯，嬌聲遞與郎君
曰：「必如此打扮，差可人意。」牛郎只含笑而不言。次後，二人始挽手上輿
啓行。侍從簇擁，音樂喧填，朱顏綠鬢，宮娥翠袖，雲鬟采女，紛紛滿道。
牛女未睹橋上光景，而自身出遊之風光景色，且先飽人一番快睹矣。來到橋
上，夫婦雙雙憑欄眺覽，見四郊煙水雲山，滿地花香草色，景入眸中，神飛
境外。織女徐謂牛郎曰：「假饒不爲登橋望，安得風光肺腑收？玩倦，命張筵
橋上，作樂橋頭。躍舞翩翩，山鬼創觀失度，管簫嘹沸，海神乍聽驚魂。環
橋觀聽者，不惟盡雲中人，且滿水中魚矣。」

有詩爲證：

牛郎詩：

> 得伴姮娥出廣寒，星橋春色肺收闌。
>
> 水山花草增幽興，錦帳風光畫更難。

織女詩：

> 妾非遊妓好飄零，爲戀郎君效寸誠。
>
> 橋下試觀魚水樂，胸中愈壯瑟琴情。

歌兒導淫

且說太白星官憶記月老之言，雲天孫二侍兒梁玉清、衛承莊與己有四十六日之緣，久欲竊之未得。其便及為牛郎作伐。聞牛女二人朝夕荒蕪職業，耽嗜淫欲，正中己竊婢之計。乃作為縱慾歌，暗地使人從彼行樂處歌之。無非欲恣其淫心，使彼得行其盜也。其人受了星官委託，正欲往鳳城歌唱，適聞牛女二人在星橋作樂，遂手執拍板，趨至橋頭，高聲叫歌兒勸酒。織女曰：「宮中雅樂，妾已厭聞，里巷新聲，妾傾聽無倦。可令入來奉酒。」牛郎取悅天孫意，即令之入以奉酒。歌兒趨至筵前，拍板歌曰：

> 天地交兮物姤，雲雨合兮物茂，陰陽和兮品彙亨，夫婦和兮家業茂。滄海也有桑田時，桑田豈無陵谷□，精明祇自殞，青年朦朧應。須獲長壽人生快活是，便宜得高歌處高歌妙。夫婦渾如草與花，萌芽為幾□生枝，嬌姿瞬息風飄颻，風清月朗夜沉沉。調琴弄瑟真時候，鳳鸞被內錦穿梭，箱□波中牛覓料，陰晴變態聽之天，兩意雲情予自懋。

牛女當日聞歌，十分歡喜，顧侍婢梁玉清、衛承莊云：「聆歌兒所談，字字勸人行樂，汝等不能撰一詞以助筵中之樂。且疊疊□吾□樂妨業，非妒如何？不念汝等幼年侍從，當厚譴之。」二人赤腮無言而退。歌兒賜之酒，又遺以紋錦。

漢渚觀奇

天孫越數日，又邀牛郎往漢渚遊玩，其侍從物儀不下於星橋，其服飾容妝不下於星橋。月下老恐牛女二人耽淫取禍，仍撰一規戒口詞，教一行童熟誦之。徑至漢渚，宴飲半酣時，歌之令其知所省悟，庶不至兩河謫降也。行童領命而去。

且說漢渚之間有騷人墨客，數日前見歌兒在星橋阿縱牛女，獲厚賞。彼自思曰：「阿從非端士，藥癰乃良臣。即一時蒙蔽，或不見原久，當受用。」遂將牛女二人往日行事綴成一詞，侯其來以訕之。

本日，牛女二人駕皇船一座，水手梢人□拽，櫓聲徑至漢渚。停棹洞開窗欞，以舒眼界。舟中大張筵席，廣奏音樂。牛女此來，一以示誇耀，一以恣遊賞，自謂此樂何極矣。及觀見渚次上流，未免有飲牛舊跡，渚次下流未免有浣沙遺蹤，一時感慨於心，遂作詩曰：

渚次黃姑水緩流，有人曾此久牽牛。

今朝得做乘龍婿，高臥雲帆水面遊。

織女感舊詩：

閨中少婦不成愁，終日提紗浣碧溪。

但覺眼前春意好，莫教夫婿再牽牛。

行童進直

牛女二人舟中吟罷，忽見一後生非狂非醉，自駕一小舟繞皇船扣絃歌曰：

昨日與今日爭不一瞬間，時事與往事幾希一頓悟。吾不見，渚次上流頭，有人曾飲牛。蓑衣爲簟莞，水石枕歌頭，溲溺身沾穢，糠秕服面浮。黃昏常臥月，碧水飽□頭，獲遇天仙子，精金與□□。足大難爲履，髮黃廣抹油，錦袍初襯體，醜陋得人愁。駕舟江上樂，逞甚假風流。

後主歌畢，即鼓枻而去。牛郎欲縶之，無所得。

又有一童子，身穿道衣，手執羽扇上牛女之舟，歌曰：

世事茫茫多歹□，人生蒙昧無知足，

我有短歌僅數言，陳盡人間禍與福。

不談儒門講道難，不說釋氏啣花鹿，

惟唱天河鳳與牛，私心戀戀忘榮辱。

鳳兮鳳兮德何衰，錦繡文章來杼軸，

絲羅爲甚附柏松，酬爾□勤廢櫛沐。

牛歟牛歟遇何奇，芻牧能求畜產肥，

一朝跨犢改乘龍，蒹葭倚玉忘形穢。

如今成個好姻緣，恬淫恣樂無迴避，

錦□不見鳳城紋，麥箱不見牛車逝。

諸姑□袂賦歸歟，老牛舐犢憂涸澌，

雨露之中有雪霜，陰和之內防陰□。

溺沉逸樂不回頭，天皇謫爾分離異，

我歌所作爲誰宣，眼前有個人兒是。

牛女聞歌，十分不樂。侍婢梁玉清、衛承莊進曰：「月盈則□，水盈則溢，數也，亦理也。勿忽□略幼稚其狂，當欽遵爲老成石畫。」天孫曰：「汝自遵

之，我終不聽。」勉強以數尺纏頭錦與之。行童卻之不受，振衣飄然而去。牛女仍前鼓鐘，水上狎飲，至暮而回。

有詩爲證：

良心蒙蔽不回頭，依舊貪歡碧水流。

溢滿自然招貶損，噬臍無及溯洄舟。

遣使諫淫

且說十二地支兄弟、二十八宿昆季見牛郎一旦受知天帝，則所所有喜色。及聞牛郎終朝耽淫織女，則戚戚有優容，私相謂曰：「皇上恩威不測，牛郎禍福無常。彼既自以爲巍巍得志，我等不容默默無言。但職列天朝，不得擅離方位。」上下兄弟共作書二封，令人送至鳳城，規戒之。牛郎接見兩處使臣，及啓書視之，中間陳禍福倚伏之，□戒其耽淫恣樂，勉其敬業勤職。牛郎閱畢，以書擲地，曰：「吾以爲通問使，乃妒忌使也。」不設盛饌，不修回緘，以惡草待之而還。諸君聞回使說其事，歎曰：「牛郎不遠矣。」

十二地支規牛郎書：

> 恭惟足下，渚次乃發身之地，飯牛實跨鳳之基。時今天職，汝治天祿，汝叨天孫，汝賴何榮，如之何福，如之回視。九州無弟，不膂蒼龍蚯蚓矣。第故人天上，勿云福淺福貴綿綿，勿云莫樂樂忌源源。鳳樓翠幕，日惱淫不念大牢，消瘦漢渚星橋，時恣樂奚知蔦政荒涼。天道禍淫，理有□然，人事傲怠，數無不驗。詩云：「無己太康，職思其居。」私等至望，董啓。

二十八宿規牛郎書：

> 竊聞分不投者，難與談□□，義不重者，難與進箴規。足下與弟輩，分投義重，家日不狂受者，匪瀆爾聞。足下溺佳治耽□葉，將乘田政務荒廢。不請岡知佳治，滅性之斧，□□。醜命之根，侍婢之諫勿聽，難逃秀士之譏、歌兒之說。既行定坐，行童之謫。私願足下渚次□□蹤，莫使水澄空見跡，牧蔦仍舊貫可，令草茂不逢牛。是所望也，不又。

玉皇閱表

天帝在金闕中，謂天皇聖后曰：「曠久不見駙馬公主，不知今作何壯？」

聖后曰：「彼二人所司有常職，所習有常業。祇恐負陛下之恩，愈加激勵，功浮於食人過千勞耳。」天帝曰：「再令內帑將紗齎去供。」又詔度支給粟，以供牧料。更令齎物官驗察牛女職業勤惰以聞。

使臣甫及出門，忽見天曹使者齎表文一通奏帝。上帝將表展閱，乃東國大夫告病情詞，西人需索大過，東人供應不給，首曰：「經緯拋荒，致杼軸其空。畜產凋耗，致服箱無具。」帝曰：「此大夫乞哀志也。」中云：「望織女成章，以報我在筥之獻也。望牽牛服箱，以助我□賦之勞」帝曰：「此大夫乞哀詞也」。末又云：「織女不成報章，牽牛不以服箱，天畢不能掩取禽獸，南其不能□揚糠秕，北斗不能挹酌酒漿，南其不舌以吞我，北斗反揭柄以取我，似此不惟無助於天，而天反有助工彼矣。」帝曰：「此大夫歸怨意也，看來上下感應之理分毫不爽。意者，牛女二星耽淫廢職，致大夫怨氣騰於下□。果爾，則下上重、牛女輕，吾何愛溺牛女而耗斁下士也。朕已令齎物使訪之，又諸回侍女問之，便知虛實。」

　　重瞳□覽大夫章，受困西人控上方。

　　牛女曠官無所助，有如益暴雪加霜。

拘禁牛女

齎物使已到鳳城門外，云牛女二人尚貪歡酣睡未醒。侍女聞天使到，慌忙呼醒二人，起來接詔。二人起時，蓬鬆髮鬢，顛倒衣裳，步履錯亂，言語支離，潦草櫛沐，具冠服接了來使，收了齎來給用之物。使臣席不暇暖，報導御詔，又臨二人接詔。□時為取宮女還宮，二人驚得魂不附體。

天使散步機房，一覽見杼軸皆空，絲縷狼籍，及問在筥，則布縷告匱，此天孫之廢職也。又往渚次觀察，物產見芻草不供，牛羊消瘦，及問服箱，則喘月凋耗，此牽牛之荒政也。使者訪驗得實，以此覆命。侍女入宮，又以廢職之事告之。上帝怒曰：「聰明蔽於上，徵應見於下，此之謂也。朕非閱見下方大夫表文，罔知諸臣蒙蔽寡人，甚矣。牛女既如大夫所劾，則天畢南其北斗蔽政，不辨可知矣。但天畢不能資民，掩兔之用，其失小罰俸三個月。北斗南其不合□象，吞取下民，其失大，罰俸十個月。獨牛女二人，狎恩恃愛，方命廢職業莫此為甚，罪不諱親，公道也。天孫拘禁冷宮，牛郎拘禁天牢，以待寡人重擬。」且曰：「法不行於二人，其何以服天下？」

有詩為證：

耽淫從來事業弛，天皇閱表按施爲。

女妨織紉男妨牧，激犯天威鋃絏縲。

牛女上書

牽牛獄中上書：

臣聞：理者，法之主；法者，理之輔。世未有理外之法，故人之犯法，非犯法也，犯理也。法勝於理，則人直，人屈於理，則理直。臣遂芻牧，賤臣以理法提衡，未有分毫爽者。以臣今日之事揆之，妨理枉法無一者也。職業理之不可曠者，曠之則法議誅逸樂。理之不可縱者，縱之則法議罰直言，理之不可拒者，拒之則法議譴鳳城之過。自分草茅賤品，一旦獲此榮遇，事出望外。恃皇上洪恩狎天孫厚愛，放溢爲非所致也。自作孽不可活，臣甘碎屍萬段以謝。陛下應累及金枝玉葉受此髡鉗乎？願皇上誅臣有罪，赦彼無罪，則理直而法不□明處。欽□公處，唧恩矣。臣冒死以聞。

織女獄中上書：

臣聞敬勝者吉，怠勝者凶，理勢然矣。臣自分屬毛離裏則，鍾愛臣者皇上，矜恤臣者亦皇上。皇上職司□冒，群生萬匯，何所不容。閨中兒女不宜置之度外，薄命之婚一輿亡醮，終身以之矣，豈坐以逸欲小過，旋合旋分是未免以臣爲餌，而致人於□也。願將臣伏罪揭榜天門，曰此怠勝裙釵，不能敬業職報父，不能敬業報夫者也。天憲無私，雖親不赦，昭人耳目。如此則皇上用□之公以彰牛郎，嫁禍之罪以報矣。牛郎可任之，如不可任則罷斥之。不當以臣故，坐罪臨啓不勝哽咽。

玉皇閱書，微笑曰：「前言任眞，後言引分皆□後之譚也。」直批云：「二人處逸樂不勝，滅理罹憂患不勝，畏法不宜旋拘旋釋，著落該部刑法司會議顛倒之。」

聖后救女

天皇聖后聞牛女廢職取罪皇上，恐罹不測，私心欲救釋之。次早，乃脫簪待罪於永巷。天帝問曰：「梓童待命，爲何？」聖后曰：「妾聞人間父母生男願有室，生女願有家。怛情大都然也。婚配之後異其云，仍奕業嗣續宗祧，

其情亦云也。天孫錦機中處子耳，陛下婚之謂何？牛郎乘田中牧豎耳，皇上贅之謂何？天孫初非吟風弄月之姬，牛郎亦非逾垣□隙之子。彼此無心配合，出自聖意既配合之，□琴瑟和調，亦聽之而已。不宜繩以吏事，繩以吏事則親之，適以賊之也。妾為母，俯伏待命。」天帝曰：「朕以卿之，脫簪為朕失職之過。曾為閨中兒女作說客。卿言雖善，朕不聽也。」

有詩為證：

　　　聖后干恩永巷中，女牛曠職乞優容。

　　　玉皇不納椒房諫，謫貶天書降九重。

謫貶牛女

聖后見皇上不納其言，忙頒懿旨宣李老君見帝，上保本救豁公主駙馬。老君得旨，即邀太白星同上保本。老君先奏曰：「天下洪恩浩蕩，諸臣設有詿誤猶蒙十世宥，豈一體所分之骨肉？苟責過其適，示人廣而自彰其薄也。」金星亦奏曰：「逸志原非性生，偷安出二少，暫即負職不供，乞少寬假許令自贖。」天帝曰：「朕非過於苛責，亦非不欲寬假。第聞二人鳳城翠幕之中，不納宮娥之諫，星橋漢渚之上，厭聞秀士之規。歌兒阿從之說既誤，行童謫之貶語非誣。侍兒初諫，不入猶異其後。秀士再諫不納，猶異其終。至於行童二諫不從。彼二人之過，惡莫為牧拾矣。揆之於理，所以宜苛責，不宜寬假也。」太上曰：「陛下為之奈何？」天帝曰：「朕欲謫降閻浮，地之相去東西數萬餘里，時之相去上下數萬餘年。永不相見。」太上曰：「醜虜犯華中國，帝王且薄伐之，以示優容之典處。兒女以唯其之，刊臣不敢奉命。」帝曰：「卿意謂何？」太上曰：「不罰便」。星官曰：「薄罰便」帝曰：「不罰則彼終稔惡不悛，薄罰則彼之病根猶在。減等，牛郎罰在天河之西，照舊職默相天下牧事，耕耘無藝一人或授之饑，皆彼之責。織女罰在天河之東，照舊職默相天下織事，桑蠶不旺一夫或授之寒，皆彼之責。」又下詔拆毀星橋，令二人聞隔天河永世不得相見。又設防河使，禁人不得私渡天河。

牛女泣別

是老君太白星本日奉了玉旨，織女自冷宮取出，牛郎自天牢取出，□限即日啟程行。聖後知天威難為宛轉，只得具供帳餞別於通霄殿。母子夫婦本

日泣別，情甚淒慘。太上慰之曰：「夫婦終有會期。東漢西河乃少年建□之地。彼此扼塞爭奇。臣等又當竭力保奏。」

「嬌兒妙選乘龍婿，喜孜孜鸞鳳和鳴。鴛鴦遊戲自幸，玉女罷機杼，仙郎停業藝。不意，皇上初年愛以親，嗣後繩以吏。二人燕爾戀新婚，卻將織牧拋荒廢。一人囚繫冷宮中，一人拘禁天牢。陛不納小童言，不准老君疏須，吏謫貶西與東。老娘心即如針刺，哽咽何所言。勵精勤乃事懸眸望返，去時□莫教滴滿天河淚。

織女泣別牛郎詞：

郎君與妾慳緣，分合罹未幾，卻做參商□。看來君每做官箴被，薄命裙釵誤坐鰥官。問紅顏被譴足不惜，勸郎君抖擻精神，建立司牧功勳，克蓋前愆，解妾心中悶。此時別去愁緒識在錦端。淚血染紅江水寸寸，尋絲罪重丘山，望斷雲中鷹。再不獲渚次人兒殷勤訪問。

牛郎泣別織女詞：

草茅賤品獲配錦佳人，富貴自天來，榮耀何須論。太山德厚，太水恩深，曠職廢官，報不得纖毫分。今日自甘責罰，□亂機梭致空，杼軸不應，貽罪娘行淚痕。織錦字迴文論，祗恐剪牧郎君緣慳分淺，不能勾再入天台洞，倘嬋娟不棄男兒天河極北也，須衣景傳情解我無窮悶。別後有甚心情，牛歌牧唱黃昏時，不脫蓑衣拜月問鰥生，莫也尚有團圓分。

老君星官慰牛女詞：

別離何足歎，帝天孫莫訴淒涼語，牛駙馬莫說寒酸話，錦鴛鴦金鳳凰上帝肯忍拆散。緣伊二人妨織妨牧，做出光光乍希異。夫婦團圓暫且割恩破愛，功勳□建三光下。那時老媒人面帝上封章，一椿椿，一件件披對，令人訝君王念取骨肉親，心回意轉必聽微臣話。許汝一年一度七月七日，過鵲橋、渡銀河相會佳期夜。

（卷三）

星官竊婢

且說太白星官屢欲盜竊織女侍婢，及今日遭謫，私心甚幸之。本意令歌

兒星橋暗等，假情同太上御殿明留也。星官打聽梁玉清、衛承莊時常繫他齎錦入朝，天孫此貶，必定朝夕不倦，不越月，笥有餘錦，定是此二人齎解。侯其錦入天儲，齎紗東轉，我從道中竊之，鬼神不測之機俾。天孫只道禁中留止不來，天帝只道錦房理織不往也，彼此臆度，一時必不究問，若尋尋訪時，芳葩麗萼，老夫俱已扳折殆盡，區區敗葉殘枝，任其收轉，豈不美哉？籌畫已定，令侍從數十在途中打探。去時不可攔阻，轉時始可施為。侍從得令，徑來途中打探。

不越旬餘，果見梁玉清、衛承莊二宮人解錦入朝，星官見之欣欣，謂侍從曰：「老夫為此二妙人，旬月間已沾我渴病。」二日之內，必轉回時。只道天衢接巡兆馬，彼必不疑。汝等蕎擔上肩盡今日氣力，直送至小仙洞，逃躲本日。

侯至日中時分，二宮人果齎紗東轉，僕從眾人趨至前迎曰：「我輩是天衢接送夫馬，在此更夫。」梁玉清曰：「妾從此往返數次，俱未見汝等接送。」眾人曰：「奉太上差委送巡河使，到周天三百六十五度。經年方返。故今日得來供職。」二人信其是發回原，夫許之。扛抬蕎擔上肩，奔走如飛。玉清曰：「生力夫勇猛壯健乃爾。」承莊曰：「長行須養其力，似此迅疾認草，不真眼界中全非昔時山水。夫子曰：「李太上不是取予腳力健，如何差往周天管教。今日到得中天去處，美滿團圓。」玉清曰：「天河之東如何說是中天？」夫子曰：「小人說左□。」黃昏時分到一去處，景致十分佳美。

有古詞為證：

> 背靠層巒從翠，面潮帶水迴瀠，閣閣撲地欖迷津，大吠雞鳴四境，古柏森森似蓋，喬松冉冉如雲，瀟瀟綠竹響琅琳，桂馥蘭馨荷盛，滿架荼蘼撲鼻，數株薝蔔薰心。牡丹茉莉菊鋪金，薔薇海棠得興山茶並桃李栗榛廣，有棗梨杏柰克盈，蓮藕泥中切玉，枇杷葉裏垂金，百般果核稱人心，梧桐□蔗，洞庭霜成。熟時臨唯，唯東君命。更有細斿廣廈，古畫雲屏，幽雅情懷。賸繡褥翠□閃閃，錦衾琅篁熒熒。中間只少話知音，不亞蓬萊勝景。

二婢諧緣

玉清、承莊看見不是河東，曰：「此是何處？」夫子答曰：「此蓬萊小仙洞。今日天晚，權此借宿，明早又行。」二人步入堂中，見燈燭熒煌，太白

金星頭帶金冠，身穿法服，足履星鞋，欣欣出堂迎接。謂曰：「玉人臨降，償滿前緣誠，不知春來何處？」二人怒曰：「妾認得汝是太白星官，無得越禮。」星官曰：「玉人自私，天孫何如？」二人曰：「妾乃天孫侍婢，萬分何敢望其一二？」星官曰：「汝即識我是星官，與牛郎私交何如？」二人曰：「牛郎何能及君也？」星官曰：「玉人既自知不及，天孫又知牛郎不敢望我。貴天孫且配賤牛郎，貴星官取不得賤侍婢？」玉清二人曰：「星官既欲婚我二人也，須稟明天帝，控問天孫，安得途中剽竊爲苟合之行乎？」星官曰：「月下老曾云我與二卿有夙緣，待欲稟明天帝必不與，控問天孫必不從。善化不足，惡化有餘。不途中剽竊，夙緣怎勾得償？」玉清曰：「天帝宮人星官敢生兼併？」星官曰：「照牛女事例，只是謫貶。我巍巍星官，尚肯擔錯受貶，汝卑卑婢妾獨不肯擔錯而受謫乎？」說得二人垂淚無言，左右從傍替之，星官得諧所願也。

有詩爲證：

星橋獲睹女天仙，渴得饞思欲結緣。

今日途中行劫術，小仙洞裏效鶯顛。

梁玉清詩：

強暴侵凌曷主張，不如□命效冰霜。

第思公主婚葛牧，妾贅星官理不妨。

衛承莊詩：

事到頭來不自由，非干背主覓風流。

遭渠暗算成婚配，且把前生宿願酬。

七姑結義

且說天孫在河中織錦，越旬日不見梁玉清、衛承莊回報。思曰：「必是聖上留住宮中，別有調遣，置之不問。」河中時有七姑仙來訪謁天孫。天孫罷機杼殷勤迎接，待爲女中上賓。七姑曰：「仙子金枝玉葉，妾等裙釵賤質，承延攬隅坐足矣。何敢妄自尊大。」天孫曰：「平交不論貴，況曠職刑人，惟恐諸姑不齒，一上座何足爲太？」七姑曰：「賢哉，賢哉，遂肖月形團圓而坐。」天孫令侍婢進茶，七姑問曰：「公主妙坐幾何？」對曰：「月望有奇。」隨問諸姑庚甲，對曰：「較公主差長二春。」天孫曰：「觸網刑人，獲睹仙客，倘不屑越卓躒，願結金蘭姊妹。」七姑曰：「野鶩不是鳳凰之侶，楠梗肯□樗櫟

之擅。所謂冀北空，群駑駘增價也。」天孫曰：「辱命辱命。」本日遂焚香對天結為姊妹，誓緩急相扶持，危難相救護，以年齒敘尊卑。七姑年長，分且居姊，天孫女年幼，分宜居妹。張筵相待，各道平生。有詩為證：

> 七姑邀約訪天孫，忙罷機梭禮度溫。
>
> 忘貴延賓稱淑善，締交姊妹齒年分。

七姑助織

七姑感天孫賢淑，不愛片長寸善，時常來機房相助織紝。天孫雖有眾多侍女，何能□七姑巧妙。一日，天孫謂七姑曰：「妹子侍婢梁玉清衛承莊巧妙十得六七，此輩十中未及一二。彼二人前令他齎錦入京伏命，旬餘不見轉回，想皇上留住宮中，欲難我成個好人也。今日睹諸姊奇巧出妹十倍，小妹當為玉清承莊北面諸姊之側也。」七姑曰：「祇恐花樣不同，不入貴人眼目。」天孫曰：「罪大罪大。」天孫得了七姑仙為羽翼，付託有人，自得以兼理他務。一日將天帝所謫詔書對眾姑宣讀，忽然眉促春山，眼垂夜雨。眾仙姑見之，其情可矜，亦有哽咽不能言者，慰之曰：「妾輩未締金蘭，聞仙子有難，還當救援。況今日情逾骨肉，盟誓昭昭，敢不效涓埃為妝前使。」一姑曰：「獨任則棼而難效，分任則簡而易，成將詔書□責備，一一為賢妹分理之。管教職業優崇，鳳鸞配合。」天孫曰：「得此感佩無極矣。」

> 姊妹同心利益多，詔書宣讀泛秋波。
>
> 七姑義感為分任，績報天朝鳳友和。

披捉星官

七姑謂曰：「分任不在託諸空言，貴見諸行事。既欲下界旺元蠶□號，寒須更番，四方幽贊，務令桑葉茂則蠶生盛，蠶生盛則絲縷多。帛有所出，一夫不授之寒矣。至於賜巧人間，乃其餘力也。上下服勤有常，不行之數年可為永例。」天孫得了眾人分理，所以杼軸不空，源源得供在笥之獻。天帝緣此得知梁玉清衛承莊二侍婢途中遇變，詔刑法司拘問抬送原夫，原夫欣以途中遇新夫，更換情由。天帝曰：「此必彗孛為祟，詔太史占驗是何星孛？」太史奏曰：「諸星官供職，惟謹惟星官不在纏度」玉帝怒曰：「此老兒盜竊無疑也，查彼逃藏何處？」太史曰：「潛藏小仙洞。」帝遂命五得神領法典捕之。星官聞其拘提嚴緊，遂捨二女逃歸本位。衛承莊畏刑獨自

逃去。惟梁玉清莫知所逃，爲五得所執解見玉帝。玉帝以法繩之。鞫得其情，遂貶爲北斗掌春其父配與河伯行水。金星盜竊二侍女在洞中，僅僅四十六日，果如月老所云。

> 美兒從來解動心，星官也自犯凌侵。

> 天孫侍如遭梁竊，事在強秦迄至今。

牛郎遣使

牛郎自謫貶之後，一味在東河服勤，乃事持重老成，有弔慰之者，謂帝室東床終無休棄之理，抑之適所以伸之也。輕狂少年有訕笑之者，謂跨犢兒享不得乘龍福，臥月子做不得坦腹人。只合蓑笠隨身，如何濫受得錦袍冠差。牛郎曰：「訕笑從他，訕笑更新自我更新，早知逸樂生災，天朝一日福細分爲十日受用，亦不笑我爲儉嗇，從來世情冷暖，異日丹詔頒起，我二人鳳城完娶，安知今日訕笑我者，不誇□我乎？此皆不足較也，人情有所懲於前則思敬於後。一日業乎其管則當一日克供其職，上帝責我牧事有成，下方稼穡不登。一人啼饑皆予之責。我思稼穡有司稼穡之官，必欲並責之我者。以稼穡出干牧也。總之，敬我知牧事之艱也。今日盡其在我，至於成敗利鈍聽之於天。上帝此回考察，責不得慌淫廢職也。徐悔曰：『持此委靡心，天孫與我絕矣。彼金屋美人尚自勤勵以□。後日完娶我草茅賤質，敢不萬倍辛勤以求會面乎？』上方四維幸有二十八宿兄弟，下方九州幸有十二兄弟，除我供職外，有所不及。上方則託四於兄弟分理之，下方則託九州兄弟翊替之。管取牧，不妨耕人無枵腹。天河水可挽之以洗前日之羞矣。蓋牧事雖貴重，溫瑟琴事不宜放令遙想。美人河東不知何如念我，彼亦□怛。鄙人在河西不知如何念彼，心旌兩懸，人情然矣。今日公義雖不可犯私情，或亦可通稱職稍閒，不如修一封書，遣一介使借大私蓮葉舟渡河，徑至玉人處，問候略表，不忘之心。其書云：

> 奉別玉人，夢寐依依，左右弟，兩地懸，矣各天，剡刃不□，可知欲鏡破重圓，釵分復合，非割下情義策勳克蓋前愆，不可私固知。玉人淚添渚水，悶織錦機，弟觸□法網乃自作自受自艾自修。天孫締結絲羅，本是不可解者，天職寅恭，夙夜尤是不可逃者，提衡輕重緩急自分惟，賢卿心照不宣。

織女回書

介者得了書，乘了眞人蓮葉舟渡過天河，披風冒雨，帶月披星徑往鳳城投刺。天孫聞是河東使，即停梭，試問來由。及介者將書呈上，天孫將書折讀。一時氣噎，倒下機杼。七姊妹慌忙救醒，徐謂曰：「書中無限傷心悶，總是裙釵醞釀來。」即將書付七姑觀覽。七姑曰：「閱仙即云翰忠心，溢於楮末。正氣凜於毫端，當此分情破恩之秋，急公事而緩私情，賢哉！偉丈夫也。東西奮義如此，安得淹久。睽違介者，即索回書。」天孫曰：「汝且少留數日，我心萬千傷感。汝一時索回書哽噎咽喉，裂碎心肝，字不成文，句不成調，如何回得？」介者曰：「人眞不用文，情眞不用贅。且主人臨行萬千叮囑，無得停留，增罪戾。」天孫遂揮淚回書：

> 介者迢迢捧書來，須臾索書轉睹雲箋，如見故人，暗地銷魂不暇何能布得心悰第君勞妾所貽。妾分應劬瘁，方日夜寸絲積累求上報。天皇錦覆之恩，下謝夫君錦衾之愛，幸河中諸姊協力贊裏。郎君伯仲紛拿莫也。不亞裙釵姊妹今日之事君□也。勤王急報夫輕縱飛捷，晨風不敢繞枝半匝，幸爲心原，謹覆。

七姑服義

天孫寫畢，傳與七姑觀覽。七姑曰：「仙郎書，妾等如何好閱？」天孫曰：「心事不可與人言，不可對天知，則緘封秘密，彼之來悃，可以對鬼神。妾之復悰，可以質姊妹，稍涉比昵，乞爲鄆削。」七姑聞言，甫接書，展案觀覽，覽畢，錯愕相顧曰：「有是夫，有是婦，可稱雲中□，日下鳳也。」遂送還其書，令之緘封。天孫曰「書中言得無溺情傷義乎？」七姑曰：「賢妹幅箋不上百言，盡分爲重篤愛爲輕且不矜，長而沒人善。所謂三絕也。今日雖云覆夫手箚，他日可爲面君注疏，奚云傷義？」天孫始就案緘封，付來介齎回。七姑曰：「仙郎衣裳綻裂，何人補綴，機中錦，何不遺以數端。」天孫曰：「錦乃皇家之物，假公物濟私情，適厚其罰也。君子愛人以德，諸姊妹之意雖厚，小妹不敢奉命。」七姑歎曰：「賢哉，賢哉！」介者已去。天孫遂作詩以自舒曰：

> 郎神光與介馳未，閱見情悰戀帝□。
> 妾意已隨原使去，恪勤乃職效涓埃。

七姑上本

七姑仙雖工織紝尤善，圖書見天孫吐出書箚，吟成聲律，字字琳琅，言言珠玉，歎羨久之，私相議曰：「似此佳婿，差可人意，何爲譴謫乃爾？」一姑曰：「天帝此舉非寡恩也，少年見女不儆之。彼將縱流無極，且啓臣下效尤。他日繩其竦者。彼得以親者爲辭。天帝早見於此，姑罰從親始。至公至明。臣下無敢分毫越逸。」一姑曰：「如姊言，慆淫有儆似矣。謫之分離，近計之止。可數月遠計之止，可數年，何爲間隔天河，永不令見。」一姑曰：「此不見之見也。不如此，則故態復發，不懷永□矣。惟不令之見彼，必懲創悔悟，策功懋績以求其見，又恐勉強一時不能常常見。」一姑曰：「微哉！帝意眞不愛之，愛不見之見也。此意惟如識得，亦惟爾今日泄之。似我之見，後來帝意，我等可先挽回。明日把帝意與姊子說破，使彼惟懷永□，莫蹈前轍。上一報本，或者天皇垂念罰，從其薄見，限有常亦未見得。」諸姑曰：「此意極善，但既爲妹子挽回，斯速行之，何時明日？」七姑遂爲連名修本：

> 具保本女臣臣等奏爲乞恩釋舊，累簡新心曲，全帡懷事，伏以陶冶群生。歌皇仁之浩蕩，權衡萬匯，頌帝德之崇高，動物飛潛命從類而若化人民夫婦，令孤立以終生疏賤者，一視同仁。且欲其有家有室親貴者，分情破愛，可俾之稱寡稱鰥，恭惟公主天孫，荷蒙生育之恩，感戴曲成之澤。織錦無怠，朝假繒帛以掩耽淫之辱，浣沙無怠夕，資江水以洗恣欲之羞，責罰自甘□□，小心惟報主怨，尤俱泯昭昭。大家用規，夫玉葉金枝不挾己爲胄子，花容月貌周知身是天孫，淑善種種，難量職業，班班可考，宜室家不□可知，相夫教子有成，自見明。威憫下土之睽違，尚賜以團圓之樂，大造恤雲河之間隔，乞惠以琴瑟之歡，惟爲此於恩，無任激切。

玉皇批本

保本修完善寫端楷遂遣人旨闕上之天帝閱本，御筆批云：「惟行但留住宮中，不曾摽癸該部。」次日，宮中又降一旨，云：「女既洗心，男豈滌志。旋謫旋釋非九天鼓舞之方。」七姑有替相之功，理宜賞賚。河西無奏績之疏事，且止停再報上，本人本日領了賞賜，批本轉回昆河，未見七姑。七姑接了聖旨，謝了皇恩，遂入賀天孫曰：「天威暫轉，□妹勢有可回益，勵乃心終來理

眷。」天孫曰：「分內事，不憚萬千勤苦。天上恩，勿感分毫希翼。」七姑曰：「□妹心純業茂，理數必然。我等洗耳以聽好者。」

　　一道封章奏九重，條陳天女職優崇。

　　乞恩矜賜團圓樂，御答河西未建功。

越河被執

　　且說牛郎介者得了回書，星夜轉還河東覆命。主人行次，河口真人蓮葉舟昔已掉回。正欲覓舟利涉，卻被巡河使者所執問曰：「禁河非有照驗，人毋得渡。常時有客星犯牛斗，汝今日賫餱糧奔忙而來，又將為乘槎計。即事聞上性命何如？」介者來時不曾慮到犯禁二字，及被巡河使者所執，則事難掩飾，只得從實告之。巡河曰：「既是牛兄之介，必有公主回箋。汝取出箋來便知其贗。」介者忙展包裹，取出錦字雲箋一緘，獻上巡使。巡使看見不虛，低聲謂介者曰：「牛駙馬與下官有入拜之交，三勸慰之。不能效寸長以救援之。今日汝□敗乃公事。一則私犯禁河，一則私通介紹。皇上聞之所謂罪中罪也。並我亦有譴責。」介者叩首曰：「望天使體好生之德。曲賜周全。」巡使曰：「我為保全，方談此語。汝暫留一霄，明早只說是我侍從，跟我駕舟巡河方滅得此跡。」介者曰：「天使垂念至此，所謂生死而骨肉也。注人飲義與水俱深矣。」

　　介者持書犯禁河，巡司執獲蔦罹蘿。

　　若非結拜多兄弟，皇上聞之又折磨。

致書慰友

　　次日，介者附在巡河使者舟中，直至上流登岸回見主人。主人正欲求牧與芻。忽見賫書介者回。即退入葊舍，詢問往返情由。介者先以犯禁河遇執獲一事，控說一番。牛郎驚曰：「此又弄出事也。汝後何得脫？」介者又將巡司釋放之恩說開。牛郎始笑曰：「若非良友，吾罪犯重重矣。」介者遂將公主之書呈上，牛郎即覽畢，喜曰：「理機無怠夕，贊相有諸姬，味公主書中精白之心，真可以盟聖主而質卑庸。一變至道，先得我心。尚復何憂？」言未畢，忽介者報天上地下兄弟俱差有賫書使來拜主公。牛郎曰：「前番不聽兄弟規戒，將書擲地，簡撂來人。致有今日。今日復有使來我，何顏見之？意者鄙薄我，浮躁淺露，非享爵祿之器。意者訕笑，我得意自足。拒善言於千里之

外乎？是未可知也。」介者曰：「果鄙薄，即當改其浮躁淺露之習，果訕笑，即當悔其得意自足之非。僕意萬里馳使，豈僅僅為鄙薄訕笑來耶？故人義重，必有深愛主公者在。」牛郎曰：「是也！」慌忙迎使與之坐，而問曰：「鷹帛魚書，同日臨門。足驗金蘭意氣，同而良價不約，亦降臨同也。」來使曰：「主人聞明公受謫，擔憂。故遣私來慰問。」牛郎問使索書，使即將書呈上牛郎，拆閱各惟詩一首：

二十八宿詩

　　齟齬英雄進德秋，好將逸志滌□頭。

　　兢兢策勵來天眷，終是乘龍出跨牛。

十二地支詩

　　上皇顛倒意良深，好爾勞形與洗心。

　　漢渚功勳動策建，雲間終播鳳鸞音。

牛郎閱詩十分感激，對使曰：「向者承諸兄重意氣，賜藥石手教我彼時私欲蒙蔽返以諸兄之言為妒忌投擲於地，不復半縅是我先絕長者矣。豈長者絕我乎？今日諸兄不以我為絕物，不置我於度外，拳拳覆賜佳句是斗□。鄙人終為憲度所茹納矣。我感佩當何如哉？」遂優禮來使，亦口占二律以覆之云：

　　覆二十八宿詩

　　　包羞忍恥學謳吟，酬答諸兄賜教頻。

　　　早識忠言為藥石，也無金闕謫書臨。

　　覆十二地支詩

　　　豎見管見匪深弘，憲度包涵又幾層。

　　　今日曠官遭謫貶，何顏再見舊交朋。

兄弟上本

　　兩處兄弟得了牛郎回書，聞樂介者口詞，知牛郎今番豐度非前番驕傲，知牛郎今番職業非前番廢弛，憂患進德厄塞樹功理勢然也。兄弟議曰：「上方不及處私等分任之，下方不及處私等贊理之。終是聲應氣求之人，不當視為薰猶冰炭。天朝瓜葛，豈終琴瑟乖違帝室絲羅，不久鳳凰和協，我等合為簽名修本保奏朝廷。」

　　二十八宿保本

　　　　提本臣二十八宿，私等提為展親象賢，曲全仁義事。竊惟憲典，

無私干犯者，雖親不赦勳庸可贖。犯科者，惟賢乃躅。既禍淫而徵
惰，必賞善以旌勤。惟頑囂無悔悟之新，斯臣等無保全之舉。今謫
臣私負天朝締結之恩，悃淫是即甘雲漢睽違之罰，策勵自新無怠朝，
無怠夕，思效涓埃之報勞爾。形督爾志，冀臻牧事之成。迄今畜產
眾多，非復耗凋之舊，田疇開墾可登富庶之詳。□不及斂稚，不及
獲寡婦享禳禳之利，有□其角有牛享其牡□。天報蕩蕩之恩，彼雖
不敢謂尺寸，可蓋前愆。某等則冒瀆明威，乞諧舊約，俾鳳非失侶，
鴛不寡儔，展親與象賢兼盡私恩與公義無妨。臣等不勝恐懼待命。

十二地支保本

提本臣十二地支私等乞為鼓舞全仁兩伸情法事。臣等職列九
州，分宰四維，實天朝之心，膂肱股，亦牛郎之塤篪。伯仲居天位，
食天祿敢分毫廢義懷私，立言官開言路。始恐懼乞恩宥過念駙馬。
臣等倘願惡不悛，方彈劾以徼官邪。非新心可取，敢朦朧而要慈惠，
阿陵或寢或訛可驗爾。牛之盛渚次荷蓑荷笠，足徵爾牧之勤。皇上
昔日謫之，無非欲其改過。臣下今日保之亦有見於釋回鼓舞，既盡
其方激楊。當全其義涉，若阿私自甘鼎鑊之誅，稍諒輿情願降絲綸
之命。鴛鴦令之復合，鸞鳳令之復和，分肅之知，懼恩聯之知，□
悵慘不廢陽和，憚嚴而又飽德。牛郎萬幸，臣等萬幸，臨啓無任屏
營之至。

老君議本

上下保本修完，各遣官齎本趨闕上之聖。上閱本批云：「著該部會同李太
上，將前七姑保本一併議處以聞兩處齎本官發天門外待命。」本日，該部奉
聖旨即差官往玉清宮請李元始至司會議駙馬公主之事。元始聞常朝謁玉皇，
即次乞頒恩典，曲成大義，未蒙俞允。及聞牛女二人各處俱有保本，欣欣喜
曰：「此天意欲助我成功也。」遂駕鸞輿擁即旋直至會議而同禮部官閱本議。
禮部官曰：「宮中見女皇上自處之足矣，何待微臣。」元始曰：「陛下刑親以
徵辣罰，一以肅眾，不自裁決而著落我等處之。至公至明之心也。如諸明公
議事，孰為便？」禮部曰：「公主天潢之孤，駙馬帝室之甥。前謫之已足示罰，
今頒一明詔，取之入宮，骨肉完聚足矣。卑職之見，不必議不必處也。」太
上曰：「不然，如君言，公主但令取入宮中，未婚之先，何為令之天河織錦，

駙馬但令取入宮中，既婚之後，何為責其雲漢□官。惟不欲狃恩廢職，甫繩之以吏也。」禮部官曰：「似此處之奈何？」太上曰：「不廢職不廢會不令數會，斯善術也。」禮部官曰：「太上之見，甚合帝心。但必須訂一會期以覆皇命。」太上曰：「我等只好將前意回答天聰。若會期聽聖□裁決。」禮部官曰：「善遂簽名修本。」越三日，奏聞聖上。

（卷三）

聖后戒女

　　且說天皇聖后溺愛公主，心勝自謫貶之後，宮中憂念不置，又恐公主任天河絕望懷念。時常命女官至謫所，諄諄勸諭，令之服勤，女事窮且益堅，危當益壯，毋藏怒以偷安，毋宿怨以怠事。未幾，聞途中失去侍婢梁玉清衛承莊二人，益念其孤立無助，及聞七姑仙上保本得彼眾人傾心贊助，方寸始安。聖后揣知皇上天威有轉回之日，眼前苦難全欲堅忍其德性，磨礱其形骸以便委任終天我業，故又齎懿旨遺詩以戒之：

　　　好謙忌滿有明威，勸汝憂勤織錦機。
　　　人事盡時天理現，絲桐應奏鳳凰詩。

織女回詩

　　天孫本日在錦坊與七姑姊及諸侍女綜理機事，忽聞娘娘傳有懿旨到天孫。忙具香案接旨。七姊妹私相謂曰：「往時，娘娘只令女官來此慰問公主。今番獨云傳懿旨想是宣他回宮，妹子好事近矣。」俱放下機織趨出堂中接旨。及開旨宣讀中間，只有七言詩四句，天孫對案宣讀已畢，起謂七姑曰：「毋也，天只不諒兒。但兒始以勤受眷，終以怠蒙謫，復爾偷安是覆轍。相尋之道也。」遂回詩云：

　　　弱息天河事錦梭，敢生怨望敢蹉跎。
　　　女工夙夜無遑上，那織絲音與鳳歌。

老君議本

　　李老君本日在會議司與禮部官私等商榷修本。禮部官曰：「太上乃天朝元

老，本須出太上心思，方無敗事。」老君曰：「老夫辭不得一名本頭。汝部中須擇青年學士令其草創本稿，又令國子先生代爲討論。閣下親爲修飾。最後老夫潤色之，即不敢云珠璣，然注疏本至此亦庶幾可矣。」禮部官如言選擇於群臣之中，令有學問之士修本。

掌玉清官事，提本臣私署禮部事議本臣私等奏爲折衷群論以垂永例事。陛下端拱穆清，乾健不息，以布化工身法也，亦心法也，故邇而宮帷貴戚則之，遠而國都異姓訓之也。不爲一人慮而有萬方之憂，不爲一時計而有萬世之策，毋論展親象賢，有時鼓舞顛倒抑之，正所以伸之苦之，正所以甘之也，是意也。牛女昔日昧之罹罰，臣等今日推之衡。提一人貶後，摽異一人謫後，呈奇姊妹封章不謬，弟兄奏疏無慮著落，微臣議處，臣等外臣何敢議及宮闈，必欲言之不已，兢兢會晤。王上精微，牛郎照舊職而會織女，天孫仍舊貫而會牧兒，一年一度父子夫婦情義兩盡，無虧至於歡逢月日□。主上御筆摽題，俾心法，體天行之健，身法仿久大之爲，臣等折衷群論，重瞳乙覽何如。臣等俯伏待命。

准本重會

天帝在清虛殿將李老君等，議本展閱天顏。大喜曰：「老成石畫甚合朕心，顛倒牛女本意，已被此老兒斟破。遂御批本首云議得是准該部頒行。但每年會期用天赦日以七月七夕爲的士女乞巧亦以七月七夕爲限，常持毋得荒廢機務奉□玉旨」

奏造橋樑

且說天帝降下玉旨，許牛女七月七日復會團圓，齎旨官疾若飄風兩處，齎本待命官尚未及啟行而此旨已到了天河。雲漢牛女接了玉旨，謝了皇恩，兄弟姊妹俱來相賀，牛女兩地回答曰：「非諸君保奏，何能轉日迴天。一面趨事不遑，一面治裝以待。牛郎幸有良宵約織女叨逢勝夕，歡經年間隔，不日逢其慶幸，不在話下。」齎旨官在途見牛女東西限界一河，非舟橋不能渡。遂面君上一短疏云：「星橋拆毀，險限東西，乞造橋樑以資濟渡。不惟女牛得赴良宵約，萬姓俱叨利涉恩。」帝在宮中謂聖后曰：「寡人昔日拆星橋，正所以限牛女。假饒今日復建，彼二人又得以源源而來，常常而見也，不許。」聖后曰：「既不命工爲橋，請造舟爲梁以渡何如？」帝曰：「星河天設之險，

用以峻南北之防。寡人設官巡守，禁人不得私渡。良有以也。今日區區為一兒女造舟以渡，則不順軌星曜。資以籍口皆得捨釐度而私越矣。象無定位曜有變，更睥睨彗孛將竊發而不可收拾。天宮□亂作崇闐浮。寡人欲端拱穆清得乎，甚矣！舟之不可造也。」有詩為證：

> 天河牛女許相逢，隔越無橋莫會通。
>
> 請造舟梁均不許，一場好事又成空。

鵲橋請旨

聖后曰：「既不建橋又不造舟。陛下許令牛女七夕相會，似此無際天河，夜來東西兩人將飛渡耶。」帝此時躊躇未決。適有烏鴉朱鵲二色鳥百千飛集宮前，噪鳴不已。后曰：「鳥分憂喜，王何吉凶。」帝曰：「鵲噪未為喜，鴉鳴豈是凶。人間凶吉事，不在鳥聲中。寡人為涉河，一事擾亂方寸，此無知二禽，更來宮前噪擾。」命宮人擊散之。宮人擊時，旋飛旋集，聲音尤更洪大。聖后曰：「鳥鵲此來應有意，噪鳴不已。豈無心。」帝悟曰：「鳥善為巢，汝二禽會集宮前，莫非為渡河計耶？」二禽遂寂然無聲。后笑問曰：「果有奇能可趨至御前聽旨。」二鳥即抖擻羽毛，遂隊趨至。御前俯伏。帝曰：「汝能造橋即向寡人首肯眾禽，即向帝前首肯者三。」帝曰：「造橋非一時故事，一年一度垂為不朽永例。汝能年年締造否。」其禽仍前三首肯膺承年年締造。帝曰：「有此擔當，即命汝造之矣。」后曰：「禽鳥雖羽族之微，今日當御前肩此重任，勿謂無知，須頒恩典，降明詔使彼有所激勵。」帝曰：「寡人頒明詔，鳥鵲集木駕橋，人無得持弓挾彈，傷命者死。」內帑日支肉食違命者誅。眾鳥得了聖旨，遂謝恩而去。

> 羽族微禽解結緣，天河牛女為周全。
>
> 宮中鳴噪非無意，願架河橋萬萬年。

鴉鵲造橋

鳥鵲奉旨飛至天河界口，具工數鳥鵲橫飛數匝，若量度其闊狹。數鳥鵲空中飛鳴數聲，若號召其朋儕。不數日，天河兩岸鳥鵲聚集如雲，不惟下從人願，且能上律天時，涓日造橋，井井有條，不亂。都工鳥總督大綱，所事鳥分理細目，啄石填河，一躍百萬，集木架垛一□於群。腹餒則從度支食肉，渴喉則從渚次飲泉。一鵲地鳴，眾鵲卸肩飛去。一鴉天噪，眾鴉負物歸來無

怠。朝無怠，夕不用，伐□儆勸，或勞喙或勞形，何須鳴□提撕垛砌堅牢。石匠兢兢羨巧，橋成蒙密木工嘖嘖誇奇，工完請乘輿觀覽，事畢任牛女驅馳。李太上駕牛車來，河津覘其結構，任如來乘象馭至漢口，窺其作為，羨鳥鵲拮据辛苦，庶幾營室星□蝃蝀架五彩虹霓鵲橋風罳。騷人墨客攜官城子趨至橋上，吐珠玉，裁錦繡為牛女標題。有詩為證：

> 雲漢橫河架鵲橋，濟而牛女會良宵。
> 明朝橋斷無消息，依舊來年手□□。

天帝觀橋

鵲橋功成，帝曰：「羽族中靈禽不數，鳥鵲虛空中弘闊，獨羨天河向日，宮前鳴噪。朕以為徒刮人耳。今日河中架造，朕以為大快人心。」任牟尼李太上眺視歸來，對朕獎詡不置，鳥衣鳥禽朱鵲禽拮据就緒，集宮請謁無休。朕不免喚妃子駕龍車鳳輦同至天河一玩。聖后得旨，即整宮裝同帝出觀鵲橋。本日天帝與聖后乍離金闕，駐蹕漢渚星河，見飛禽所架之橋，不假分毫繩墨，造就人官之巧，不資半十刀錐，構成物曲之奇。帝歎曰：「鵲哉！橋哉！神哉！異哉！」后曰：「不需索國家木料，不勞瘁國家人力，不糜費國家錢糧，一舉而眾善備鳥。陛下當賜一美名，免異之俾為下方傳頌。」帝曰：「橋為牛女架，當賜名牛女橋。」后曰：「名牛女則牛女而已。鳥何有□？」。帝曰：「賜名鵲橋。」后曰：「善。」帝取飛帛御書，鵲橋二字以榮之。頃刻又下一詔曰：「鵲橋惟牛女得渡，越渡者即同私越。禁門罪防河司阿從不舉者，養盜同科。」帝與后本日鵲橋飲宴，命群臣賦詩作表。鸞輿出行虎齎龍驤，獲從紫薇黃道，叨陪金童玉女擁旌旗，司樂司香盈耳，洋洋撲鼻。帝為觀橋而出，臣為保駕而馳。

天帝美鵲橋詩：

> 不事刀錐與墨繩，拮据手口建奇贏。
> 若教修月諸天匠，多少工夫造得成。

聖后美鵲橋詩：

> 羽族誰誇鵲與鴉，效靈結構泛星槎。
> 垂光營室皆輸巧，蝃蝀虹橋合比他。

侍臣賀鵲橋表：

> 皇上萬壽年年月月日日侍臣臣等恭遇皇上親覽鵲橋，命侍臣作表稱賀，臣臣等謹。

奉表稱賀者伏□

聖澤汪洋肖河漢弘深無際。

皇仁洽巴，類橋樑濟渡無遺，經綸出九竅心思成就。慰匹夫願望，法神顛倒瑞應羽毛。臣等誠歡誠忭，稽首頓首。上言切惟天心至正至中。帝德無偏無黨，智慧聰靈不獨全於品秩。聖神工巧仍分錫於洪織，故龍顯九霄變化，鳳昭五彩文章。閬苑蓬萊鼇負載樓臺宮殿，蜃呵成在物如此，在人可知大者。若是小，亦有然。鳩工稱干構，堂鵲匠誇於橋架漢渚奇逢星河，希覯茲蓋伏遇。

玉帝陛下

理司性命，氣作知能，橐□儲精鼓鑄。為人為物胚胎分粹錫綏為塞為全。竦逖賢能不諱絲羅之選，懿親荒怠拒輕法網之施，河之東，河之西，疏奏有更新夫婦，七之月七之日夜央無赴約橋樑。令甲不容作筏象魏，不許成扛鴉鳥悲號。若欣睽違之，若鵲禽噪躍，如□會合之歡請。

旨構新橋，月匠星工俱讓巧，遵期諧舊約。牽牛織女盡歸功意者，羽族微禽，牛口中覓蒭草生意鳳城內會錦繡，玄機者也。今日龍車□止，鳳輦光臨，羨橋成巧妙，誇物性玲瓏。

向儒臣索表問騷客求詩，草茅臣愧非錦繡肚腸，無能留佳句以答。

御覽又豈玉珠肺腑，稍能出奇思以啟。

天明　伏願

玉燭太階調，瑞鳳靈龍昭景運，慈恩清穆沛金繩，寶筏渡迷津，和氣克盈惟。聽鵲聲報喜，妖氛汛掃不聞。鴉韻傳凶蕩蕩巍巍，紅雲捧職覆群生之聖主煌煌穆穆。瑞煙罩資生萬匯之天皇感恩莫量祝壽無疆。臣等萬幸亦牛女萬幸。臣等不勝屏營之。至謹奉表稱賀以聞。

侍臣賀鵲橋詩：

> 禽鳥誰云羽族微，能為牛女駕虹霓。
> 拮据砌出人官巧，手口營成物曲奇。
> 木石片株無借辦，錢糧絲粒不支糜。
> 羽毛飽若仁恩巴，故效涓埃答聖慈。

貴家乞巧

鵲橋不日底續佳期，瞬息又臨玉音，流落人間。每年七月七夕天上許牛

女相會，人間許士女乞巧。本日二星未赴河橋約，萬姓先悵乞巧筵。貴顯人家七月七夕有造望星樓，令婦女登之，備物儀以祭牛女。公主次取七孔針，向月穿之，穿得針孔，自喜以為得巧，又有婦女結綵樓陳繪帛問天孫乞巧者，仍以穿針為驗，穿一二孔者不□巧，又七孔無遺方為全巧。次日，里鄰婦女俱提壺相賀，自後仿傚成風，遂傳為億萬年故事。

有詩為證：

> 婦女兢兢結綵樓，盛陳果酒祭牽牛。
> 今宵且罷河橋約，巧乞天孫冠女流。

又詩：

> 未會牽牛意若何，須邀織女弄金梭。
> 年年乞與人間巧，不道人間巧幾多。

平民乞巧

顯耀人間得以架樓乞巧，平常人間艱於財力，莫能效其所為，而乞巧之心無分貴賤，一也。本夕有陳几筵酒脯以乞巧者有陳瓜果於庭以乞巧者，經留一宿，以次日為驗。有蒙蜘蛛幕於酒脯，有結蟢子網子瓜果，俱以為天孫賜巧也。不知天上人間相去幾千萬里，普天率土乞巧幾千萬人。天孫即有意傳奇一夕，何能遍及。且夫婦隔一年只許一度廝見，則此時赴約為重。賜巧為輕，錦衾且結同心巧，那有閒工巧賜人。詩曰：

> 七夕庭中設果瓜，殷勤頓禮叩天河。
> 天孫乞賜機中巧，來日瓜疏驗網羅。

又詩：

> 夫婦睽違已一年，銀河此夜續前緣。
> 巧情悉對牛郎剖，那有餘功與忙傳。

文人乞巧

天孫之巧不特佳人美女資之，雖文人學士亦無不資之也。汝得其巧，則為玄心妙手，男得其巧則為繡口錦心。沖齡赤子父母具果酒有令其此日啟蒙者，操觚之士此日杼誠心陳酒肴有作文以乞巧者，誠謂風雲變態，龍鳳飛騰，水山明秀，魚鷹升沉，色色相相，腔中本有。今以其外昧者觸發其本有者，則錦繡其腸，胃珠璣其肺腑，金玉其心，思琳瑯其聲，口信手揮一言，則人

稱妙從。心吐一字，則人羨奇。此其爲奇，眞有下筆驚風雨，詩成泣鬼神。
龍鳳紋雁魚錦，佳山秀水縑綃異卉，奇葩綺縠種種，皆吾無文。機中錦繡無
形，笥內玄黃。一日獻之於天朝，或爲垂裳，或爲補衮，或爲黼黻皇猷，或
爲衣被黔首。誠一字千金，誰得低昂其價也。視彼閨中少婦炫巧心於絲縷之
間，所值幾何？卑卑不足論矣。有詩爲證：

　　　巧賜文人取數多，良工錦腹織神梭。

　　　有時獻出笥中物，無價龍綃響玉珂。

旅次七夕詩：

　　　蓮臺月下清風夜，朱鵲橋邊玉露秋。

　　　天上人間良有約，可憐身屬異鄉遊。

七夕乞巧文：

　　　　　維

　　　天皇萬壽。年七月七日芸膔秀士，私謹以酒脯瓜果之議，百拜

　　乞巧子。

　　天孫織女星之前，曰：「羨汝天皇苗裔玉葉金枝姿容羞彼月，魄性靈邁彼
風。夷不問奇於師氏不匠巧於宮儀，意見生於靈腑，玄機發自神思。爾時丹
青未起，雲龍彩鳳機中織出靈瑞騰飛。爾時文字未立，假借點畫錦上裁成蝌
蚪形儀。春水濯來魚鷹活。月葉剪就鷺鶯飛。絲縷百般變態，經綸萬種精微。
豔質佳人月夜架樓，乞巧紅妝羨女良宵設果求奇。鯤生蒙昧，無似虔誠禮拜，
光儀不求蟢絲，罩果不求蛛網。蒙戶牖我頑嚚，破我昏愚粗似，庭陳犢□何
如腹曬詩書，寶枕不求惠賜金梭，敢望矜施作出錦心繡口文。龍虎榜頭名赫
赫，撰成風雲月露句，鳳凰池上姓巍巍，金魚袋向毫端取。宮錦從袍褚末支，
綺花生意更願踏。縑鳥天機換鼓吹，衰職問生求線補。民寒向我借衣披，欲
成端拱垂衣象。願做精華黼黻規，所期者大，所出者微。豚肩卮酒禳□異望，
□簍滿籌污邪滿車。鄙意肖此星曜何如。謹乞」

　　　作文乞巧已成篇，爲叩天孫意頗虔。

　　　戀戀牛郎今夜巧，機中駢纏沒功傳。

又詩：

　　　乞巧情由已控書，格予誠意破予愚。

　　　莫貪逸樂輕寒士，貴顯頻頻上贊詞。

七夕宮怨

同卿良宵佳夕，閨閣佳人工於刺繡。遇七夕乞巧而喜謂□牖。彼之□也，書腮秀士工於作文，遇七夕乞巧而歡謂其啓已之思也濁。宮中滕妾備魚貫之數而不獲，近幸千君將一包春意窒塞通機，不令東皇滋之雨露，飽靈機以神發育。故高臥禁中觸景每增感慨。第制於嫡妻，敢怨而不敢怨。即怨亦藏宿其怨，不顯然見於毫端，浮誦之，若爲點景深味之，乃爲志怨也。七月七夕秋光頗冷，宮人無事只在天街遊玩，將紈扇撲流螢取樂，忽然感云今夕何夕，牛郎織女渡銀河之夕也，遂作怨詩云：

> 銀河秋光冷畫屏，輕羅小扇撲流螢。
>
> 天街夜色涼如水，臥看牽牛織女星。

又詩：

> 清夜沉沉風露涼，臥看織女會牛郎。
>
> 相應未盡離情話，依舊相思幾斷腸。

遺書謝友

牛郎在河西接了會合聖旨，將欲啓行，思曰：「今日之事雖出天恩，實諸友保舉之力也。欲及門謝之，恐違欽限事勢，忙迫且遣使奉書謝之。彼雖不責我小過，我不當忘彼大恩也。論德性雖謫書堅定，論芳心又從只玉旨喚醒。」行色匆匆，莫遏何能修得片辭以伸衷曲。聊具口占一律迁之。

> 規戒諄諄慰問勤，封章保奏爲誰頻。
>
> 天恩詔許重諧偶，一度相逢一度銘。

又詩：

> 莫道貪歡負厚恩，諸君茹納量天寬。
>
> 迁書聊表無忘意，容日投門效滴涓。

鵲橋重會

且說牛郎織女時當七月七夕好事近矣，況有明詔令一年一度橋邊相會。本日待命樂工鳥鵲橋許奏風光曲，司廚膳夫鳳凰城許悵花燭，筵嘹嘹亮亮馥馥芳芳，只待牛女二人聚會團圓。黃昏時候，織女宮娥侍從牛郎，介僕跟隨□。一個□速遙臨，馬蹄踏破天邊月；一個嘔呀暫駐，車輪展碎漢中雲。仙

郎橋西擁至仙子，橋東簇臨天婦，橋心廝會各人珠淚紛紛。訴不盡離愁萬種，訴不盡別恨千端，女慰男求蕘勞頓，男憫女織錦辛勤。憶當初箱不得蜂喧蝶鬧，致今日鳳拆鸞分。倘非君王憐念不能，天河聚首控訴寒溫。有詩為證：

牛郎詩：

　　昔年遭貶鳳鸞分，兩地相思隔渚津。

　　今日姻緣重會合，燈前且把舊盟溫。

織女詩：

　　妾與郎君會鵲橋，敢忘恩養拮据勞。

　　明朝錦上酬功績，織出靈禽尚汝曹。

褒封團圓

牛女二人本日正在橋中訴苦，忽聞李老君齎詔書一封來到。二人歡聲未罷腸先斷，又恐君王謫降臨，驚惶失措。俯伏橋中以聽老君宣詔。老君宣云：

　　天帝詔曰：「家國情義，提衡自有重輕，賞罰章程，寓意豈無深遠。惟義恩兼至，斯鼓舞盡神。資爾牛郎職膺跨犢婿贅乘龍，向惟無徼於官箴，致有河西之謫，今惟能供於牧事。故令橋澗之逢，男司牧女司織。不以私情。鵲橋非合歡之所，鳳城乃結縭之區。作樂張筵罄，此夕團圓之雅陳瓜設乞賜下方士女之奇。牛郎進爵為牧民之□，天孫加封為課女之姬。萬年宜室宜家，豈古一年一度。汝恒永乃心，朕□礪不易謝恩。」

牛女二人在橋心接了皇旨，辭了太上，遂令侍從整備車馬進入鳳城。夫婦團圓，故人相見，一番美滿恩情。舊主相逢半刻春生門戶，堆席駝峰，翠釜浮樽，玉液瓊醑，銀燭煌煌，紫蕭沸沸，玉□金卮□進，鶯顛鳳倒，神飛不樂。歌兒歌羽曲，那權舞女舞霓衣。七姑屏後把睛窺，好個乘龍佳婿，飲罷合歡佳宴，雙雙共入羅帳。上松紐扣下卸羅褥。鴛鴦交頸並頭棲，點水蜻蜓狎戲。一個神飛天外，一個夢入乘霄。經年間別，偶相逢不識春從何至。

七姑曰：「妹子今宵樂則樂矣，我等聊具豆觴，低聲暢飲，花臺幾年贊相獲，和諧不枉錦機中。姊妹結交恩愛，願天公年年此夜，願妹子歲歲今宵。人間乞巧自有我等為安排彩樓人，教他挑字迴文絕技。瓜葉女訓他描龍繡鳳全才，燈愿士子苦哀哉。織錦□□波瀾跳躍，對他啟發神通大。異日士子文不加點，

□司手不停披非羨他錦繡珠□□□□□，風雲月露襟懷巍巍，首選□□□
□□□□巧在。再願妹子今夜熊羆入夢，明年蘭桂生階。外甥彌月，餅湯開。
臣等沐恩無艾。」有詩為證：

> 鳳城聚首鏡重圓，嘹沸笙歌鬧御筵。
>
> 渴想忽蒙時雨潤，春宵一刻價難言。

附錄二：宮廷月令戲
——《七夕　銀河鵲渡》

（根據中國國家圖書館善本庫清抄本整理）

串閣（排一刻）（四青苗神一五穀神上跳舞介同唱）

【普天樂】田禾盛，君民笑，粒粒珠收藏好，蠶吐絲，織就綾羅，仕宦女七夕乞巧。

五穀白：五穀豐盈萬民歡。四青苗神白：轉盼秋成普一般。五穀白：千門萬戶同瞻理。四青苗神白：身感皇恩主聖賢。同白：吾等乃青苗五穀神是也，小宿等值司百穀，萬種田苗，今因聖主之福，感德民心，上帝大悅，爲此今歲吩派四大部洲值神，普降甘露，潤息桑田，靈苗結種，普天地禾豐盈，爲此小神等巡查郊野，猶恐鵲蟲作踐五穀，只得親行走遭。

鵲神持旌上繞場下五穀白：呀，你看萬鵲成群，青苗神速去趕來。

青苗神應下，五穀神唱：呀，見他飛翅遙，休叫落網外，恐吃珠食粒，作踐田苗。

青苗神上趕介，月下老人上白：尊神慢趕，小仙來也。

唱【朝天子】主婚期月老爲牛郎架鵲橋，笑世人□的□來糶的糶。

五穀白：老仙何來？月老白：尊神何故追那些鵲鳥？五穀白：見他萬鵲同飛，定是作踐五穀。月老白：非也，尊神不知，今乃七月七日，牛郎相會織女之期，爲此他奉后土娘娘法旨，爲銀河難渡，爲此命他架一鵲橋，使他夫妻相會。

唱：渡銀河渺渺，會雙星即早通霄，今日裏正逢七巧，年年會相逢好，年年會相逢好。

　　五穀白：我等值司青苗，豈容他們作踐五穀，既是老仙講明，我等再往別處巡查去也。七夕銀河渡，年年架鵲橋。

　　四青苗神五穀神下內吹打雲末月老白：呀，你看雙星早已渡橋來也。

　　唱【普天樂】烏鵲飛團圓繞。

　　眾鵲神上，搭橋介。月老唱：押橋樑造，聚雙星會合今宵，見天孫接星郎歡笑。

　　月老上雲梯介，鵲神上搭橋科，四儀從四仙童引牛郎上，四儀從四仙女引織女上，牛郎白：小宿與天孫相別又是一年了。織女白：今歲卻比往年不同，只是往會正逢舜禹堯年，但見那承華殿前，開襟樓上，張燈結綵，但覺極其富麗，未嘗與百姓同之，那比得如今內恬外熙，風浮俗美，男女以正，婚姻以時，大小人家，都是一般兒過節。牛郎白：就請天孫入席。

　　同唱：為雲意撇了星河照斗勺，銀箭聲遲欲篆香燒。

　　吹打同下月老白：妙也，你看今年他夫婦歡歡喜喜相會，皆賴著聖人有道，萬姓同歡，只此以後，雙星萬年相會七夕，永遠新喜也。

　　內作雲末介：呀，又見下界氤氳之聲，人間萬姓，家家團圓歡聚，共賞七夕，不免前去偕定那些佳期便了。正是姻緣薄籍前生造，共樂七夕萬年歡。月老唱下。

　　【慶餘】見人世歡聲樂，夫與婦共入絞綃，這正是姻緣薄定前生造。